Musicien, dramaturge, romancier, poète, chroniqueur de presse, adjoint à la culture de sa commune où il a créé un Salon du livre, **Bernard Duporge** *est résolument tourné vers les arts. Dès son premier roman,* Les Pins de la discorde, *paru en 2001, il insuffle à son écriture sa passion pour l'histoire, de la grande à la petite, celle qui fait le quotidien des gens. Il a reçu le prix Saint-Estèphe 2011 pour* Le Tambour de Lacanau.

Les Amants
de la lagune

Du même auteur

Aux éditions De Borée

La Cabane du berger
Les Pins de la discorde, Terre de poche

Autres éditeurs

Des remous dans l'air bleu
Histoires peu ordinaires à Lacanau
Humeurs de Duvallon
L'Année des treize lunes
La Maison du passé
Le Mal des marais, prix Ardua 2007
Le Tambour de Lacanau, prix Saint-Estèphe 2011
Les Racontars du Courtioù
Les Silences de la sorcière

Bernard Duporge

Les Amants de la lagune

De Borée

I

Arnaud Lambert était soucieux. La sécheresse le tracassait. Le massif forestier qui entourait la commune souffrait du manque d'eau. Depuis début juin 1921, la chaleur, très forte, s'était installée. Maintenant, fin août, il faisait encore plus chaud. Tous se plaignaient. Les premiers six mois de l'année avaient été froids, les récoltes de seigle, piteuses, voilà que maintenant la sécheresse pointait son nez, il n'avait pas plu depuis trois mois. Il faut dire que cette année, l'été frôlait des records. La température, dans les derniers jours de juillet, avait atteint trente-neuf degrés, et Paris commençait, disait-on, à manquer d'eau. Ici, dans la lande girondine, ce n'était pas encore le cas, mais pour combien de temps ? Avec inquiétude, les paysans regardaient régulièrement le fond du puits, il leur semblait que, chaque jour, l'eau s'éloignait un peu plus de la margelle. Les lagunes se transformaient tout doucement en boue sèche et, de ses notes monotones, le *pléoù-pléoù*[1] n'arrêtait pas d'appeler la pluie, tandis que les autres oiseaux chantaient à peine. On sortait d'une guerre qui avait tué bon

1. Pléoù-pléoù *: oiseau qui chante d'une manière monocorde et l'on croit comprendre les mots* pléoù-pléoù, *ce qui signifie « eau » en gascon.*

nombre de soldats, alors est-ce que, la paix revenue, le climat allait terrasser le reste de la population ?

Pour l'eau, si ça continuait, Arnaud Lambert finirait par écouter Germaine, sa femme, qui le suppliait d'accepter l'idée d'une procession pour faire venir la pluie. Il refusait depuis longtemps, laissant ces bondieuseries aux autres. Lui, il faisait de la politique, la religion, c'était l'affaire des femmes. Le maire qu'il était n'allait quand même pas demander l'aide du curé, il ne manquerait plus que ça ! Pourtant, à force d'attendre l'eau du ciel, il ne savait plus que penser. Il avait beau regarder minutieusement le calendrier des Postes, le vol des hirondelles, la couleur de l'aube ou du couchant, écouter les dictons des vieux, aucun signe n'apportait un quelconque espoir d'averse salvatrice. En tant que responsable de la commune, il devait faire quelque chose. Ça passait tout d'abord par le respect du règlement. Dans les cas graves, il fallait que le conseil municipal se réunisse pour prendre une décision, et ce manque d'eau, c'était un cas grave. Il avait donc organisé une réunion ce soir à 20 heures, après la traite des vaches. Il espérait que tous les élus seraient là. Il y aurait bien sûr son ennemi de toujours, le grand Gustave, qui ne manquait aucune occasion de le contredire. Tant pis.

Fichue place que celle de maire. Les Lambert occupaient ce poste depuis deux générations, alors Arnaud n'avait pas failli à la tradition, et il espérait bien que ça continuerait encore longtemps. La propriété, ça allait de pair avec le pouvoir. Comme il avait les deux, il comptait bien les garder. Quand il en aurait assez, il présenterait son fils André à sa place et la vie de la famille, étroitement liée à celle du village, continuerait tranquillement et sûrement. Il n'y avait personne de compétent dans l'opposition et il ne risquait pas grand-chose venant de là. Depuis deux générations, seule la famille du grand Gustave Maleyran était contre lui. Après Napoléon III, la royauté et la République avaient séparé définitivement les deux clans et chacun, campant dans son camp, tirait sur l'autre avec force arguments. Depuis tout ce temps, cela ressemblait à un jeu, mais ce n'en était pas un. Le maire se devait de veiller sur les intérêts des vieilles familles, celles qui avaient donné une âme à ce petit village blotti dans la lande girondine, à l'ombre des pins semés par la génération précédente. Elles avaient trimé comme des esclaves. Des troupeaux de moutons se promenaient encore sur la lande, mais tous les ans, grâce à l'assèchement des marais, la forêt grignotait l'espace. Arnaud Lambert avait donc le droit et le devoir de régner sur cette commune, pour honorer ses anciens, disait-il en levant le front pour donner du poids à son propos. Ils devaient profiter de cette lande transformée en forêt, faisant la fortune de certains, grâce à la résine. Ils avaient assez transpiré pour ça ! Et de l'eau, il en fallait pour les pins, il en fallait pour les cultures de maïs, de seigle, de blé, il en fallait pour les jardins, il en fallait pour les pâturages, et si les jours à venir restaient au beau fixe, l'avenir, lui, ne l'était pas.

Comme un malheur n'arrive jamais seul, depuis quinze jours, ce foutu de grand Gustave faisait les bistrots de la commune en tenant le même discours :

– Si j'étais maire, vous ne verriez pas ça ! Il y aurait de l'eau pour tous !

Quand on lui demandait comment il s'y prendrait, il clignait de l'œil d'un air malicieux en affirmant :

– Donnez-moi la majorité aux prochaines élections, vous verrez ce que vous verrez !

Et il partait en marchant de travers, l'alcool le faisant claudiquer encore plus que d'habitude. Arnaud Lambert l'affirmait, le grand Gustave n'était pas près d'avoir la majorité. Pas sérieux. Trop farfelu. De plus, sa propriété n'était quand même pas à la hauteur de la sienne. Tant pis pour lui si ses parents n'avaient pas su garder leurs biens. Ils avaient été bien contents de trouver la famille Lambert pour leur acheter ce qu'ils n'avaient pas su faire prospérer. Lui, Arnaud Lambert, les cent cinquante hectares qu'il possédait lui conféraient le droit d'être le plus puissant du village. Il faut dire qu'à son mariage sa femme, Germaine Hostein, avait apporté quelques jolies pièces de pins qui, depuis, avaient fructifié. Pour son fils André, il avait préparé un bon mariage. Valentine Ceyran, une cousine lointaine, avait accepté de marier sa fille avec lui. Avec les surfaces plantées ou à planter qu'elle avait apportées, plus celles dont elle hériterait d'ici une vingtaine d'années, la petite Amélia était un excellent parti. Elle n'avait pas de frère, parfait. Un seul enfant par famille, voilà la solution pour protéger les biens. De préférence un garçon, surtout l'aîné. Ainsi la propriété ne quittait pas la famille, ce qui n'allait pas être le cas chez les Ceyran. Ma foi, tant mieux pour les Lambert. Si, par hasard, il y avait plusieurs enfants, le droit d'aînesse faisait force de loi, et la propriété ne se diviserait pas. Les jeunes s'étaient donc mariés et leur premier enfant était né en mars 1920. Donc, avec sa situation, Arnaud Lambert, le plus riche du village, était réélu à chaque élection. Il faut dire que dans les semaines qui les précédaient il était généreux, distribuait à boire et à manger à beaucoup de gens, faisant des promesses qu'il oublierait très vite.

Avec tous ses efforts, il se demandait comment on pouvait encore voter pour ce fantaisiste de Maleyran, qui était toujours élu, au détriment de ce couillon de Joseph Bon qu'Arnaud Lambert avait placé dernier de sa liste, car c'était celui qui avait le moins de propriété ! À croire que les gens du village élisaient Gustave, ce buveur de vin rouge, juste pour le folklore.

Le maire tenait bien la majorité de son conseil municipal, qui ne s'opposait jamais à lui. Pour maintenir ses prérogatives, sa liste était établie avec les fils des gros propriétaires du village, mais il devait convaincre Yves Lagarde, l'instituteur, de le laisser manœuvrer comme il l'entendait. Pas méchant, le bougre, pas méchant pour deux sous ; il passait pour un farfelu ambitieux, avec ses idées révolutionnaires. En le nommant secrétaire de mairie, Arnaud Lambert évitait ainsi une candidature gênante. Il pensait calmer cet instruit qui, l'œil noir et la moustache frémissante de colère quand on parlait politique, les traitait ouvertement d'ayants pins ! C'est vrai qu'à part le jardin de son logement de fonction, dont il ne s'occupait même pas, c'est sa femme qui plantait, taillait, bêchait, s'escrimait ; la propriété n'avait pas beaucoup de sens pour lui. Était-ce la faute des ayants pins si les parents de ce gars de la ville n'étaient pas nés à la campagne ?

– Il est comme tous les citadins, affirmait Georges Cazaux, le premier adjoint. Avec leurs idées neuves, ils croient tout savoir, pensent qu'un pin pousse comme ça en claquant des doigts, et que la fortune vient en dormant.

C'est vrai que les anciens se l'étaient cassée, la tête, pour avoir une propriété raisonnable. Ils avaient transpiré pour assainir le marais, creusant des fossés et de larges *crastes*[1], afin que l'eau s'écoule vers les étangs. Le marais avait été laissé en l'état dans des coins bien creux, il servait de réservoir, évitant les inondations. Bien à l'abri dans les *tonnes*[2] bâties sur ses bords, dans les mois de grand froid, ils chassaient le canard de passage.

Mais le marais, les pins et le jardin avaient besoin d'eau, donc sa responsabilité de maire obligeait Arnaud Lambert à maîtriser la situation.

Le conseil dans son entier était là, presque tous les hommes du village aussi. Le grand Gustave était avachi sur sa chaise, assommé par tous les verres qu'il avait ingurgités tout au long

1. Craste : *larges fossés permettant l'écoulement des eaux.*
2. Tonne : *abri que construisent les chasseurs sur le bord du marais ou d'un étang. Ils y passent des nuits à chasser les canards, les oies.*

de cette chaude journée. Ce climat sec ne l'incitait pas à la tempérance !

« Au moins, se dit le maire, il nous foutra la paix. »

Arnaud Lambert ouvrit la séance avec solennité, debout, écharpe tricolore autour de la taille :

– Messieurs, je vous ai convoqués car l'heure est grave.

– Elle est surtout tardive, hoqueta le grand Gustave. À c't'heure, moi, d'habitude, chui déjà au pieu.

Quelqu'un dans le public lui demanda s'il s'endormait avec ses vaches, pendant la traite. Le maire dut taper sur la table pour rétablir le silence et préciser que personne n'avait le droit de parler dans une réunion du conseil.

– Je reprends. Les fossés sont à sec, les nappes sont au plus bas, les légumes crèvent dans les jardins, le maïs sèche sur pied, et je ne parle pas de l'état des prairies ! On me dit que je devrais faire quelque chose, mais quoi ? Faire la danse de la pluie avec un Indien que je ne sais même où trouver ? Non, je ne sais pas quoi faire, et je pense qu'il n'y a pas grand-chose à faire, sinon attendre que la nature décide elle-même.

– Moi, j'ai la solution, hoqueta une nouvelle fois le grand Gustave.

– Génial, dit un élu, le grand Gustave connaît un point d'eau.

Le maire fit taire les rires.

– Tant mieux, Gustave, alors ta solution, dis-la-nous vite, et rentre chez toi pour dessoûler !

Le grand Gustave essaya de se lever mais, hélas ! chuta lourdement. Les fesses par terre, sous l'éclat de rire général, il réussit à balbutier :

– Nommez-moi maire et je vous donne la solution ! Sinon la sécheresse va continuer.

Les conseillers, au début, s'amusaient, mais là, le pauvre Gustave leur faisait pitié. Comment, avec une telle attitude, pouvait-il penser un jour être maire ? Tout le monde plaignait la Louise, sa femme, obligée de supporter un tel homme à la maison.

Après discussion, hélas ! pas plus que le maire, aucun conseiller ne connaissait la solution. À part observer le ciel et attendre les nuages annonciateurs de fraîcheur, que faire d'autre ?

– Justement, déclara Guillaume Segonnes, parlons-en du ciel, ma femme m'a dit...

Le maire le coupa :

– Je crois savoir ce que t'a dit ta femme, la mienne m'a sans doute raconté la même chose.

– Alors, demanda le jeune Sylvain Marian, elles ont dit quoi vos femmes ? Parce que moi j'en ai pas encore, donc je ne sais pas ce qu'une femme peut dire en cas de sécheresse.

Le public éclata de rire. Le maire fit de nouveau revenir le calme. C'est alors que du fond de la salle une voix s'éleva. Grave. Tous reconnurent celle de l'abbé Pierre Émeric, curé de la paroisse.

– Si monsieur le maire veut bien interrompre la séance afin que je puisse parler.

De sa voix forte, Arnaud Lambert rappela de nouveau que personne dans le public n'avait le droit d'intervenir en séance du conseil, donc, pour la circonstance et devant les faits graves comme celui évoqué ce soir, il interrompait volontiers cette séance afin que monsieur le curé puisse s'exprimer. Le silence se fit, un peu comme à l'église. Pierre Émeric prit la parole :

– Mes chers amis, décidément, vous ne changerez pas. Vous attendez toujours tout des autres, et vous ne vous prenez jamais en charge.

Des murmures désapprobateurs s'élevèrent. Ici, à la campagne, bien sûr que si, on se prenait en charge.

– J'insiste, vous ne vous prenez pas assez en charge. Vous attendez tout du ciel, comme la pluie, puisqu'elle vient justement de là. Mais cette eau qui vous manque, si vous désirez ardemment la voir tomber, l'avez-vous demandée à ce ciel ?

L'avez-vous demandée assez fort pour que le Tout-Puissant, qui commande la nature, à vos prières, vous l'envoie ?

« Ça y est, pensa le maire, à tous les coups les femmes sont allées le voir pour qu'il fasse une procession. »

En face de lui, le secrétaire-instituteur souriait.

– Dites-moi, monsieur le curé, si votre Tout-Puissant voit tout, comme vous le prétendez, il doit bien voir que nous manquons d'eau en ce moment, non ? En nous asséchant, ne se moquerait-il pas de nous ?

Un brouhaha s'ensuivit. On n'était pas forcément d'accord avec les idées du curé, mais on devait le respecter, or, pensait Georges Cazaux, « notre instituteur est en train de se moquer de lui ! ». Il n'accepta pas.

– Je vois que monsieur l'instituteur fait l'intelligent. Chez nous, on se méfie des choses trop intelligentes, parce qu'on ne les comprend pas toutes. Et, quand on ne comprend pas bien ces choses, on a toujours peur de se faire couillonner. Du coup, pour éviter cela, on écoute, on écoute encore et on écoute toujours. Pour comprendre. Je pense donc que monsieur le curé doit continuer à nous exposer ce qu'il a à nous annoncer. Après, quand nous aurons compris, nous déciderons.

L'instituteur sourit de plus belle. C'est vrai que dans beaucoup de villages de campagne le progrès mettrait du temps à venir, et il estimait que l'Église se chargeait, avec ses croyances, de ralentir son arrivée. Pourtant, si la solution pour faire pleuvoir à ses yeux n'existait pas, pour avoir de l'eau afin d'arroser les cultures et les jardins, il suffisait de faire des forages. Dans la région, à part des puits bien entretenus, pas très profonds, on n'utilisait pas ce procédé, comme dans son pays d'origine, le Var, où l'on forait pour emmener l'eau dans son village natal. On y avait même construit un château d'eau. Mais allez expliquer ça aux élus ! Il se jura qu'un jour il se présenterait aux élections, et qu'il aurait des projets qui ne concerneraient pas seulement le curage des fossés !

Le curé continua :

– Pour répondre à monsieur l'instituteur, le Tout-Puissant voit en effet que la sécheresse nous accable mais, comme on ne lui demande pas de nous aider, il pense que notre sort nous convient.

Il se tourna vers le maire :

– Je vous propose donc, monsieur le maire, de faire, dimanche prochain, une procession, avec bannières, oriflammes et cantiques, de l'église vers la petite fontaine d'Eugène Lescar, afin de prier notre Seigneur de bien vouloir nous donner l'eau qui manque tant à nos jardins, à nos prés et à notre forêt. Sachant que, depuis plusieurs générations, on donne des vertus à cette source, elle fera encore des miracles, si nous demandons cela avec force à notre Seigneur. Je ne vous demande pas une réponse immédiate. Passez me voir à la cure quand vous voudrez pour me donner votre réponse. Bien le bonsoir, messieurs.

Arnaud Lambert reprit la séance :

– Alors, messieurs les conseillers, qu'en pensez-vous ?

Ils étaient perplexes, sentant sous cette proposition une idée de femme. Dans leur for intérieur, ils savaient que s'ils refusaient il y aurait des grimaces dans tous les ménages. Sylvain Marian l'avait bien compris.

– Si on dit non au curé, je ne risque pas d'engueulade, je suis célibataire. Cette histoire semble être une invention de femme, même si on n'est pas du tout sûr du résultat, on ne risque pas grand-chose à la faire cette procession.

C'était vrai, et que faire d'autre pour que cette satanée pluie se décide à tomber ? Dans d'autres circonstances, les vieilles faisaient brûler des cierges contre l'orage, d'autres faisaient dire des messes pour les moissons, le curé passait bénir les fermes pour la procession des rogations. Personne ne savait si ça servait à quelque chose, mais on respectait les habitudes.

Alors, au point où ils en étaient, effectivement, pourquoi ne pas essayer ?

La décision fut prise sans enthousiasme : le maire irait voir le curé pour lui indiquer que le conseil était d'accord. S'il le voulait bien, on ferait ce cortège religieux dans quinze jours.

– S'il ne pleut pas d'ici là, bien sûr. Vous marquez cette décision et cette remarque dans le registre du conseil, monsieur l'instituteur.

Le secrétaire de mairie fit la grimace, tandis que le grand Gustave, sortant de sa torpeur, hurla :

– Vous faites un pacte avec l'Église ! C'est scandaleux ! Vous aurez beau vous promener avec bannières et cierges allumés, en chantant et même en chantant faux, vous ne ferez pas pleuvoir ! Seul le progrès résoudra ce problème. Pour cela, il faudra changer de municipalité !

Le maire, d'un geste, lui montra la porte, lui conseillant d'aller cuver son vin dans sa grange à foin.

* *
*

Le curé fut satisfait de la réponse du maire. On entendait enfin, dans ce village, le langage de la raison.

– Nous prierons saint Médard, il nous écoutera.

– Saint Médard ? fit le maire, étonné.

Pierre Émeric expliqua au maire l'histoire de ce bon saint Médard, offrant un des chevaux de son père à un pauvre paysan qui venait de perdre le sien. Une autre fois, il n'avait pas hésité à donner un manteau de grande valeur à un aveugle qui n'avait rien pour se protéger du froid.

– Pardonnez-moi, monsieur le curé, il ne s'agit pas de gentillesse dont on a besoin, mais de pluie. Il n'y aurait pas un autre saint plus sûr ? Parce que vous savez bien qu'on s'en méfie de celui-là.

Que le maire se rassure, ce saint homme était capable aussi de se fâcher. Selon la légende, pour punir des jeunes qui ne voulaient pas assister à la messe, préférant aller danser, il fit pleuvoir quarante jours sans discontinuer. Il était tout indiqué pour résoudre les problèmes du village et des alentours : donner de la pluie et convaincre les antireligieux. Par contre, le curé décida avec autorité que la procession ne se ferait pas le jour prévu par le maire, mais huit jours avant. Si Arnaud Lambert décidait pour la mairie, Pierre Émeric décidait pour l'Église.

– Pas couillon ce curé, observa le grand Gustave, apprenant la nouvelle. Dans huit jours, la lune change. Avec un peu de chance, la prochaine va nous amener la pluie. Si ça marche, il prétendra que c'est sa procession et ses prières qui l'ont fait tomber, comme ça, la quête du dimanche sera encore meilleure !

L'eau, pourtant, ne manquait pas vraiment. Comme l'avait rappelé le curé, dans le fond du pré d'Eugène Lescar coulait une ancienne fontaine qu'on disait miraculeuse. De couleur foncée, presque rouge, elle soignait les maladies de peau. Autrefois, on y venait en grand nombre de toutes parts. Une petite chapelle avait été construite pour y abriter les dévots, dans laquelle quelques cierges brûlaient. Parfois, encore aujourd'hui, une petite flamme de remerciement y vacillait timidement. On rapportait que du temps des pèlerins de Saint-Jacques, beaucoup s'y arrêtaient pour soigner leurs jambes et leurs pieds mis à mal par leur longue marche. Ils faisaient une halte de deux ou trois jours, puis, remis en forme, attaquaient la traversée des landes proches. Une véritable économie s'était créée tout autour, mais c'était autrefois. Maintenant, comme disait Eugène, la mode était passée, et seules quelques femmes venaient y tremper leurs membres fatigués, pour les réparer des outrages du temps. Il entretenait le tour de la source, coupait l'herbe haute et les ronces qui tentaient toujours d'envahir les lieux, nettoyait le petit bassin en pierre qui recevait ce filet d'eau venu de nulle part et qui s'écoulait doucement dans le champ voisin. Lui-même, le temps d'une prière, s'y baignait les pieds.

La procession eut lieu. Elle fut belle. Dévote. Garnie de fleurs, de bannières, accompagnée d'enfants de chœur en aube rouge et surplis blanc tout en broderie. Les femmes chantèrent, prièrent, les hommes suivirent avec distraction. À la terrasse du *Café du Commerce*, le grand Gustave avait applaudi en riant. Monsieur l'instituteur sirotait un verre de vin blanc, abrité par un joli chapeau de paille qu'il n'ôta pas quand le curé passa avec la croix. Du coup, des murmures désapprobateurs circulèrent dans les rangs des femmes.

Le lendemain, la lune changea. Comme Gustave le pensait, elle gâta le temps. C'était souvent comme ça dans les périodes de grande chaleur. Quatre ou cinq jours après la procession, les nuages crachèrent leur eau avec générosité.

Les femmes remercièrent le ciel en criant miracle.

Le curé remercia la divine providence.

L'instituteur remercia le hasard qui fait si bien les choses.

Le maire remercia son épouse de lui avoir suggéré la procession.

Le grand Gustave ne remercia personne, mais but quelques verres de plus.

À chacun ses croyances et ses remerciements.

II

Avec l'arrivée de la pluie, même de courte durée, le village avait repris des couleurs. Le maire était passé pour un faible aux yeux de certains, pour avoir accédé aux désirs religieux de son épouse et des femmes du village, il n'aimait pas ça. En apprenant que les paroissiens de Mérignac avaient fait la même chose, en allant en procession aux fontaines d'Arlac, il avait été soulagé. Eux aussi avaient vu tomber de l'eau quelques jours plus tard.

– Je n'ai pas obéi à ma femme, clamait-il à qui voulait l'entendre, j'ai tout simplement fait cela pour l'intérêt collectif, et rien d'autre.

Et il ajoutait :

– Mon devoir de maire, c'est d'étudier toutes les possibilités, quelles qu'elles soient, pour satisfaire le plus grand nombre.

Le grand Gustave n'arrêtait pas de se moquer en le traitant de faible, affirmant que dans les années à venir ce n'était pas en organisant des processions qu'on réglerait le problème du manque d'eau dans la commune. D'ailleurs, disait-il avec force, ce n'est pas pour rien si en 1905 le petit père Combes, comme on l'appelait dans ce pays, avait réussi à séparer l'Église et l'État, signe que l'État devait se suffire à lui-même, sans compter sur l'aide de la Providence. L'instituteur prit le relais en assurant que les curés devaient s'occuper des messes, des mariages ou des enterrements, un point c'était tout ! Cette procession ? Pff, ils avaient eu la chance que la lune vienne à leur aide en brouillant le temps, rien d'autre. Il était aux anges. Savait que le grand Gustave avait raison et que, peu à peu, à cause de l'orgueil du maire et de son sens excessif de la propriété qu'il partageait avec les gros propriétaires du village, il récolterait des adhésions à ses propos. Mais le connaissant, il le savait incapable de mener à bien les destinées de la commune. Si un jour la population finissait par être d'accord avec les idées de cet olibrius, ce jour-là, lui, Yves Lagarde, il serait prêt. Il connaissait tout de la mairie. Il savait tout des propriétaires, de ce qui les unissait, de ce qui les divisait. Son poste d'instituteur lui valait d'être reconnu. Respecté. Un jour, il serait maire de ce village. Et, quand il aurait cette charge, le curé avec ses prêchi-prêcha n'aurait qu'à bien se tenir et se contenter de gouverner son église ! À cette idée, il se lissait les moustaches avec un plaisir sensuel.

Arnaud Lambert avait maintenant un autre souci en tête. Ce soir de septembre, les onze membres du conseil se réunissaient pour préparer l'hiver. Ça passait par le curage des fossés de la propriété communale, pour que l'excès d'eau parte vers les étangs proches. Quelle histoire tous les ans ! Pourtant ça paraissait simple, chacun devait curer, entretenir les siens, entièrement ou à moitié, selon les limites de propriété. Pour certains exutoires, c'était tous les ans, pour d'autres tous les deux ans. Un vrai casse-tête, car tous n'étaient pas d'accord sur les priorités. Malgré cela, en ce moment, l'esprit du maire était ailleurs.

Amélia, l'épouse de son fils, en mars de l'an dernier, avait accouché d'une fille, alors que tous souhaitaient que leur aîné soit un garçon. Elle avait été baptisée Andréa en hommage à son père, Germaine et Valentine pour rappeler ses deux grands-mères. L'enjeu était de taille pour l'avenir de la propriété. Une fille, en se mariant, emporte les hectares de sa dot hors de sa famille, et c'est le commencement de la fin, disait le pépé en tournant nerveusement son béret sur la tête. Donc, après cette naissance féminine, André s'était remis au travail, et sa femme était de nouveau enceinte. En mars prochain, on saurait ce que la nature avait décidé. Les vieux observaient le comportement d'Amélia. Ils avaient leur idée.

– Elle a le ventre bien en pointe, disait la mémé, vous verrez, ce sera un garçon.

Tous souriaient de joie à ce constat. Amélia n'avait pas envie de sucreries, seules les femmes qui attendent des filles ont ce genre d'envie, les autres se régalant de plats bien roboratifs, et bien salés ! affirmait-on. Le pépé avait promené sa montre gousset sur le ventre de la bru. Il trouvait les sources, alors pourquoi pas le sexe des enfants à venir ? La montre n'avait pas fait de cercle et s'était balancée d'avant en arrière. Il y vit le signe que c'était vraiment un garçon. En y réfléchissant, les mêmes observations l'an dernier avaient été démenties par la naissance d'une fille !

– On ne peut pas se tromper tout le temps, dit Arnaud Lambert, cette fois nous aurons raison !

Outre ces observations, pour être exaucée, la famille devait se faire aider par les cieux. À partir de ce moment-là, ils avaient commencé à faire brûler des cierges et à parler d'un pèlerinage à Lourdes, pour demander au ciel de les satisfaire. Le curé Émeric les avait encouragés dans cette voie. Amélia et André s'y rendraient donc en octobre, au moment du pèlerinage du rosaire. Ils prendraient la micheline jusqu'à Facture, puis le train jusqu'à Lourdes, feraient brûler un cierge devant la grotte. Un gros, avait recommandé la mémé, elle le paierait.

Sûrs du résultat, il fallait choisir un prénom. Le pépé s'appelait Gaston, ils choisirent Gaston, auquel ils accolèrent Joseph, pour la Sainte Famille, puis Arnaud, le grand-père méritait bien ça, et enfin Jean, pour tous les jours. Ainsi le garçon se nommerait Gaston, Joseph, Arnaud, à la mairie comme à l'église, et Jean en famille. La layette prit tout de suite une teinte bleue.

Arnaud Lambert était tout à ses réflexions, le ton coléreux de son premier adjoint le remit en situation.

– Je vous dis que la grande craste Coudane doit être curée dans toute sa longueur, affirmait-il avec force, sinon le trop-plein d'eau va noyer les semis et retarder la pousse.

Il termina sa phrase sur un ton emphatique :

– Il y va de l'avenir de la forêt communale.

– Et surtout de l'avenir de tes pins qui ne sont pas loin, ricana le grand Gustave. En curant la grande craste, en même temps, on empêche les tiens de trop boire, et toi, tu peux laisser tes autres fossés sans curage un an de plus. Tu gagnes sur tous les tableaux.

Pendant plus d'une heure, l'énumération des fossés et crastes défila. Le fossé des prairies, celui du lavoir, des anciens marais, la Grande Craste, la Craste Longue, la craste de Chemin-Profond, celle de l'Amélie. À chaque fois, il fallait décider l'urgent, le possible, celui qui pouvait attendre un an.

Il fallut décider également ceux ou celles qu'on allait simplement *chaborder*[1], ceux ou celles qu'il fallait curer à vieux fond. Ensuite, il fallut choisir quel ouvrier communal allait nettoyer tel ou tel ouvrage.

– On va faire faire le curage par Henri, et le chabordage par Pierrot, proposa le maire.

On lui rétorqua que seuls, chacun de son côté, ils mettraient un temps fou, et qu'il valait mieux mettre les deux sur le même travail, ça irait plus vite.

---

1. Chaborder *: couper la végétation sur les côtés du fossé.*

– On ne peut pas, dit le maire, vous savez bien qu'ils s'entendent mieux séparés qu'ensemble.

– Couillon ! clama le grand Gustave. Si le Pierrot n'avait pas louché sur la femme d'Henri, on n'en serait pas là.

– Et si les femmes du lavoir n'avaient pas répandu la nouvelle dans tout le village, on n'en serait pas là non plus !

Le secrétaire de mairie était épuisé. La séance durait depuis plus de trois heures, et maintenant, après la liste des fossés, comme d'habitude, ils allaient faire le tour de chaque maison du village pour la liste des propriétaires à prévenir par courrier. Il se leva, mit le registre sous le bras, salua l'assemblée, le lendemain il avait école.

– Celui-là, fit remarquer le maire, s'il ne sait rien du quotidien des gens, il ne sera jamais considéré comme étant du pays !

* *
*

Le quotidien des gens était simple. Dans les hameaux, les maisons étaient situées au milieu des propriétés, dans un grand espace vide d'arbres à cause des méfaits d'une tempête toujours possible. Dans cet *airial*, à part de l'habitation principale, se dressaient les écuries pour les vaches, les granges avec le grenier à foin, le parc à cochons, la volière pour les poules, une trentaine de moutons dans le *courtioù*[1], cinq-six ruches. La vie s'écoulait au rythme des traites du matin et du soir qui faisaient couler le lait fumant dans les bidons. Le reste de la journée, les hommes récoltaient la résine, préparaient les labours pour le maïs, les pommes de terre, tandis que les femmes s'occupaient du jardin, de la cuisine et des tâches ménagères. Dans les commerces du village, situés autour de

1. Courtioù : *hangar à trois pentes, dont la plus basse face aux vents d'ouest, et une grande entrée.*

la place de l'église entourée de platanes, on se ravitaillait sans problème. Les deux cafés avaient des clients, et les clients, leurs habitudes. Le *Café des Platanes,* fief du maire, et le *Café du Commerce,* où se réunissaient les opposants. Paul, le patron, s'était présenté aux dernières élections et, bien qu'il soit sympathique, il n'avait aucun pin et arrivait de la grande lande voisine, il était, pour ainsi dire, un étranger ! Il avait eu beau payer tournée sur tournée, aucun soiffard n'avait tenu ses promesses de vote, et il avait eu du mal à atteindre cinquante voix sur les cent trente électeurs de la commune ! Le grand Gustave ne s'embarrassait pas, il fréquentait les deux cafés, ce qui lui permettait de dire à tous ce qu'il pensait de tous, sur son ton habituel de râleur. Le boucher ne se mêlait pas de politique, le boulanger vendait son pain à tout le monde. Pour les emplettes des dames, il y avait le magasin d'Estelle.

Estelle, petite dame âgée, semblant défier les années, était la mémoire de ce village.

Dès qu'on poussait la porte, un carillon sonore lui indiquait qu'un client venait d'entrer. Vêtue de son éternelle robe noire à cause de son mari mort à la fin du siècle dernier, illuminée seulement par un feston de dentelle blanc, nez retroussé, yeux plissés derrière ses petites lunettes rondes, cheveux blancs frisottants coiffés en chignon, elle arrivait de sa cuisine en trottinant et en s'essuyant les mains à un tablier dont elle avait coincé un pan dans sa ceinture. Elle souriait avec un air gentil. Ça, c'était le matin, parce que l'après-midi elle était toujours assise derrière sa vitrine à regarder passer les gens. De son magasin de mercerie-bonneterie-layettes-articles-de-Paris-et-articles-funéraires, situé sur le chemin des écoles, elle regardait les enfants grandir un peu plus chaque année, tandis qu'elle donnait l'impression de rapetisser.

C'était ce même chemin qu'empruntaient les mariés pour aller de la mairie à l'église. Dans un autre sens, il conduisait de l'église au cimetière. Ainsi, Estelle voyait défiler le quotidien des gens de son village, de la joie à la tristesse.

– Le fils de Marguerite n'arrête pas de grandir.

…

– Tiens, la petite de Julia n'a pas bonne mine. Un rhume peut-être ? Mon Dieu, j'espère qu'elle n'est pas poitrinaire !

…

– Regardez comme Françoise est belle dans sa robe de mariée ! Son père n'est pas peu fier de lui offrir son bras.

…

– Ah, ce pauvre Arthur, voilà où mène l'abus de vin !

Et elle se signait devant le cortège funèbre qui passait.

…

Son magasin était un vrai nid d'aigle. Elle avait toujours, dans la boutique, deux ou trois chaises qu'elle tendait volontiers à des voisines qui, l'après-midi, s'arrêtaient pour bavarder. Ensemble, elles observaient le quotidien. À plusieurs, c'était mieux. On remarquait davantage de détails et, dans un cortège de mariage, des détails, il y en avait. Du chapeau le plus simple à la moindre robe, du petit gilet au chapeau melon, tout était décortiqué, comparé, jugé. On se posait des questions : « Comment ont-ils fait pour se payer tout ça ? Roger a dû faire couper une belle pièce de pins pour marier sa fille ! Tiens, ce n'est pas leur cousine du Médoc au cinquième rang du cortège ? Attendez ?… Si ! Ah, on les croyait fâchés. » Les conversations sont toujours possibles quand on veut bien regarder les choses. Parfois, pour mieux voir la belle robe de la mariée, quelques-unes allaient se poster devant le porche de l'église, regardaient le spectacle, avec accompagnement des cloches sonnées à toute volée. C'était pareil pour les enterrements. Le village accompagnait le mort. Dernier voyage, dernier hommage à celui ou à celle qui avait partagé avec eux la vie du village. Chaque silence était une prière personnelle. Un mot intérieur. Un regret. Un souvenir. Une couillonnade. Enfin, quelque chose d'intime qui liait le mort à soi, histoire de se l'approprier. En ultime hommage d'amitié, les meilleurs amis ou amies s'étaient réparti les cordons du drap noir aux larmes d'argent brodées, qui recouvraient le cercueil. Le corbillard, tiré par la mule d'Armand, avançait doucement. Le voyage était long depuis les hameaux. Parfois deux heures à pied, à suivre l'équipage. Au départ, le cortège était silencieux, mais les conversations, c'est comme la vie : ça reprend vite le dessus, et le brouhaha des voix allait grandissant au fil du parcours, d'autant que chaque maison apportait de nouveaux accompagnants, donc de nouveaux sujets de conversation. Après la cérémonie, on allait boire un coup en parlant une dernière fois du défunt, pour ne pas le quitter vraiment quand la terre s'était refermée sur lui.

La vie du village se déroulait à un rythme lent sous l'œil vigilant d'Estelle.

Cet après-midi-là, Melvina y fit une halte, elle avait besoin de laine. Depuis plus de dix ans, Melvina faisait le ménage chez le maire et servait à table les jours de fête lorsqu'il y avait des invités. C'est dire si elle avait vu et entendu des choses dans cette famille. Mais là, elle avait envie de raconter ce qui s'était passé cette semaine. Les Lambert avaient invité le curé à venir déjeuner chez eux dimanche dernier pour le remercier des bienfaits de cette fameuse procession.

– J'y pensais depuis longtemps, lui avait dit le maire, mais vous savez comment sont les gens, ils ne croient plus à rien, alors je n'osais pas.

– C'est vrai que, depuis la séparation de l'Église et de l'État, avait rétorqué l'abbé, on vit une drôle d'époque.

Après la soupe grasse, la macédoine de légumes avec de la mayonnaise, la petite sauce de canard et le joli rôti de bœuf sauce madère, le tout arrosé d'un vin bouché de Listrac, le curé avait la langue pâteuse.

– Je te prie de croire, affirma Melvina en riant, que les vêpres ont dû être bâclées.

Le dessert à la crème onctueuse avait fait définitivement partir les barrières entre la mairie et le presbytère. L'État et l'Église firent bon ménage, à tel point que les secrets de tous ordres s'étaient envolés.

– Diable, une commune, ça se gère comme une paroisse, avait observé Arnaud Lambert, il ne devrait pas y avoir de secrets pour le bien de « nos » ouailles, avait-il dit d'un rire gras.

Pierre Émeric avait opiné du chef en fermant un peu les yeux, sans doute à cause d'un estomac bien rempli, et peut-être aussi d'un verre de trop. Toujours est-il qu'il fit une révélation de taille au maire : le grand Gustave cherchait à vendre une pièce de pins pour payer une dette. Cette terre était située contre la Bincouse, le ruisseau qui marquait la limite de propriété des Lambert. Est-ce que ça ne l'intéresserait pas ? Il fallait voir. En réalité, le maire trouvait cette nouvelle intéressante. S'il achetait cette pièce de pins séparée des siens par une craste, il valorisait son patrimoine et tenait le grand Gustave. À ceci près que celui-ci ne voudrait pas lui vendre.

– Vous savez bien qu'il me déteste.

– Sans doute, mon fils, sans doute, mais on peut avoir des arrangements, même avec le diable.

Le maire fut ébahi. Troublé.

– Monsieur le curé, vous me faites peur, des arrangements avec Satan, comme vous y allez. Je ne suis pas de taille à me mesurer à lui.

Pierre Émeric sourit. Et si lui avait cette taille-là ?

– Et alors, demanda Estelle, curieuse, comment ça s'est terminé ?

Melvina ne savait pas trop. Elle était dure d'oreille. Elle avait bien essayé d'écouter attentivement en ramassant les miettes sur la table avec une lenteur calculée, mais le curé s'était penché à l'oreille du maire, et elle n'avait rien compris. Par contre, elle remarqua que, tout doucement, le sourire gagnait le visage du maire tandis que le curé rougissait d'aise.

– Ils ont dû conclure quelque chose de pas très chrétien, conclut Melvina.

Avant de partir, elle acheta dix pelotes de laine bleue.

– Ce bleu clair ? C'est pour te faire une écharpe ? Prends-le plus foncé, non ?

– Pas du tout, c'est pour tricoter la layette du petit.

– Du petit ?

– Oui, Amélia va accoucher d'un garçon en mars, il faut attaquer les tricots cet hiver.

– Et si c'est une fille ?

– Si c'est une fille, répondit-elle en riant, ils veulent tellement un garçon qu'ils sont fichus de l'habiller quand même en bleu !

III

Pierre Maleyran n'était pas un grand gaillard. Il dépassait à peine le mètre cinquante, mais, comme il disait, « j'ai quand même été invité à faire la guerre ». Il avait passé son temps sans trop de dommages, juste un bras cassé par un éclat d'obus tombé à peu de distance de la tranchée où il se terrait. Un vrai miracle. Malgré une guérison convenable, il avait du mal à le lever un peu haut, pourtant ça ne l'empêchait pas de boire chopine. Il faut bien ressembler à quelqu'un, et la boisson était la seule ressemblance qu'il avait avec le grand Gustave, son géniteur. Autant le père avait le vin teigneux, autant le fils l'avait gai. C'était presque un plaisir de le voir soûl. Il riait tout le temps, ne cherchait de crosses à personne. Petit-Pierre avait été baptisé ainsi à cause de sa petite taille, par opposition à son père qui était grand. Il tient de sa mère, la Louise, disait-on au village. Effectivement, la Louise n'était pas bien grande. Gentille et patiente, elle disait avec tristesse que son mari avait « bu » presque toute la propriété, vendant parcelle après parcelle, y compris celles qu'il avait trouvées dans la corbeille de mariage. Même mince, avec un peu de bonne volonté, il aurait pu la faire fructifier, les pins donnaient de la résine, et la résine se vendait bien. Il s'était entêté, préférant les moutons aux pins et, surtout, le vin au travail. Louise gérait le ménage avec difficulté. Leur vieille maison aurait supporté des réparations, hélas ! l'argent manquait. Petit-Pierre suivait les traces de son père, il aimait la fête. Il faut dire que dans les tranchées, sous les avalanches d'obus, la vie lui était apparue bien futile. Aujourd'hui, il appréciait le temps qui s'écoulait, le sachant précieux. Du coup, Louise était inquiète. Elle avait espéré qu'il travaillerait sur la propriété mais, au fil du temps, cet espoir avait fondu comme peau de chagrin. S'il restait assez d'hectares pour satisfaire la soif de son mari, il n'en restait pas assez pour donner du travail à son fils. Heureusement, Gustave lui avait fait aussi une fille. Antoinette était jeunette, gentille, jolie, pas malicieuse pour deux sous. Son avenir semblait tracé : elle passerait sa vie à faire le ménage chez les autres, en attendant de trouver un jour un mari à sa pointure, qu'elle rendrait sûrement heureux. Pour Petit-Pierre, par contre, comment envisager un éventuel mariage qui aurait pu lui fabriquer un semblant de vie ? Comment ferait-il vivre une maisonnée ? Qui voudrait de lui ? Louise l'imaginait travaillant comme journalier toute son existence et rester célibataire.

– Il finira comme son père, disait-elle, la larme à l'œil.

Elle ne comptait sur personne au village pour leur venir en aide. Quand elle osait parler de ses soucis au cours du repas, le grand Gustave attrapait une colère noire, se levait sans finir sa soupe et partait boire chopine au *Café du Commerce*. En le voyant arriver, bougon, le béret de travers, le patron rigolait.

– Ah, la Louise t'a encore servi la soupe à la grimace ?

En commandant à boire, il marmonnait que tout ça aurait une fin, qu'un jour il se déguiserait en fou et qu'il réglerait son compte à tout le monde.

Avec le temps, Louise avait fini par ne plus parler pendant les repas. Tous la plaignaient et plus personne ne venait la voir. C'est pour ça que ce jour-là, en voyant arriver le curé, elle se demanda ce qu'il venait lui annoncer. Sans doute une mauvaise nouvelle, son grand Gustave avait encore fait quelque bêtise. Pour qu'on lui envoie l'abbé Pierre Émeric, ce devait être grave.

Elle le fit entrer dans la salle à manger. C'était une grande pièce meublée d'un simple buffet et de quatre chaises placées autour d'une table recouverte d'une nappe à fleurs. Il s'assit.

– Je vous offre un verre ? proposa-t-elle. Il me reste du cassis de cette année.

Ma foi, pourquoi pas. Autour d'un verre, les conversations sont toujours plus faciles. Louise n'osait pas demander le but de cette visite, elle préférait voir venir. Après avoir fait le tour de toutes les conversations possibles, le temps d'abord, cette pluie qui avait fini par tomber.

– Grâce à vous, monsieur le curé.

Il rejeta la flatterie d'un revers de main. Il était seulement l'instigateur de cette procession, c'était la foi des participants qui avait fait le reste. Et la nouvelle lune, pensa-t-elle. La conversation continua dans les banalités. Après le temps, la santé, le fils, la fille et enfin le mari.

– C'est un peu pour lui que je viens, dit le curé.

Elle s'affola, se leva d'un bond. Qu'est-ce qu'il avait encore fait ? Il la rassura.

– Non, non, rien de mal.

Pierre Émeric avait seulement appris que le grand Gustave souhaitait vendre quelques hectares mal semés, sur lesquels les pins poussaient en désordre. Louise acquiesça. Mais comment avait-il su ? Le curé sourit.

– Ma chère Louise, journellement, on m'entretient sur de multiples sujets que j'oublie toujours assez vite, car ce qui compte pour moi c'est la charité chrétienne et le salut des âmes, rien d'autre. Parfois, ce que j'entends chemine dans mon esprit, et je me dis que, si je peux arranger ou favoriser certaines choses, il est de mon devoir de le faire, afin de préserver les intérêts de tous dans un esprit d'équité.

Elle ne comprenait pas tous les mots. Où diable voulait-il en venir ? L'Église ou lui n'allaient quand même pas acheter ces terres ? Effectivement, personnellement, il ne les voulait pas, l'Église non plus. Par contre, il connaissait quelqu'un de bien, de très bien même, que ça intéresserait.

– Quelqu'un du pays ? demanda Louise, l'air méfiant.

Ça allait de soi, il n'était pas question d'en faire profiter un étranger au village.

– Nous sommes une grande famille, nous devons le rester.

Louise était rassurée. Elle n'aurait pas, et Gustave encore moins, accepté de vendre à quelqu'un qu'ils ne connaissaient pas.

– Alors, ce quelqu'un, il est d'ici ?

Le curé fit oui de la tête et finit par dire :

– Arnaud Lambert.

Louise se leva d'un bond. Il n'était pas question de faire affaire avec cet olibrius. D'accord, elle savait que son mari parlait souvent à tort et à travers, mais le maire n'était qu'un profiteur du malheur des autres. Rien d'autre !

– Il a déjà acheté des terres à la famille en profitant de notre faiblesse. Ça suffit, il nous a assez insultés !

Elle ne dominait plus sa colère. Cet homme était un accapareur qui ne respectait rien.

– Qu'il aille au diable !

À ces mots, le curé se signa, partit dans des explications sur la charité, la compréhension, le bon voisinage, le tout en se référant à la Bible et aux commandements de l'Église. Le maire avait sans doute des défauts comme tous les hommes, mais il administrait la commune avec bon sens en se souciant des autres. Rien que pour cela, il méritait le respect. Louise ne voulut rien savoir, elle ne passerait aucun message à son mari.

– Nerveux comme il est, il irait foutre une rouste au maire ! N'insistez pas, monsieur le curé.

Il se leva, remit sa barrette sur son crâne tonsuré et partit. Après avoir fait quelques pas, il se retourna :

– Dites-moi, Louise, et si pour vous être agréable le maire, outre le prix fixé, faisait autre chose pour vous ?

– Pour moi ? Et quoi donc, grand Dieu ? demanda-t-elle en riant.

Le curé plissa les yeux, prit un air malicieux qu'elle ne lui connaissait pas. D'une voix suave, il proposa :

– Et s'il embauchait votre fils comme cantonnier de la commune ? Je sais qu'ils ont beaucoup de fossés à curer cette année, ils vont manquer de bras pour le faire.

Il la vit changer de couleur. Comprit qu'il avait touché juste.

– Au revoir, Louise. Je prierai pour vous à la prochaine messe. Et si vous décidez votre mari, faites-moi signe.

Quand elle en parla à Gustave le soir au moment du repas, il vit rouge. De quoi se mêlait ce curé ? Jamais, au grand jamais, il ne vendrait au maire un seul mètre carré de terre ! Il s'était assez enrichi sur le dos de tout le monde et même déjà sur le sien ! Et voilà que maintenant il se servait du curé pour cette triste besogne ! Et celui-là, qu'allait-il inventer pour que ça marche, du travail pour son fils ?

– Qu'il se démerde celui-là, t'entends ? Qu'il se démerde ! hurla-t-il. Moi, personne ne m'a aidé !

Il piqua une telle colère que son visage devint cramoisi. Il gesticula en proférant des insultes contre toute cette clique de gens qui était contre lui, ces jean-foutre de gros propriétaires qui ne pensaient qu'aux pins.

– Un jour, ils pisseront de la résine et ils seront contents !

Louise essaya de le calmer, en vain. C'est alors que d'un coup il se tut, sembla pétrifié, s'affala de son mètre quatre-vingts sur les carreaux de la cuisine et perdit connaissance. Louise ne se tracassa même pas tout de suite, il avait l'habitude d'avoir ce genre de malaise. Mais bon sang, quand même, celui-là durait, il ne se relevait toujours pas, même après avoir reçu un pichet d'eau sur la tête. Inquiète, elle appela Petit-Pierre qui ne fut pas surpris de voir son père par terre. Il se pencha sur lui, remua la tête d'un air songeur.

– C'est pas bon, dit-il, j'en ai vu des morts à la guerre, ça ressemble à ça. C'est tout raide et ça bouge plus.

Il partit chercher le médecin du village. En passant devant le presbytère, il prévint le curé que, sans doute, son père ne passerait pas la nuit. Pierre Émeric fut abasourdi de la nouvelle. Dans la soirée, le docteur déclarait que le grand Gustave avait fait une congestion cérébrale. Il était revenu à lui mais ne parlait pas, et son regard vide balayait la chambre. Le curé vint et essaya de réconforter Louise, qui voyait son avenir bien triste. Il lui glissa dans le creux de l'oreille que c'était peut-être le moment de penser à ce qu'il lui avait proposé cet après-midi, elle allait avoir besoin d'argent et Petit-Pierre de travail. Louise s'effondra sur une chaise et maudit silencieusement Pierre Émeric. C'était à cause de sa proposition que Gustave avait fait cette attaque. « Ce curé, pensa-t-elle, c'est le diable ! »

* *
*

Une semaine après son attaque cérébrale, le grand Gustave, sortant de son silence, émit un borborygme qui surprit Louise ; il n'avait pas bougé ni poussé une plainte depuis huit jours. Elle s'approcha, il la fixa intensément, comme s'il voulait lui dire quelque chose. Il leva péniblement la tête, ne réussit qu'à moitié et la laissa retomber lourdement sur l'oreiller en poussant un son rauque en guise de dernier mot. Comprenant, les larmes aux yeux, elle lui ferma les paupières.

Une fois le mort préparé par les voisines, Petit-Pierre fit le tour de la famille et des voisins pour annoncer la nouvelle. À chaque maison visitée, on lui offrit un verre qu'il accepta. Dans la soirée, il pleurait, mais on ne sut si c'était la peine ou l'excès de vin. Le sacristain sonna le glas. Au *Café du Commerce*, le patron offrit une tournée à la mémoire de Gustave, il lui devait bien ça. L'instituteur se dit que, son porte-parole parti, il devrait bientôt afficher ses intentions pour la mairie, les élections arrivaient l'an prochain. Arnaud Lambert se dit qu'il allait pouvoir acheter la propriété qu'il convoitait sans difficulté, mais n'osa pas se frotter les mains, on ne se réjouit pas de la mort, même de celle d'un ennemi. Au contraire, en tant que maire, il allait participer activement aux funérailles. Ce qu'il fit.

Il désigna quatre conseillers municipaux pour tenir les cordons du corbillard, fit acheter chez Estelle une couronne de perles avec cette phrase écrite en lettres de fer-blanc : *À Gustave Maleyran, notre conseiller municipal regretté.* Il la porta lui-même chez le défunt, avec ses adjoints. Il se joignit même à la veillée funèbre. Le jour des obsèques, le curé et les enfants de chœur, en aube noire et surplis blanc à dentelle, devançaient le convoi qui marchait au rythme lent de la mule d'Armand. Derrière, Louise, en longue robe noire, un voile de même couleur lui recouvrant la tête et qui tombait jusque sur les reins, était entourée de ses deux enfants, Petit-Pierre et Antoinette. Le maire, avec son fils André, avait tenu à être derrière la famille, pour montrer que, malgré l'agressivité de Gustave à son égard, il l'aimait bien et respectait l'opinion des autres. Dans le cortège, les conversations allaient bon train. Les hommes se rappelaient les bons moments avec le défunt, tandis que les femmes plaignaient la veuve et la vie qu'elle avait eue avec cet énergumène. D'autres se posaient des questions sur l'avenir de cette famille, que le mort laissait sans beaucoup de ressources. Arnaud Lambert, silencieux, pensait que, bientôt, sa propriété allait s'agrandir, Louise ne pourrait pas faire autrement que de vendre. Il réprima un sourire.

André, lui, curieusement, ne remarquait qu'Antoinette. Cette jeune fille, de quatre ou cinq ans plus jeune que lui, lui parut très douce, et au soubresaut de ses épaules il la devina pleurant son père. Il eut l'envie forte de la serrer dans ses bras, comme pour la protéger, mais il reprit vite ses esprits : il était marié, allait être papa d'un garçon, ça devait suffire à son bonheur.

L'abbé Émeric, dans son homélie, ne parla que du brave homme qu'était Gustave, ce fils de Dieu depuis l'eau de son baptême, ce qui fit sourire tous ceux qui pensèrent que Gustave avait oublié l'eau depuis longtemps !

La famille reçut les condoléances et rentra chez elle, accompagnée des cousins proches. Ils allaient déjeuner ensemble, dernier geste d'amitié, où les larmes se mêleraient aux rires en un au revoir amical à Gustave, qui, depuis sa mort, passait définitivement pour un brave homme, n'ayant pas eu, aux dires de tous, de chance dans la vie, excellente raison pour l'absoudre de tous les excès qu'il avait pu commettre.

Après la poignée de terre jetée sur le cercueil en pin, les hommes du village se retrouvèrent dans les cafés, ils avaient à dire, et peut-être à médire.

Sur le maire d'abord, c'était quoi ces simagrées ? Depuis quand aimait-il à ce point son contradicteur ? Yves Lagarde s'en donna à cœur joie, saisissant là l'occasion d'entamer une campagne électorale.

– Si le maire agit comme ça, c'est sûrement par intérêt.

Oui, mais lesquels ? Pas la mairie, Gustave disparu, il n'avait pour ainsi dire plus de contradicteur.

– Tout ça changera un jour, affirma le secrétaire de mairie, il n'aura pas toujours le curé pour résoudre les problèmes d'eau. Le progrès doit arriver ici comme ailleurs, et ce ne sont pas ces arriérés qui ne pensent que curage de fossés qui l'apporteront.

Dans un coin du café, Marcel Blanc était silencieux. Le neveu d'Estelle avait l'habitude d'écouter et s'avançait rarement dans les conversations. Cet obscur avait de la mémoire et, depuis que le maire l'avait obligé à curer tout un fossé qui ne servait plus à rien, sous prétexte que sa pièce de pins voisins se noyait, il ne l'aimait pas. Devant toutes ces interrogations, il prit la parole, surprenant tout le monde :

– Je sais, moi, pourquoi tout d'un coup le maire aime tant la famille du grand Gustave.

Tous les regards se tournèrent vers lui. Il sourit, but lentement une gorgée avant de poursuivre. Lui qui d'habitude n'avait pas d'importance, d'un coup, en avait, alors il distillait son plaisir.

– Ma tante Estelle a appris par Melvina que le grand Gustave souhaitait vendre un terrain pour rembourser une vieille dette.

– Et alors, quel rapport avec le maire ?

– Le maire... « et » le curé, dit Marcel qui devenait de plus en plus important dans la conversation.

– Le curé ?

– Eh oui. Cette pièce de pins est située en bout de chez le maire, et ça l'intéresse. On sait tous que le grand Gustave ne lui aurait jamais vendue.

– C'est évident, dirent les hommes en chœur.

– Sachant les rapports tendus entre eux, Melvina a cru comprendre que le curé était intervenu pour que ça se fasse.

La nouvelle fit l'effet d'un coup de tonnerre. Le maire voulait encore agrandir ses terres en profitant de la misère des autres, et le curé l'aidait ? Un comble ! Yves Lagarde, scandalisé par de telles pratiques, donna de la voix. Il fit un véritable discours politique, parlant de l'honnêteté, de la probité, de l'intégrité, de la droiture, de la loyauté, de l'abnégation nécessaire pour diriger un village.

– Ce maire ne nous convient plus, il faut en changer !

Un tonnerre d'applaudissements vint couronner ses propos, et le patron offrit une tournée générale en déclarant :

– Monsieur Lagarde, si l'an prochain vous faites une liste, j'en suis !

Pendant ce temps, au *Café des Platanes*, le maire et ses amis, la conscience tranquille, buvaient un verre à la mémoire de celui qui ne leur empoisonnerait plus la vie.

Quand Louise expliqua à ses enfants qu'il fallait vendre la pièce de pins de la Pesseleyre pour payer les frais d'obsèques, et surtout pour rembourser une dette de leur père, Petit-Pierre fit triste mine, l'héritage devenait mince. L'endroit lui plaisait beaucoup, c'était le lieu de ses promenades d'enfant avec son grand-père, et un excellent coin à bécasses. Quand Louise annonça que le maire se portait candidat pour acheter, Petit-Pierre hurla, gesticula, reprenant ainsi la tradition familiale. Il fallait sa signature, non ? Oui, il la fallait, et celle d'Antoinette aussi. Celle-ci n'y voyait aucun inconvénient, la perception des choses était différente pour elle.

– Si cette vente devait résoudre des problèmes, pourquoi pas, dit-elle.

Louise conseilla à Petit-Pierre de bien réfléchir, d'autant que si ça se faisait, le maire promettait de l'embaucher comme cantonnier à la commune, il y avait des fossés à nettoyer et il manquait de bras. La mère pensait que c'était peut-être une bonne chose pour lui.

– Sinon, que comptes-tu faire pour gagner ta vie et celle de la famille ?

Seule, elle n'arriverait jamais à subvenir à ses besoins. Il faudrait aussi penser à placer Antoinette comme bonne. Rien à faire, Petit-Pierre n'en démordait pas, il vendrait la Pesseleyre à n'importe qui, mais pas au maire.

– Réfléchis bien, il y va de l'avenir de nous tous.

Petit-Pierre ne dit pas un mot de trois jours, ressassant cette histoire dans sa tête, sachant pertinemment que la propriété restante ne suffirait pas à faire vivre tout le monde. Il chercha du travail : à l'usine de térébenthine, à la caisserie. Rien. Alors il finit par accepter, avec un poids énorme sur le cœur. Chez le notaire, en signant l'acte, il eut l'impression de trahir son père.

Huit jours après, Petit-Pierre curait des fossés pour la commune, tandis qu'Arnaud Lambert regardait avec plaisir le bois magnifique de la Pesseleyre, qu'il avait acquis pour moitié de sa valeur, les créanciers semblaient pressés et Louise devait faire vite. « Mais bon, pensa-t-il fièrement, en compensation, j'ai donné du travail à son fils. »

Il eut une pensée pour le grand Gustave. Réflexion faite, il allait lui manquer.

* *
*

Depuis le 15 mars, le village s'engourdissait dans la neige. Contre toute attente, alors que le printemps semblait s'être décidé à percer, quelques nuages venus de l'est, accompagnés d'une baisse subite des températures, avaient saupoudré de blanc toute la campagne, transformant les pins en arbres de Noël pour le plus grand plaisir des enfants. La fumée des cheminées s'élevait, droite dans le ciel, comme sur ces cartes postales que l'on s'envoyait pour les vœux du Nouvel An. Le froid, on le sentait bien, allait s'installer pour quelques jours.

André Lambert faisait provision de bois et en mettait le plus possible à côté de la cheminée de la salle à manger, proche de la chambre. Amélia devait accoucher dans peu de temps, il devait faire chaud dans la maison. Le bébé attendu avait un peu de retard.

– C'est bon signe, avait dit la mémé, c'est la preuve que c'est un garçon, ils sont toujours un peu fainéants à la naissance.

On attendait donc de pied ferme et avec impatience ce garçon, qui serait le nouveau fer de lance de la famille Lambert : Gaston Joseph Arnaud, que l'on appellerait Jean, en famille.

Amélia eut les premières douleurs vers midi. Arnaud Lambert chargea de bois la cuisinière en fonte, sa femme Germaine devait faire chauffer de l'eau, il y en aurait besoin, elle servirait à faire la toilette du bébé naissant, et aussi celle d'Amélia. André avait attelé la jument Sissous et était parti au village chercher Églantine Castaing, la sage-femme. À son retour, vers les 3 heures de l'après-midi, Amélia était calme, les contractions s'étaient espacées. Églantine l'ausculta et dit, sûre d'elle :

– Le bébé sera là au petit matin.

Germaine prépara la chambre de la sage-femme, elle passerait la nuit ici, inutile de faire un va-et-vient qui fatiguerait tout le monde. Et puis c'était mieux d'avoir sous la main cette femme experte, qui avait accouché tous les enfants du village depuis plus de trente ans. Vers 8 heures du soir, les contractions reprirent, régulières mais limitées. Germaine servit la soupe, en apporta un bol à sa bru, qui ne voulut pas le boire. Arnaud mit une grosse bûche dans la cheminée, pressentant une nuit un peu longue. Le pépé se mit au lit, il verrait demain, tandis que la mémé s'occupait dans la cuisine. Elle en avait vu des naissances, mais celle-là était tellement espérée qu'elle ne pouvait pas attendre sans rien faire. André, nerveux, essayait de ne pas s'endormir. Il savait que sa femme allait souffrir, et ça le dérangeait. Il l'aimait bien son Amélia. Il était heureux avec elle et imaginait son avenir avec sérénité. La propriété était belle de plein rapport. Plus tard, son père lui laisserait la place de maire, le garçon qui arrivait grandirait et à son tour prendrait le patrimoine à sa charge, ensuite la mairie, tandis que lui, André, finirait ses jours tranquille dans cette commune qui devait beaucoup à la famille. Il se mit à somnoler d'aise, les jambes roussies par les flammes qui crépitaient dans l'âtre.

Vers le milieu de la nuit, Amélia perdit les eaux. Églantine l'auscultait toutes les heures, et le col de l'utérus grandissait tous les quarts d'heure.

– Le col est grand comme une pièce de cinq francs, dit la sage-femme, ça peut aller vite.

Dans la maison, plus personne ne dormait.

Soudain, André, resté dans la pièce voisine, entendit distinctement les plaintes de sa femme et les encouragements à pousser de sa mère et d'Églantine. Amélia allait accoucher, il ne tenait plus en place et se précipita vers la chambre, s'arrêta net ; sa mère et la mémé lui demandèrent de s'éloigner : c'était une affaire de femmes. Dans la cuisine, il trouva son père devant un bol de café.

– Tu en veux un ?

Il tendit un bol. À ce moment-là, Amélia cria plus fort, et ses cris furent relayés par ceux plus aigus du bébé venant de naître. André et son père se précipitèrent. La sage-femme tenait l'enfant à bout de bras. Le petit corps rose et sanguinolent braillait maintenant de toutes ses forces.

– C'est une fille, annonça Églantine en souriant, et elle est belle.

Les deux hommes se regardèrent avec surprise. La déception les envahissait.

– Tu peux venir féliciter ta femme, dit la sage-femme.

André s'approcha du lit. Amélia avait le visage trempé de sueur, des larmes coulaient sur ses joues rougies par les efforts. Elle regarda son mari avec une tristesse immense dans les yeux, partageant sa désillusion. Arnaud Lambert repartit dans la cuisine. Il se servit un autre bol de café brûlant. Son fils vint le rejoindre.

– C'est foutu, tu n'auras jamais de garçon, André, ta femme ne sait faire que des filles.

– La prochaine fois peut-être, répondit André rageusement.

Son père hurla. Quelle imbécillité, il n'y aurait pas de prochaine fois ! Partager le patrimoine entre trois enfants serait de la pure folie. On ne divisait pas les hectares, on faisait en sorte de les multiplier. Il restait à espérer qu'ils trouveraient un gendre convenable pour Andréa, l'aînée. Elle resterait sur la propriété et s'occuperait des vieux de la famille.

– Des garçons qui trouvent une dot comme celle qu'elle apportera, il y en aura, il suffira de choisir. Il acceptera d'obéir sans problème, l'argent l'assagira, dit le maire avec fermeté.

André en voulut énormément à sa femme d'avoir accouché d'une fille. La mémé fut formelle : le cierge brûlé à Lourdes devait être trop petit.

– Et vous l'appelez comment ? demanda Églantine.

Personne n'y avait réfléchi.

– On attendait un garçon, fit André.

Autour de la table de la cuisine, on prit l'avis de tous, on se rappela qu'une lointaine parente s'appelait Lucie, alors on opta pour Lucie. Sans conviction.

Il faut croire que la petite avait compris qu'elle n'était pas la bienvenue, elle pleura jusqu'au petit matin, énervant passablement toute la famille. Dans les jours qui suivirent, elle passa des journées paisibles, en revanche, elle employait ses nuits à réveiller toute la maisonnée, à tel point que son père, dans la journée, s'endormait parfois contre un pin, fatigué par une suite de nuits blanches. Il se mit à haïr cette fille très rapidement.

Le curé devait baptiser Gaston Joseph Arnaud dit Jean en famille, il baptisa Lucie qui, pour punition d'être née à la place d'un garçon, n'eut qu'un seul prénom.

L'année 1922 serait maussade.

IV

DANS LES DERNIERS JOURS DE NOVEMBRE 1934, Petit-Pierre était aux aguets. Sa chienne épagneule de trois ans avait flairé quelque chose. Sans doute une bécasse, le froid avait fait son apparition et elles étaient arrivées depuis peu. Depuis ses débuts à la chasse, Finette s'était perfectionnée et elle devenait, chaque saison, plus maîtresse de son art. Dans ce bois de la Pesseleyre, il y avait toujours du gibier. Gustave Maleyran avait appris à son fils à dominer ses nerfs, sa fougue. Il lui avait appris à calmer son impatience. Dans ce loisir, prendre son temps était le maître mot. En plus, le gibier était bien utile sur la table. Donc il devait laisser la chienne faire son travail. L'encourager sans l'énerver. Lui-même avait été bon chasseur, et puis, avec le temps et surtout la boisson, il avait fini par ne plus chasser.

Dans la froideur du sous-bois, tout en avançant, Finette agitait la queue, excitée par l'odeur du gibier qu'elle devinait proche. D'un coup, elle ralentit sa quête, se coula dans les fougères, puis, truffe en avant, tendit la tête, stoppa net, se mettant à l'arrêt, superbe. Petit-Pierre leva doucement son fusil Robust. Inventé en 1913 par Pierre Blachon, il venait de chez Manufrance et donnait satisfaction à tous. Comme lui disait son père entre deux verres :

– Il suffit de tirer droit.

Ce qui ne lui était pas arrivé souvent, mais la qualité du fusil et le dosage des cartouches était aussi très important.

C'étaient les tout premiers jours de la chasse à ce gibier de roi, et Petit-Pierre voulait commencer la saison en beauté, une bécasse étant toujours très appréciée. Alors que l'oiseau s'envolait brusquement dans un vrombissement d'ailes sonore, il entendit deux coups de fusil sur sa droite, le stoppant net dans son action de tir. Surpris, il la vit tomber. Finette s'y précipita.

– Holà, retiens ton chien, Maleyran, la bécasse est à moi.

Il reconnut André Lambert.

Petit-Pierre n'était pas d'accord. Sa chienne l'avait trouvée, et elle lui revenait.

– Et depuis quand tu chasses sur mes terres ? demanda André.

– Je suis toujours venu chasser ici, c'était à mon père autrefois. J'y ai gardé mes habitudes, et ça ne mange pas ton terrain.

– Autrefois, oui, mais plus maintenant, tu me l'as vendue cette terre.

– Pas cher ! tonna-t-il. Ça me vaudrait le droit d'y chasser à vie. D'ailleurs, dans la commune, à part dans les réserves, on chasse où l'on veut, que je sache, non ?

– Eh non, on chasse où veulent les propriétaires. C'est tout.

Il eut beau se défendre, André Lambert fut inflexible et prit la bécasse dans la gueule de la chienne, qui émit un grognement de contestation.

– Ne te plains pas, tu as perdu un territoire de chasse, mais tu as trouvé du travail grâce à mon père. Et dis bien à tes copains que chez les Lambert, on y chasse si je veux.

Petit-Pierre était furieux. Il ne put contenir sa colère. Il hurla :

– C'est parce que t'as pas été foutu de faire un garçon à ta femme que t'en veux à la terre entière ? Paraît que depuis, la colère ne t'a pas quitté ? T'inquiète, plus tard, tu trouveras des gendres pour déniaiser tes filles. Avec les pins que t'as, ils se battront pour t'avoir comme beau-père et, après, ils te foutront à la porte de chez toi !

André arma son fusil, le mit en joue.

– Ah ! t'es bien comme ton foutu père, aussi mauvaise langue. Fous le camp, animal, ou je te crève !

– Putain, tout ça pour une bécasse, dit-il en rappelant sa chienne. Faut-il que tu sois dans le besoin.

De rage, André Lambert tira en l'air. Petit-Pierre s'échappa.

Au *Café du Commerce*, lorsqu'il raconta l'histoire, il fut un héros. On savait déjà qu'il fallait être ami avec les propriétaires pour avoir le droit de chasser chez eux, mais là, ça devenait sérieux. S'ils faisaient tous comme ça, bientôt, on ne pourrait plus chasser dans la commune.

– C'est pas la peine qu'on ait gagné la guerre, dit Henri Manciet, qui en était revenu avec un bras de moins, haché par un obus. Ça sert à quoi qu'on se soit battus ? Pour quelle liberté ? Parce que le fils Lambert, il l'a eue belle la guerre. Faut dire que papa connaissait le député. On devrait l'appeler André l'embusqué, vu qu'il n'a jamais quitté les lignes arrière. Les seules tranchées qu'il a vues, ce sont celles qu'il fait pour semer les patates !

Henri fut salué par des applaudissements et une tournée générale. André Lambert fut baptisé, ce soir-là, André l'embusqué.

– En plus, ça rime ! avait déclaré Marcel en riant.

La nouvelle fit le tour du bourg, le fils du maire ne voulait plus de chasseurs chez lui.

André rapporta la bécasse à la maison, la fit caresser à la petite Andréa, qui trouva le plumage magnifique et doux. Elle fut fascinée par ce bec long et pointu. Son père lui expliqua qu'elle se nourrissait de vers de terre qu'elle allait chercher en fouillant le sol de ce long bec. Lucie s'approcha.

– N'embête pas ta sœur ! prévint André d'une voix forte.

Lucie, les larmes aux yeux, tourna les talons. Il faut dire que, depuis sa naissance, sa famille ne s'intéressait pas beaucoup à elle. Andréa était toujours plus gâtée. Déjà, et malgré leur jeune âge, elles n'étaient pas proches. L'autorité d'Andréa ne s'accommodait pas de la douceur de Lucie. À l'école, Andréa était une petite chef d'un groupe de filles, tandis que Lucie faisait bande à part avec d'autres. Tout cela la rendait triste et, quand elle avait envie de tendresse, elle avait pris l'habitude de se réfugier chez Melvina. Celle-ci faisait le ménage chez les Lambert et habitait quelques maisons plus loin. Elle avait pris la petite en affection, et Lucie le lui rendait bien. Toujours dans ses jupes, elle qui n'avait pas d'enfants l'aimait comme si elle avait été sa fille.

Lucie avait un caractère agréable. Toujours souriante, à l'inverse de sa sœur qui voulait sans cesse avoir raison, raison d'ailleurs que lui donnaient souvent ses parents. À l'école, pourtant, autant Lucie avait de très bonnes notes, autant Andréa apprenait difficilement. Seul le calcul l'intéressait. Le grand-père avait décrété que le calcul était indispensable pour vivre.

– Dans la vie, ma petite, il faut savoir compter. Celui qui ne sait pas n'a jamais rien.

Donc les bonnes notes de Lucie n'intéressaient que Melvina qui, pour la féliciter, lui offrait de temps en temps quelques friandises, alors qu'à la maison les présents étaient rares. L'an dernier, le jour de ses onze ans, elle avait reçu en cadeau une vieille poupée qui avait appartenu à sa grand-mère. La *mounaque* avait une robe déchirée et n'était pas très fringante.

– Tiens, lui avait dit sa mère, prends-en soin, c'est presque un héritage. Tu n'as plus qu'à le faire fructifier en raccommodant la robe !

La tristesse qui s'était affichée sur le petit visage de Lucie avait attiré les larmes de Melvina. L'après-midi, elle l'avait emmenée chez elle, lui avait fait une petite collation et lui avait offert la poupée qui trônait sur son lit, depuis qu'elle l'avait gagnée à la loterie de la dernière fête foraine.

– Tiens, ma chérie, elle est à toi. Tu joueras avec elle, mais seulement quand tu seras ici. Tu comprends ? Et ne dis rien chez toi.

Lucie, folle de joie, se blottit contre elle.

– Je suis bien avec toi, tu pourrais me garder toujours dans ta maison ?

Elle avait expliqué que non. Sa place était avec sa famille. Avec son père, sa mère et sa sœur, ses grands-parents. Lucie avait pris un air chagrin.

– Ils ne m'aiment pas.

Melvina, chavirée par ces mots, se dit que tant qu'elle pourrait elle s'occuperait de la petite.

* *
*

En janvier, la société de secours mutuels fêtait son saint patron. Peu d'hommes du village manquaient ces agapes, les femmes en étaient exclues, ces choses-là n'étaient pas leurs affaires. Vers 3 heures, les visages rouges indiquaient que le vin n'avait pas manqué, du coup, les conversations allaient bon train, et les grivoiseries de fin de repas faisaient rire à gorge déployée. Une fois le champagne servi, Arnaud Lambert, qui présidait la journée, se leva : c'était l'heure du discours. Il se racla la gorge, tapota sur son verre avec le manche d'un couteau. Le son aigrelet amena le silence. Après avoir remercié le président de sa bonne gestion de la société, comme on était toujours dans la période des vœux, il souhaita une bonne année à tous.

– Mais, ajouta-t-il, pour cette année, je souhaite plus.

Les oreilles se firent plus attentives et les regards fixèrent le maire avec plus d'attention. Les municipales s'annonçaient, et tous avaient compris qu'il allait parler politique.

– Voilà, reprit-il, nous sommes en janvier et, en mai, il va y avoir les élections municipales. J'ai l'honneur d'être maire de cette commune depuis longtemps, et j'en suis fier, dit-il avec force.

Georges Cazaux, premier adjoint, lui coupa la parole :

– Et il faut que ça continue encore longtemps.

Arnaud Lambert le remercia de cette confiance et poursuivit :

– Je suis d'accord avec toi, Georges, et j'espère comme toi que ça va continuer.

Des bravos timides fusèrent dans la salle. D'un coup d'œil circulaire, le maire repéra les silencieux, les cataloguant comme des opposants possibles.

– Je sais que le pouvoir use, alors, pour que se poursuivent mes idées pour le bien-être dans ce village, à ma place de maire, tout en restant conseiller, je présenterai André, mon fils, qui a toute ma confiance.

D'un coup de tête, il fit signe à André de se lever. Debout, l'index contre son front, il salua les convives.

Mêlée aux bravos, une voix vacillante s'éleva :

– Monsieur le futur maire, on pourra chasser la bécasse dans votre propriété quand vous serez élu ?

Petit-Pierre avait bu un coup de trop, et sa remarque fit exploser de rire une partie de l'assemblée. « Il est le digne héritier de son père », disaient les uns. « Il oublie qu'il doit sa place de cantonnier au maire », disaient les autres. Yves Lagarde se frottait les mains, demain, il poserait sa démission de secrétaire de mairie, comme ça il serait libre de se présenter aux élections.

Arnaud Lambert prit sa coupe de champagne, la leva.

– Je bois à la prospérité de notre commune et à la santé de ceux qui veulent que cette aventure, commencée par ma famille il y a longtemps, se poursuive.

Une fois levés de table, les convives formèrent des groupes et les commentaires allèrent bon train. Pour les uns, les Lambert avaient géré en bons pères de famille.

– Ceux qui ne savent pas ce qu'est une propriété ne peuvent pas comprendre, faisait remarquer le premier adjoint, ils dépensent souvent sans compter. Sans penser au lendemain.

– Moi, dit un autre, je dépense quand j'ai. C'est tout.

Pour les autres, depuis le temps que ça durait, il faudrait bien un jour mettre un terme à la mainmise sur le pays par les ayants pins, parce que penser au lendemain était le souci quotidien pour beaucoup, et le pouvoir en place n'avait pas l'air de s'en rendre compte ! Les salaires des ouvriers forestiers n'étaient pas brillants, ceux de la distillerie non plus, et ici comme ailleurs, dans ces années, la colère grondait. Depuis 1931, la crise avait créé de plus en plus de chômeurs. L'an dernier, on avait eu connaissance du suicide de Stavisky, personnage central d'un grand scandale. Si les choses qui se passaient dans la capitale semblaient lointaines, on était au courant que la Fédération des contribuables appelait à manifester. Un vent de révolte s'élevait partout, et il n'épargnerait pas les campagnes. Le changement était dans l'air, et certains étaient prêts.

– Je vais m'occuper de changer tout ça, trancha Yves Lagarde, comptez sur moi.

Petit-Pierre s'était approché du groupe en titubant.

– Et vous pourrez compter sur moi pour être avec vous.

Le secrétaire le calma. Certes, il aurait besoin de tous pour battre les sortants, mais l'employé municipal qu'il était devait être prudent.

André Lambert avait quitté les lieux rapidement et enfourché son vélo pour renter chez lui, alors que les autres continuaient la fête. Les bravos épars et les rires sous cape lui avaient fait comprendre que cette succession ne se passerait pas aussi simplement que prévu. Dans la commune aussi, la contestation semblait grandir. Il avait accepté l'idée de succéder à son père parce qu'il n'avait pas osé la refuser. Sa famille lui avait dicté une ligne de conduite, il la tiendrait, mais bon sang ! depuis quelques années, tout allait de travers. Cette fille non désirée, qui avait dérangé les plans de la famille, avait fait plus que ça, elle avait aussi entamé l'entente de son couple. Depuis sa naissance, Amélia ne répondait plus à ses sollicitations, lui refusant presque toute caresse. Elle ne voulait pas courir le risque de morceler la propriété par une troisième naissance, disait-elle, et la peur d'avoir encore une fille l'effrayait. Sexuellement, André avait des envies à satisfaire, et il ne les assouvissait pas. Un jour qu'il avait été à la banque cours de l'Intendance à Bordeaux, il avait fait un crochet par la rue de la Vieille-Tour, entre le cours et la porte Dijeaux. Il était passé devant une maison close. N'osant pas entrer, il s'était mis à l'abri des regards dans l'angle d'une porte cochère et avait regardé le manège des hommes. Ils sonnaient, et la porte s'ouvrait sur leurs désirs. Il se sentait brûlant d'envie, n'osa pas passer à l'acte, mais se promit qu'un jour il oserait.

Plutôt que de rentrer chez lui, il emprunta le petit chemin qui passait par Lagune Vieille. Il avait besoin de se changer les idées. C'était le coin de sa propriété qu'il aimait le plus. Un soleil timide perçait les nuages, dans une heure, les jours allongeaient un peu en janvier, il aurait disparu pour laisser place à la nuit annonciatrice de froid.

Cette lagune était la plus grande de la commune. D'abord naturelle, elle avait été creusée pour extraire la grave calcaire, nécessaire à la création et l'entretien des chemins vicinaux. Du coup, la lagune était presque devenue un petit étang. Abritée par les pins à l'ouest et, au nord, bordée d'un marécage alimenté par un petit fossé, elle était le repaire des oiseaux de passage qui se mettaient à l'abri dans les roseaux et les herbes hautes poussant en lisière. Ils s'y reposaient quelques jours et repartaient vers le sud, faisant l'inverse à la sortie de l'hiver. Deux ou trois hérons y avaient élu domicile et passaient des heures en attente d'un poisson à happer. Le coin était désert, et seule une vieille cabane, qui servait autrefois à entreposer le chanvre en attente de trempage dans ces eaux, semblait défier le temps. Elle servait parfois d'abri aux chasseurs de canards. André y venait autrefois avec sa grand-mère pour y travailler ce chanvre récolté dans les champs voisins. Elle laissait tremper les herbes pendant quelques jours. Ainsi, les fibres qui servaient au tissage des couvertures, des habits se détachaient facilement des tiges, il suffisait ensuite de les travailler pour les transformer en fils. Dans des temps un peu reculés, il y avait une petite maison en torchis, dont le dernier pan de mur était tombé depuis trois ou quatre ans, et seul un lierre énorme, qui avait fini de manger les pierres et semblait être le gardien de ces lieux, rappelait par sa forme qu'il y avait eu un mur, peut-être de la vie aussi, ici, autrefois.

André trouvait ce coin reposant. Au tournant du petit chemin, il vit la lagune brillant sous le soleil blanc. Ce calme lui fit du bien. Il s'arrêta un instant. Dans le fond, cette vie, il ne l'aimait pas. L'autorité des générations précédentes avait façonné celles à venir. Elles avaient tracé les rails de leur quotidien bourré de principes, d'ordres de vie, et il avait été à son tour façonné par la force de la tradition. Les sentiments avaient disparu. Depuis longtemps, on ne mariait pas les amours, mais les hectares. On fabriquait les familles en comptant les pins et elles devenaient les seigneurs des lieux. Cette course à la richesse, au pouvoir, il ne l'aimait pas, et il avait appris une chose essentielle qui passait avant tous ses sentiments : obéir. Alors il s'était glissé jour après jour dans un moule dont il aurait du mal à sortir. En avait-il envie ? Il ne le savait même pas, mais il sentait confusément comme quelque chose qui l'empêchait de respirer.

Tenant le vélo d'une main, lentement, il se promena sur la berge. Le léger vent frais lui sortit un peu l'excès de vin, lui rafraîchit les idées. Il revivait. C'est alors qu'il vit quelque chose qui bougeait vers la cabane. Il regarda mieux, quelqu'un s'y cachait. Il fit semblant de n'avoir rien vu et continua tranquillement sa promenade. Arrivé derrière un pied de bouleau, il posa sa bicyclette. De là, il pouvait s'approcher sans être vu. Regardant à l'intérieur par un interstice entre deux planches, il vit quelqu'un qui bougeait. D'un seul coup, il bondit vers l'entrée. Un cri de frayeur l'accueillit. Une jeune femme, accroupie, semblait terrorisée.

– Antoinette ? Mais que fais-tu là ?

La fille du grand Gustave, Antoinette, accroupie contre le mur, n'osait pas répondre. André la regarda. Il avait remarqué, aux obsèques de son père, sa démarche gracieuse, là, il la trouva jolie. Ses cheveux blond foncé, coiffés en chignon d'où sortaient quelques mèches désordonnées, habillaient un visage fin. Vêtue d'un manteau long un peu rapiécé, le cou entouré d'une grosse écharpe de laine grossière, ses yeux bleu-gris le fixaient craintivement.

– Allons, Antoinette, il ne faut pas avoir peur de moi, je ne te mangerai pas.

Elle se redressa lentement. « Dieu, qu'elle est belle », se dit-il.

– Vous… vous n'allez pas me tuer ? demanda-t-elle.

Il éclata de rire.

– Te tuer ? Et pourquoi donc ?

– Vous avez dit à mon frère qu'il ne fallait pas aller dans votre propriété en le menaçant d'un fusil, et ici, c'est chez vous, non ?

André sourit. D'un coup, devant tant de naïveté, il lui sembla avoir retrouvé son âme d'enfant.

– Non, Antoinette, tu ne risques rien. J'ai voulu faire peur à ton frère, c'est tout. Tu me crois capable de faire une chose pareille ?

Elle ne savait pas. Elle entendait les gens parler, dire des choses sur les Lambert, mais ne comprenait pas tout, alors il fallait la pardonner. André lui sourit. Il la pardonnait sans problème.

Il sortit de la cabane, elle le suivit. Il lui demanda ce qu'elle faisait ici toute seule.

– Tu attendais un galant ?

Oh non, elle n'attendait personne. Elle venait souvent ici, parce qu'elle aimait la solitude, le calme. Et puis ici, personne ne se moquait d'elle.

– On se moque de toi ? Et qui ose ?

Elle baissa les yeux. On la moquait en lui disant qu'elle était bête. Elle se rebiffa :

– C'est vrai qu'à l'école j'ai pas bien appris. Par contre, je sais faire la lessive et la cuisine, m'occuper d'une maison.

André savait que certains s'amusaient, à la sortie de la messe, à lui jeter des petits cailloux et à la siffler bêtement. Elle n'avait pas pu passer son certificat d'études, mais bon sang ! ça ne l'empêchait pas d'être belle.

– Tu es bien ici ? Pourtant, c'est loin de tout.

Tant mieux, comme ça, elle qui adorait regarder les oiseaux, ici, était gâtée. Et puis parfois, l'été, elle se trempait les pieds dans la lagune. Même qu'une fois elle s'y était baignée. André éclata de rire.

– Tu t'es baignée dans cette eau ?

En riant, de la tête elle fit signe que oui.

– Je l'ai dit à personne, c'est un secret. Je vous le dis parce que la lagune est à vous, déclara-t-elle naïvement.

André songea que le garçon qui la marierait aurait une bien belle femme. Quelle pureté. Quelle simplicité. Dans le pays, on rapportait qu'elle n'était pas tout à fait comme les autres.

Qu'elle avait quelque chose en moins. Ça ne se devinait pas. Il eut soudain une envie irrésistible de la revoir. Il sut qu'il l'aimerait, qu'il l'aimait déjà. Il sut aussi que ça pouvait être sa perte ou sa délivrance. Enfin, s'il osait, parce que s'il faisait comme pour la rue de la Vieille-Tour ! Non, c'était inutile qu'il y pense, il ne pourrait jamais. C'était impossible. Les dés étaient jetés, sa vie toute tracée. La mairie, la propriété, le travail et rien d'autre. Il eut mal, une ombre passa dans ses yeux. Elle s'en aperçut. S'en inquiéta.

– Ça ne va pas, monsieur André ?

– Ce n'est rien, j'ai sans doute bu un verre de trop au banquet, dit-il en riant.

C'était bien la première fois depuis longtemps que quelqu'un s'inquiétait pour lui. La regardant droit dans les yeux :

– Dis-moi, Antoinette, tu aimes avoir des secrets ?

Elle fit signe que oui avec gourmandise, puis se ravisa :

– J'en avais qu'un pour la baignade et je vous l'ai dit, alors j'en ai plus.

– Écoute, Antoinette, si tu veux bien, nous ne parlerons à personne de notre rencontre ici. Ce sera ça notre secret. Moi aussi, j'en ai peu, et j'aimerais en avoir. Personne ne sait que je viens ici pour voir les oiseaux. Pour être tranquille. Pour être seul.

Elle s'inquiéta :

– Vous voulez que je parte tout de suite ?

Il lui prit la main.

– Non, s'il te plaît, ne pars pas encore.

Antoinette ne retira pas sa main de la sienne. Ses doigts tièdes réchauffèrent le cœur d'André. Lui, si dur par habitude, se sentit envahi d'une tendresse qu'il avait rarement connue. Avec Antoinette, il n'y avait aucun marchandage. Aucun intérêt particulier.

– Alors je suis d'accord, dit-elle, Lagune Vieille sera notre secret.

Elle s'inquiéta de nouveau :

– Il faudra y revenir, pour que le secret dure.

Oui, ils y reviendraient, André était d'accord.

– Quand ? Moi, j'y viens souvent le dimanche avant vêpres. Parfois même je les oublie. Oh, ma mère ça lui est égal, seul le curé me gronde.

André ne savait pas quand, mais il se débrouillerait pour lui faire savoir.

– En février, les oiseaux vont commencer leur retour, ils sont nombreux à venir se poser ici, vous savez, c'est beau. Vous viendrez ?

Oui, il viendrait.

Ils se levèrent. Il eut une envie folle de la prendre dans ses bras. De la protéger. De l'embrasser. Il eut l'impression qu'elle aurait laissé faire. Non, il ne voulait pas salir cette rencontre. Il ne se reconnut pas. Ils se dirent au revoir. Antoinette mit un doigt sur sa bouche en faisant :

– Chut, maintenant, on a un secret.

Il la regarda partir en sautillant.

– Je te trouve bien gai ce soir, lui dit son père, c'est la joie d'être maire en mai ?

André répondit que oui.

– Ne te réjouis pas trop vite, ce n'est pas encore fait.

V

Roger Berron n'était pas content. De pin en pin, entre chaque taille de *care*, il bougonnait. Le prix de la résine diminuait de plus en plus et sa paie dégringolait d'année en année. Pendant la guerre, il n'y avait plus assez d'hommes pour travailler la forêt, donc les industriels importaient la gemme, et le prix de celle récoltée dans le pays avait baissé. Pourtant, en 1920, l'espoir était revenu, mais ne s'était pas confirmé. Depuis quelques années, la chute avait recommencé et semblait ne plus vouloir s'arrêter.

Mobilisé dès la première heure en août 1914, Roger Berron était parti la fleur au fusil, persuadé de rentrer avant Noël. Comme tous, il avait vite déchanté. Deux ans au front, sans pouvoir rentrer chez lui, parce que c'était trop loin, avec juste des permissions de seulement deux jours, par-ci, par-là, il avait enfin fini par avoir droit à dix jours au moment de la moisson avant de repartir au combat. Ces jours étaient passés si vite qu'il avait eu l'impression de ne pas être venu. Au village, il ne restait que des femmes et il avait trouvé qu'elles se débrouillaient plutôt bien. Du coup, il s'était mis dans la tête qu'un jour elles seraient capables de remplacer les hommes.

Roger avait traversé l'épreuve des tranchées sans trop de

dégâts. Il avait fini, comme tous les autres, par s'habituer, et la peur, peu à peu, les avait quittés, laissant place à la lassitude et, à la fin, à la colère contre ceux qui, bien à l'abri à l'arrière, décidaient de la vie ou de la mort des jeunes dans des tactiques de guerre hasardeuses. Les gaz moutarde lui avaient endommagé les poumons, malgré cela, il en était sorti vivant et entier, pas comme ce pauvre Manciet qui avait laissé un bras sur le champ de bataille, sans compter une dizaine d'autres du village, dont les noms étaient inscrits sur le monument aux morts, érigé en 1923. Quelle guerre ! Quel désastre ! Les dégâts avaient été énormes. Ici, dans ce bout de lande et de pins, les obus n'avaient rien détruit, ce qui avait été détruit, c'était la vie. Le quotidien. Les jeunes veuves resteraient sans doute habillées de noir jusqu'à leur mort, et bon nombre d'enfants ne connaîtraient jamais leurs pères.

À son retour au pays, Roger avait dû trouver du travail. Il y en avait, mais qui rapportait, c'était une autre question. D'autant que sans spécialité véritable, ici, le travail se faisait rare, et la ville ne le tentait pas. Il avait le choix entre cantonnier aux Ponts et Chaussées, à sillonner les routes toute l'année avec la faux pour couper l'herbe des fossés, travailler en scierie à trier des planches toute la journée, ou se louer comme journalier dans les fermes des environs, avec un salaire de misère. Alors, à tout prendre, il avait repris le métier que lui avait enseigné son père dès sa sortie de l'école et pratiqué jusqu'à la réquisition : gemmeur. Ici, au pays, seuls les propriétaires forestiers employaient des résiniers, il n'y avait pas de forêt domaniale, comme sur la côte. Leurs grands-parents avaient ensemencé les landes arides et délaissé les grands troupeaux de moutons. Du coup, depuis le début du siècle, leurs descendants avaient découvert la richesse grâce à la résine.

Arnaud Lambert avait besoin d'un homme pour remplacer un de ses gemmeurs, mort à la guerre. Il connaissait bien la valeur de Roger et lui avait confié six mille cares à faire gemmer, complétant ainsi une équipe de trois autres résiniers. De plus, le médecin lui avait dit qu'avec ses poumons fatigués l'air de la forêt contribuerait à sa remise en forme. Il passait des hivers délicats à cause de bronchites à répétition, mais c'est vrai que cette bonne odeur de térébenthine lui faisait du bien.

Il avait épousé Mariette en 1922, et ils élevaient, avec quelques difficultés, leurs trois enfants, l'argent ne rentrant pour les gemmeurs qu'une fois par an, fin novembre, au terme de la campagne de gemmage. Pendant l'hiver, la sève ne montait plus, alors il éclaircissait des pièces de pins, taillait des poteaux, tandis que Mariette ramassait du *bruc*[1] avec l'aide de ses enfants. L'aînée surtout, car les petites jouaient plutôt que de travailler. Il fallait gagner quelques sous ; le travail sur les pins ne démarrait qu'en février et il faudrait attendre plusieurs mois avant d'en toucher les bénéfices du travail de la saison. Un véritable casse-tête à gérer ! Heureusement qu'Estelle, sa grand-tante, était brave, elle lui gardait toujours des fins de rouleaux de tissu, des bouts de broderie, et Gisèle, sa fille, seulement âgée de douze ans, qui avait un vrai don pour la couture, aidait à fabriquer des habits convenables.

À force de réflexion, il décida qu'il irait voir son patron dimanche matin, pour parler paie. Il allait lui exposer les difficultés et ses inquiétudes pour l'avenir. L'an dernier, à l'occasion de la grande grève des résiniers dans les Landes, ici, on s'était tenu tranquille, personne n'avait osé manifester par peur de perdre sa place. Aujourd'hui, il devait en être autrement, les patrons devaient faire quelque chose. Si les autres gemmeurs du village ne disaient rien, tant pis, lui, Roger, agirait. Il savait que ça ne serait pas simple, les propriétaires, et

1. Bruc *: bruyère sèche récoltée en forêt pour le paillage des écuries.*

surtout les Lambert, n'étaient pas faciles à convaincre. Pourtant, il faudrait bien qu'ils comprennent ! Comment pouvait-on vivre avec des salaires qui régressaient alors que tout augmentait à commencer par le pain. En ce moment, il valait deux francs quatre-vingt-quatre le kilo, et il en fallait au moins un bon kilo par jour pour cinq personnes, et même davantage. Le lait, indispensable aussi, coûtait un franc quatre-vingt-sept le litre. Sans parler de la viande, un plat de luxe. Alors les sept cents francs qu'il gagnait en moyenne par mois, parce que tout dépendait de la quantité de la récolte et du prix qui variait sans cesse, ne permettaient pas de superflu. Mariette avait un jardin et y cultivait des légumes. Elle s'occupait de la basse-cour, mais c'était encore un travail de plus. Tout le reste, huile, beurre, café, pâtes, savon, lessive, l'habillement, enfin tout ce qu'il fallait pour entretenir une maison, coûtait, et l'argent défilait rapidement.

C'était décidé. En rentrant du travail samedi soir, il irait se faire raser chez Arthur, le *pommadin*. Il y rencontrerait sans doute quelques résiniers qui, comme lui, iraient faire une toilette des cheveux et du visage, et, s'ils voulaient le suivre dans sa démarche, ils agiraient.

Tous furent d'accord. Arnaud Lambert devait les augmenter.

– Alors, demain matin, on va aller voir le maire, dit Roger.

Curieusement, aucun d'eux ne pouvait venir. Le jardin à préparer, un rendez-vous ici ou là.

– J'ai compris, vous vous dégonflez.

Pas du tout, mais Arnaud Lambert, c'était quand même le maire, et on ne parlait pas au maire comme ça, sans préparation.

– Il m'autorise à chasser chez lui, dit Fernand, je ne voudrais pas que, fâché par ma démarche, il m'enlève ce droit.

– Ma femme lave le linge de sa maison, si Germaine le fait laver ailleurs, je perds gros.

L'oncle du troisième était élu, donc il ne voulait pas prendre le risque d'irriter sa parentèle.

Roger mesura le poids de la famille Lambert dans ce village. On n'était plus au temps des seigneurs, pourtant c'était tout comme. Les petites gens respectaient les riches, respect qui s'apparentait souvent à de la crainte, cette crainte de tomber encore plus bas s'ils perdaient leur emploi à cause d'une mauvaise parole. Alors, même si la colère les prenait parfois, ils n'iraient jamais au-delà des mots dits entre eux, un soir de beuverie, mots qu'ils s'efforceraient d'oublier le lendemain, accusant l'excès de boisson de leur écart de langage.

– Chacun sa place, les riches avec les riches, les pauvres avec les pauvres et les vaches seront bien gardées ! disait-on.

Roger pensa aux quatre ans qu'il avait passé dans les tranchées. À ce moment-là, personne ne se souciait de la richesse ou de la pauvreté de l'autre. L'uniforme, la boue et les privations en faisaient des hommes égaux devant l'adversité. Et lui, dans sa bonne foi, avait pensé que cette fichue guerre, qui avait brisé tant de choses, avait peut-être rétabli une sorte d'égalité chez les hommes. Hélas, après la peur, les hostilités terminées, lorsque le quotidien avait repris sa place, les choses et les gens étaient redevenus comme avant ! Cette égalité des hommes qu'il avait cru apercevoir avait été enterrée dans les tranchées avec les autres disparus.

– J'ai pigé, j'irai parler pour moi. Tant pis pour vous.

Tandis que Mariette amènerait les filles à la messe, Roger irait au *Café des Platanes*. Le maire serait dans son fief, comme tous les dimanches matin.

* *
*

Mariette était arrivée au bourg vers 10 heures et s'était arrêtée chez Estelle pour lui dire bonjour. Peut-être aurait-elle un peu de tissu. Le printemps n'allait pas tarder, et les petites avaient besoin de robes légères. À 11 heures, comme d'habitude, elle irait écouter la messe, et comme d'habitude, le curé, dans son sermon, affirmerait que les pauvres, un jour, seraient riches dans le royaume des cieux. En attendant, le royaume d'ici-bas n'était pas brillant, pensait-elle. Mariette se demandait pourquoi ce Dieu ne l'aidait pas à goûter un peu le bonheur, ici sur terre. Elle n'était pas vraiment malheureuse, non, mais son quotidien ne lui laissait pas vraiment de répit, et son avenir lui semblait morose. Pourtant, elle allait adresser à ce Dieu dont elle doutait une prière très forte pour que Roger ne réclame pas trop à son patron, parce que ces gens-là, en colère, étaient capables de tout. Elle avait peur. Elle mit un cierge à brûler, la petite flamme vacillante lui rappela sa situation : elle existait, mais se savait fragile.

Ça sentait bon l'encens. Les fleurs coupées qui garnissaient les vases parfumaient le lieu. Dans cette douceur silencieuse, feutrée, elle ferma les yeux, joignit les mains et pria.

Le sacristain fit sonner la cloche trois fois, et la messe débuta.

Lorsque Roger pénétra dans le *Café des Platanes*, les conversations étaient animées. Les hommes, en attendant que leurs femmes sortent de l'église, sirotaient un apéritif et parlaient de la situation économique. Depuis cinq ans, les choses s'aggravaient, et le pays se trouvait plongé au plus profond de la grande crise qui balayait le monde.

– Le revenu national a baissé de dix pour cent environ depuis 1930, affirmait Léonce, qui se tenait au courant de l'actualité, ça s'arrêtera quand, bon sang ?

On savait qu'à Paris des manifestations avaient eu lieu, les partis d'opposition devenaient virulents. Cette situation ne plaisait pas à Arnaud Lambert, qui prétendait que le désordre engendrait la misère. Assis à une table proche avec Georges

Cazaux, son premier adjoint, il écoutait les propos de ceux qui tendaient à approuver. Il posa son verre.

– Parce que vous croyez que si on change de gouvernement ça arrangera la situation ?

Personne ne savait.

– Ce ne sont que des promesses, rien que des promesses.

Les autres baissèrent le ton. C'était quand même le maire, il connaissait les politiques, donc il devait sans doute savoir.

Roger s'était approché du comptoir. Il commanda un verre de vin blanc. Voyant le maire, il porta un doigt au front, le salua.

– Roger, dit Arnaud Lambert, approche-toi. Viens boire un verre avec nous.

Il s'approcha.

– C'est rare de te voir au café. Tu es venu à la messe ? Si c'est ça, la cloche a sonné les trois coups, tu vas être en retard, affirma-t-il en riant.

– Mariette est à la messe avec les filles. Moi, c'est vous que je viens voir, monsieur Lambert.

– Je t'écoute, tu peux parler devant mon premier adjoint.

Non, il ne le souhaitait pas, c'était d'ordre privé. Georges Cazaux se leva, prétextant des courses à faire. Arnaud Lambert fit signe à Roger de s'asseoir.

– Alors, que se passe-t-il ?

Roger parla de ses difficultés à vivre décemment, sa paie diminuait tous les ans. Il demandait donc une augmentation. Le maire leva les bras au ciel.

– Mon pauvre ami, tu sais que la vie est dure pour tous. Justement, Léonce en parlait il y a peu, tu as peut-être entendu.

Il avait entendu.

– Tu sais qu'en ce moment la résine ne vaut pas grand-chose. Je te donnerais davantage si je pouvais, mais j'engrange peu, très peu.

Roger savait. De quatre francs le litre en 1927, elle était passée à quatre-vingts centimes cette année et la distillerie suivait les cours de près.

– Comment veux-tu que je te donne plus quand moi je touche moins ?

– En augmentant mon pourcentage. J'ai vingt pour cent, je ne gagne qu'autour de sept cents francs. J'ai compté qu'il me faut dix pour cent de plus pour vivre. Et il vous en restera encore, vous faites gemmer plus de trente milles cares.

Le maire rugit presque. Lui demanda s'il voulait la mort des patrons.

– Pas du tout, les patrons on en a besoin, mais eux aussi ils ont besoin d'ouvriers comme moi, qui font leur travail correctement.

– Tu te plains avec tes sept cents francs, mais tu sais combien gagne un cantonnier de la commune ? Cinq cents francs, et ils ne se plaignent pas !

– Ma foi, c'est leur affaire, répondit Roger, seulement eux, ils mangent chez eux tous les midis et arrosent leur repas d'un bon coup de rouge, tandis que moi je grignote un morceau de pain accompagné d'un oignon cru, et je bois souvent l'eau de pluie qui reste sur la résine des pots. Et quand je rentre le soir, ils ont débauché depuis belle lurette, vos employés. Nous sommes plusieurs ouvriers, je suis sûr qu'avec le total des *amasses* que nous récoltons votre banquier de Bordeaux vous fera encore de grands sourires même si vous nous augmentez. Je ne m'inquiète pas pour vous.

Arnaud Lambert regarda Roger fixement. Son visage était devenu dur. Ses yeux lançaient des flèches. Personne encore n'avait osé lui parler de cette manière. Le grand Gustave serait encore de ce monde, il aurait imaginé qu'il était derrière tout ça. Roger lisait sa colère sur son visage. Il restait calme, mais pensa qu'il avait peut-être exagéré en parlant du banquier. Ma foi, il verrait bien. Les clients avaient compris qu'il allait se passer quelque chose, les conversations avaient subitement baissé d'intensité. D'un coup, Arnaud Lambert se leva.

– Dis-moi, Berron, ta manière de t'exprimer me déplaît. Tu t'adresses au maire. De mon temps, on avait un peu plus de…

Il ne finit pas sa phrase, Roger se leva et lui coupa la parole :

– Ah, voilà la célèbre formule : « de mon temps ». De votre temps c'était mieux, c'est ça ? Eh bien, je m'en fous, parce que de votre temps, comme vous dites, c'était autrefois, et autrefois c'est le passé. Ce qui m'intéresse, ce n'est pas le passé, c'est l'avenir. En plus, c'est pas au maire que je parle, c'est à mon employeur !

Arnaud Lambert éructait. On le sentait prêt à bondir. Personne ne lui avait jamais tenu tête comme ça.

– C'est dans les tranchées qu'on t'a appris à défier les patrons ? Paraît même que certains d'entre vous ne voulaient plus se battre. Paraît même que certains d'entre vous voulaient pactiser avec l'ennemi. Faire la grève de la guerre. C'est ça la jeunesse ? Elle veut commander, la jeunesse ? Faudra qu'elle attende ! Va te faire foutre pour ton augmentation.

Le poing de Roger partit avec force sur le visage du maire, qui se retrouva par terre.

– Tu viens de frapper le maire, ça te coûtera cher !

– Vous venez d'insulter l'armée française, c'est à vous que ça va coûter cher ! Tant que vous y êtes, allez donc dire aux veuves du village que leurs maris ont refusé de se battre et ont pactisé avec l'ennemi. Vous verrez bien ce qu'elles vous diront !

En partant, il se tourna vers le patron du bistrot :

– Mon verre, tu le mettras sur la note du maire.

Les cloches sonnaient à toute volée, indiquant la fin de la messe. Mariette sortit avec ses filles. Roger l'attendait à côté du porche. Avec la nouvelle qu'il avait à lui annoncer, elle n'allait pas passer un bon dimanche.

VI

La nouvelle fit le tour du bourg rapidement : Roger Berron avait frappé le maire. Au *Café du Commerce*, c'était la joie totale. Yves Lagarde jubilait. Depuis que le grand Gustave était mort, personne ne s'était opposé au maire. On se demandait comment Roger avait décidé de le frapper, parce que, pour le mettre en colère, tous étaient unanimes, il avait fallu que le père Lambert l'ait sacrément énervé.

– Le maire lui a refusé une augmentation et en a profité pour insulter les soldats en les traitant de lâches, raconta Léonce.

– C'est un crime, hurlait Yves Lagarde, on n'insulte pas les anciens poilus ! Il n'a plus sa place à la mairie !

Depuis longtemps, beaucoup pensaient effectivement que ça suffisait. Avant lui, son grand-père et son père avaient gouverné le pays, après lui, il l'avait annoncé : ce serait son fils ! Jusqu'à présent, personne ne s'était vraiment opposé au clan, car c'était véritablement un clan que les Lambert avaient formé depuis toutes ces années. Il faut dire que tous donnaient du travail à beaucoup de monde, et, même si ça énervait, finalement, tous s'en satisfaisaient. De plus, pour remplacer Arnaud Lambert, disaient les vieux, il faudrait quelqu'un qui connaisse la commune aussi bien que lui, parce que, du plus petit fossé au plus petit chemin vicinal, rien ne lui était étranger dans tout le pays. Un propriétaire ne savait plus où était une borne ? Le maire le savait. Y avait-il un droit de passage dans une pièce de pins ou entre deux prés ? Le maire le savait. Même le notaire du canton lui demandait des renseignements lorsqu'il avait à démêler les écheveaux d'une succession difficile. Alors ce n'était pas l'instituteur, avec ses mots savants, qui saurait le remplacer, même s'il connaissait les dossiers de la mairie.

– Un dossier, disait le vieil Alban, ce n'est que du papier, il n'y a que le terrain de vrai.

Dans le pays, pour diriger, il fallait y être né, y avoir des racines. C'était plus important que tout le reste.

– Trois générations d'enterrées au cimetière, sinon…

* *
*

Mariette pleurait. Ce que lui avait raconté son mari lui faisait peur. Comment allait réagir Arnaud Lambert après ce qui s'était passé ? Allait-il garder Roger à son service ? C'était peu probable. Peut-être attendrait-il la fin de la campagne de gemmage ? Trouver un employé était sans doute facile, mais un gemmeur de la qualité de son mari, ce n'était pas sûr, et le vieux Lambert le savait. Et si ça arrivait, où irait-il travailler ? Dans une scierie ? Les trois qui existaient dans la commune appartenaient à des amis du maire. À la distillerie, la coopérative des résineux ? Arnaud Lambert en était le président. Aux chemins de fer économiques ? Il faudrait déménager, quitter le village pour aller s'installer près des ateliers de la voie ferrée. Et pour y faire quoi ? Racler des cailloux entre les rails comme un forçat ! Mais, bon sang ! pourquoi son mari avait-il été si violent ?

– On n'insulte pas les poilus, Mariette. Surtout quand on est maire et qu'on pose une gerbe au monument aux morts le 11 Novembre.

Elle eut beau lui dire que les paroles avaient certainement dépassé la pensée de son patron, et que demain ce serait oublié, il ne voulut rien savoir. Demain, il irait à son travail, mais si son patron ne prenait pas la décision de l'augmenter pour cette campagne, il chercherait du travail ailleurs.

– J'ai deux bras et j'ai vu pire, alors je n'ai peur de rien.

Mariette avait rapporté une jolie pièce de tissu de chez Estelle, elle n'eut même pas le cœur de la déplier pour la montrer à son mari. Elle mangea sans appétit, fit la vaisselle en pleurant, se mit à ravauder des chaussettes en laine, tandis que les filles jouaient dans le pré voisin, sans se douter de l'inquiétude de leur mère. Roger bourra une pipe et partit faire un tour dans la forêt proche, il avait besoin de réfléchir.

* *
*

André Lambert était furieux. Son père était rentré du bourg dans une colère noire. Il en avait après tout le monde. Pendant le repas, il ne trouva rien de bon : le rôti était trop cuit, les pommes de terre dures, son gâteau préféré, le *mias*, raté et le vin passé.

– Que se passe-t-il ? avait demandé Germaine.

– Il se passe que cet imbécile de Berron est venu me réclamer une augmentation !

André trouva normal qu'un employé fasse ce genre de demande, ça faisait partie du jeu patron-employé. Il crut bon d'ajouter :

– Les temps sont durs et, avec toutes ces manifestations dans les villes contre la vie chère, il ne faut pas s'étonner que ça arrive dans les campagnes. Ça ne fait que commencer.

Son père éructa. Il manqua de s'étrangler. Comment ? Il soutenait ces malappris qui voulaient dicter leur loi aux patrons ? Non, il ne les soutenait pas, il n'était pas étonné, c'était tout.

– Regarde à Paris toutes ces grèves, tous ces ouvriers qui défilent dans les rues pour protester. Rappelle-toi l'an dernier dans les Landes, les mouvements des gemmeurs. Ici, nous avons été tranquilles. Et puis ce n'est pas parce qu'un résinier vient te réclamer une augmentation qu'une grève va éclater. D'ailleurs, il était tout seul, non ? Les autres ne sont pas venus. Donne-lui trois sous de plus et il sera calmé.

Arnaud Lambert devint féroce. Il hurla que le patron c'était lui et rien que lui et que pour l'argent, comme pour tout le reste, il était le seul décideur.

– Ce n'est pas avec des idées faibles comme tu les as que tu feras un bon maire. Pour ce poste, il ne faut pas être mou. J'ai annoncé que tu me succéderais, mais je n'ai pas encore dit mon dernier mot. D'accord ?

Les femmes se taisaient, se contentant d'écouter en silence. Lorsque les hommes se parlaient ainsi, il valait mieux ne pas s'en mêler et les laisser se débrouiller seuls. Amélia, qui se voyait déjà épouse d'un maire, sentit confusément cet honneur s'éloigner. Elle en eut le tournis. Sa belle-mère l'entendit avec stupéfaction se mêler de la conversation.

– Tu sais, André, ton père a raison. Pour être maire, il faut être ferme et ne pas laisser les autres te dicter leur loi.

André fut abasourdi. Sa femme avait osé se mêler de leurs affaires d'hommes. Il la regarda sévèrement. Faisait-elle son devoir de femme envers son mari ? Il s'apprêtait à lui jeter au visage tous ses griefs, quand son père lui coupa la parole :

– Dommage que les femmes ne puissent pas être maire, la tienne serait mieux que toi à cette place, dit-il en éclatant de rire.

André plia son couteau rageusement, se leva et quitta la table. Il avait besoin de changer d'air, celui de la maison lui sembla tout d'un coup vicié.

Ses pas le dirigèrent naturellement vers Lagune Vieille. Déjà les prémices d'un printemps proche changeaient la végétation, et les arbres s'habillaient de feuilles, tandis que l'herbe jaune de l'hiver laissait les brins verts de la nouvelle l'envahir. Les ajoncs pointaient leurs bourgeons. Très bientôt, ils exploseraient, coloriant la nature d'un jaune éclatant.

La lagune était irisée par un souffle léger. Des petites vaguelettes s'écrasaient mollement sur le bord. André s'approcha de la cabane, vit quelqu'un en sortir. Il reconnut Antoinette. Elle s'assit sur un mauvais banc posé devant. Elle ne l'avait pas vu. Immobile, à une dizaine de mètres sur le côté, il la regarda, la vit sourire et ce sourire éclaira son visage. Elle se mit à chantonner. André la trouva très belle. Son cœur se mit à battre plus vite. Il était heureux de la trouver ici. Depuis qu'ils s'étaient rencontrés, il ne lui avait fait aucun signe, comme il le lui avait promis. Ça aurait servi à quoi ? Il avait préféré s'abstenir. Sa position dans la société de cette commune lui interdisait ce genre de rencontre. En la voyant là, il pensa que le hasard faisait bien les choses.

Il s'approcha, toussota pour ne pas la surprendre et lui faire peur.

– Ah, c'est vous, monsieur André, dit-elle en se levant.

Il lui prit la main, l'embrassa. Antoinette éclata de rire.

– Monsieur, je ne suis pas une dame pour qu'on me baise ainsi la main.

– Et si pour moi tu étais une dame ?

Elle devint sérieuse.

– Pour vous, je ne suis pas une dame, je suis votre secret. Vous vous rappelez ?

– C'est un trop joli secret, Antoinette, je ne risque pas de l'oublier.

– Oh, moi, tout le monde m'oublie, répondit-elle tandis que son regard se fit triste.

André s'étonna, comment pouvait-on ?

– On m'ignore parce que j'existe à peine. Personne ne fait cas de moi. Je ne suis que la fille du grand Gustave, rien d'autre.

Devant cette fragilité, il eut une envie folle de la prendre dans ses bras. De la protéger. De lui dire que pour lui elle comptait, parce qu'il venait de découvrir la joie de ces retrouvailles. Quelle différence avec ce qu'il venait de vivre ce midi. Après la colère de son père et les paroles dures de sa femme, il avait l'impression qu'ici il venait d'entrer au paradis et de rencontrer un ange.

Ils se regardèrent avec intensité. Antoinette sentit monter en elle quelque chose qu'elle ne connaissait pas et qui ne lui fit pas peur. Lentement, comme attirés par un aimant, leurs corps se rapprochèrent. Leurs bouches se rapprochèrent. S'unirent. D'abord avec hésitation, maladresse, puis avec fougue. Avec passion. Ils entrèrent dans la cabane. Là, tendrement, avec délicatesse, André se colla à Antoinette qui laissa faire. Leur envie était trop forte pour l'ignorer. Leurs corps se trouvèrent, s'épousèrent dans de petits cris. Une fois les sens apaisés, ils reposèrent en silence. Antoinette regardait André en souriant. Il s'étonnait de ce qu'il avait osé faire.

– Antoinette, je te demande pardon, je ne...

Il ne finit pas sa phrase, elle lui mit sa main sur la bouche.

– Chut, André, ne dis rien. Il est beau notre secret.

Lorsqu'ils sortirent de la cabane, ils ne virent pas Roger Berron qui, les apercevant, s'était baissé dans les fougères.

André embrassa Antoinette avec ardeur, et chacun partit dans sa direction.

Roger Berron fut abasourdi, le fils du maire couchait avec la fille du grand Gustave !

VII

Arnaud Lambert était perplexe. L'altercation avec son fils l'avait refroidi. Il se demandait s'il devait lui donner la mairie, comme il l'avait annoncé. À presque soixante ans, il aurait bien aimé passer la main, mais pas n'importe comment. Il ne souhaitait pas que sa commune, parce que c'était devenu SA commune, tombe entre les mains de n'importe qui. Son père et son grand-père lui avaient enseigné que la seule chose pour avancer dans la vie était le travail. Les générations qui l'avaient précédé n'avaient pas connu la richesse. Il avait fallu semer la lande, s'occuper du troupeau, l'agrandir en attendant que les pins poussent. Ils avaient avancé sans compter dans l'effort et, année après année, les résultats étaient apparus. Plus tard, ils avaient été nommés à la tête de leur commune, sans doute parce qu'ils avaient bien géré leur propriété. Arnaud avait suivi ce mouvement commencé au siècle dernier, et il avait fini, lui aussi, par être maire.

Quand même, il avait réalisé quelques travaux importants, à commencer, fin 1927, par faire venir l'électricité dans le village. Sacré progrès ! Il restait encore à faire mais, avec le syndicat d'électrification, ils aboutiraient à ce que ce soit fait partout. Pour l'instant, la rue principale était alimentée en partie, quatre lampadaires éclairaient la place de l'église et la mairie. Seules les maisons éloignées du centre ne pouvaient pas encore s'éclairer. Quant aux écarts, encore plus éloignés, il faudrait attendre, les kilomètres étant un empêchement majeur à cette réalisation coûteuse. Lui, il avait eu de la chance, la ligne qui alimentait le bourg passait à une centaine de mètres de sa propriété, et il avait profité de cette proximité pour l'avoir tout de suite. Quelques poteaux gentiment cédés par l'entreprise avaient rendu possible cette installation, et la lumière avait éclairé sa maison un soir de novembre, sous les vivats de toute la famille.

Au cours de toutes ces années, avec ses amis élus, ils s'étaient soigneusement occupés de la propreté des fossés, des chemins vicinaux, faisant respecter les journées de travail dues par chacun à leur entretien, en faisant extraire de la grave chaque fois que c'était nécessaire, elle ne manquait pas dans ce coin argileux. La propriété communale aussi avait profité de leurs soins attentifs et de leur bonne gestion. Il fallait décider des ensemencements, du débroussaillage, enfin de tout ce dont avait besoin une forêt. Une fois n'importe qui en place, ces efforts seraient anéantis ? D'autant que l'instituteur monterait sûrement une liste, il en avait le droit puisqu'il avait démissionné de son poste de secrétaire de mairie, mais que savait-il de tout ça à part les chiffres qu'il mettait en ligne pour le budget ? Et encore, ces chiffres, c'était le maire qui les lui donnait. Si ça se trouve, tout seul, il ne saurait pas les calculer, pensait Arnaud Lambert. S'il était candidat, il avait peut-être des chances de passer avec un ou deux autres. Même si André gardait la majorité au conseil, il ne ferait pas le poids, car ce foutu Lagarde avait les dents longues. En plus, tous savaient qu'il détestait ceux qu'il appelait avec ironie les ayants pins ! « Il est un danger pour le pays », pensa le maire. Plus il réfléchissait et plus il ne sentait pas son fils prêt. Pas assez sûr de lui. Comment sortir de cette impasse ? Cet embarras qui rongeait Arnaud Lambert le rendait impossible à vivre.

À la maison, le silence régnait au cours des repas. Seule Andréa arrivait à le dérider. Il devenait un papy gâteau, tendre à souhait. Andréa savait s'y prendre et lui faisait faire ce qu'elle voulait. Lucie, en quête d'affection, avait bien essayé elle aussi, mais une bourrade sévère et un « pousse-toi » énergique l'en avaient dissuadée à tout jamais. André mangeait en silence et ne parlait à son père que pour le travail. Avec Amélia, sa femme, c'était pareil. Depuis qu'elle l'avait traité de faible devant sa propre famille, une distance s'était installée entre eux. Curieusement, cette situation avait rapproché André de sa fille Lucie. Cette petite, restant dans un coin à jouer toute seule, lui avait paru fragile, et cette fragilité lui rappelait Antoinette. Maintenant, lorsque Amélia criait sur la petite, alors qu'à l'habitude il ne disait rien, il se mit à la défendre, ce qui surprit tout le monde. Un soir, tellement excité d'avoir pensé à Antoinette, il tenta de caresser Amélia. Elle refusa comme à son habitude et lui dit avec perfidie :

– Quand on n'est pas fichu de faire un garçon à sa femme, on lui fiche la paix.

* *
*

Depuis ce dimanche où il avait connu l'extase avec cette jeune femme, André était bouleversé. Il savait que ça ne pouvait être qu'une aventure et rien d'autre, pourtant il sentait qu'il était amoureux. Ça passerait, se disait-il, mais chaque jour il pensait un peu plus à Antoinette. Il avait bien vu qu'elle n'était pas simplette comme on le laissait croire au village, mais c'était la fille du grand Gustave, et ça suffisait pour lui faire cette réputation. Il avait décelé chez elle une véritable tendresse. Il la sentait vraie, sans artifice, sans arrière-pensée.

Entretenir une liaison avec Antoinette relevait de l'absurde. Tout les séparait : sa situation, son avenir à la mairie. Pourtant, il n'arrivait pas à détacher sa pensée du moment où elle s'était donnée à lui. Le dimanche suivant, il l'avait revue dans la cabane de Lagune Vieille, et leurs corps, une fois de plus, s'étaient offerts pleinement. L'après-midi leur avait paru court, et ils avaient repoussé sans cesse le moment de se quitter. Quand elle était rentrée chez elle, Louise, sa mère, l'avait regardée avec curiosité tant elle paraissait radieuse. Elle se douta que quelque chose lui était arrivé et lui demanda à quoi elle devait cet air heureux. Antoinette lui avait répondu, en bafouillant un peu, que c'était sans doute le beau temps de ces jours derniers qui la rendait ainsi.

– Tu sais bien, maman, que j'ai horreur du froid, alors le soleil nouveau me fait plaisir.

Ce soleil nouveau ne réussit pas à rassurer Louise, qui eut des doutes. Mais en y réfléchissant bien, qui, au village, pouvait s'intéresser à sa fille ? Personne.

« Avec son air *mourre*[1], à part un *machant gouyat*[2], se dit-elle, personne n'en voudra. »

Voyant André rentrer assez tard ce dimanche, contrairement à ses habitudes, Amélia se demanda d'où il venait et avec qui il était, parce qu'il avait l'air tout chose, comme absent. Sa curiosité était forte. Après la soupe, elle osa :

– Tu as l'air bien content, t'as gagné aux cartes ?

Surpris, il répondit qu'il n'avait pas joué aux cartes.

– Je me demande où tu aurais pu gagner ou perdre, ironisa son père, cet après-midi j'ai fait les deux bistrots, je ne t'ai vu nulle part.

André se sentit piégé, tandis que sa femme se rembrunit complètement en se posant mille questions.

1. Mourre : *fou, idiot, bête.*
2. Machant gouyat : *jeune garçon méchant, en patois gascon.*

– J'étais tout simplement en forêt, répondit André. Je suis allé voir le bois de la Pesseleyre, le grand Gustave avait une bonne terre et il ne s'en était pas rendu compte. Quel couillon ! Les pins poussent avec une telle force que c'est un plaisir à voir. C'est vrai que cette petite visite, va savoir pourquoi, m'a fait du bien.

Arnaud Lambert le regarda fixement, puis ajouta :

– Il reste encore un bout de terre à la Louise. Faudra voir à lui acheter, je crois qu'elle a besoin. C'est le moment, les prix baissent. Avec son imbécile de fils et son idiote de fille, il y a encore une bonne affaire à réaliser, ils savent pas compter.

André ne répondit pas. Se dit que cette opération ruinerait encore un peu plus cette famille, et alors qu'il s'était réjoui de l'achat de la Pesseleyre, là, il eut de la peine. Que pourrait-il faire contre la volonté de son père ? Et comment lui expliquer qu'il ne voulait pas nuire aux intérêts de la fille du grand Gustave ? Le mieux était d'attendre. Avec le temps, on verrait bien ce qu'il y avait lieu de faire.

– Pour les élections, j'ai réfléchi, continua son père, tu vas te présenter avec nous. Comme j'ai plus de poids que toi, je reste tête de liste. À mi-mandat, tu prends la relève. Ça te va ?

Bien que froissé par ce changement qui le mésestimerait aux yeux des habitants par rapport à l'annonce faite en janvier, ça lui allait. Le mois de mai était proche et, avec ce qui lui arrivait sur le cœur, il n'aurait pas eu l'esprit aux élections.

– Comme tu veux. C'est toi qui commandes, je me trompe ? osa-t-il répondre.

Perplexe devant ce commentaire, Arnaud Lambert regarda son fils curieusement. Il devrait le surveiller. Avec son air de ne pas y toucher, il était fichu de vouloir lui désobéir, rien que pour embêter sa femme qui l'avait contré l'autre jour.

* *
*

Rapidement, le maire réunirait son équipe. Il restait encore un peu de temps avant les élections, mais il fallait faire vite. D'abord, savoir qui, des sortants de sa liste, souhaitait se représenter. Cela fait, il chercherait des volontaires. Puis il irait voir ceux qu'il ne voulait pas sur sa liste, et surtout ne pas voir sur une autre. Pour réussir cette manœuvre, c'était simple, il leur tiendrait le discours suivant : « Je viens te voir pour que tu fasses partie de mon équipe. Ne le dis à personne, je voudrais que tu remplaces Untel. Mais je crois qu'il veut repartir, ça m'embête, je ne le souhaite pas, mais tu comprends bien que je ne peux pas lui refuser. » Dans un second temps, le maire lui dirait qu'il ne s'était pas trompé, le sortant voulait remettre ça. L'autre comprendrait et n'en voudrait pas au maire. Le tour était joué, celui-là ne ferait pas campagne contre lui et ne serait pas dans une autre liste possible. Affaiblir l'adversaire était indispensable.

Maintenant, il fallait à tout prix qu'il sache ce que manigançait Yves Lagarde. L'animal était coriace et Lambert devait tout savoir de son programme afin d'éviter toute surprise.

La semaine prochaine, il réunirait ses troupes et monterait un plan de bataille. Il le savait déjà infaillible.

En y pensant, il sourit et se dit que son fils n'aurait jamais pensé à ça. Le vieux n'était pas encore fichu.

* *
*

Depuis ce dimanche après-midi où il avait vu Antoinette et André, Roger Berron n'en revenait pas. Il n'avait soufflé mot à personne de ce qu'il savait, même pas à sa femme. Il pensait que le maire, ce donneur de leçons, en méritait une bonne. Pourtant, ce n'était pas dans ses habitudes de se servir de la vie privée de quelqu'un pour arriver à ses fins. Quel scandale si la nouvelle se répandait dans le village ! Il devait se débrouiller autrement pour avoir satisfaction pour son augmentation. Voilà plus de trois semaines qu'il l'avait demandée, et rien ne venait. Pour avoir bousculé son patron, il avait pensé voir arriver les gendarmes, même pas. Il faut dire que les insultes du maire sur les poilus avaient fait le tour du village et ne lui avaient pas attiré de la sympathie. Le maire l'avait compris et affirmé rapidement à tous qu'en colère il avait perdu son sang-froid, qu'il respectait les valeureux soldats qui s'étaient battus pour la liberté du pays. La preuve, son propre fils était parti lui aussi à la guerre, alors il n'allait pas critiquer ces hommes défenseurs de la patrie. Il avait même promis que, le prochain 11 Novembre, il offrirait le banquet aux veuves de guerre.

Depuis ce jour-là, Mariette ne vivait plus. Roger avait beau la rassurer, son inquiétude était grande. Elle l'imaginait sans travail, donc sans argent, et ce n'était pas ce qu'elle gagnait qui allait faire bouillir la marmite. Et si la paie ne rentrait plus, comment régleraient-ils le loyer ? Et si le propriétaire de la petite maison qu'ils habitaient les mettait à la porte, où iraient-ils ? Il trouverait du travail ailleurs ? Sans doute pas ici, dans le village. Même bon ouvrier, les patrons ne voudraient pas d'un employé qui réclame. Toutes ces questions lui taraudaient l'esprit et la rendaient malheureuse. Roger voyait bien, à son visage, qu'elle pleurait en cachette. Il maudissait son patron mais, curieusement, il se maudissait aussi d'avoir osé demander. Ah, si les autres ouvriers l'avaient suivi dans sa démarche, ça n'aurait pas été la même chose. Malgré cela, il avait un petit espoir : les élections arrivant, il se disait que le temps travaillait, peut-être, pour lui. Durant cette période, les candidats étaient capables de tout promettre, et si par bonheur il y avait deux listes, la surenchère s'installerait, et s'il faisait campagne pour André, puisque ce devait être lui le prochain maire, il pourrait arracher une augmentation. Dans le fond, il aimait bien André Lambert. Il était certain que son père l'écrasait de son autorité, et, débarrassé de ce poids, il serait un bon maire. S'il le fallait, il interviendrait en sa faveur. Quant à son aventure avec Antoinette, il pouvait comprendre cet écart. Seulement, il aurait pu choisir quelqu'un d'autre, Antoinette semblait simplette, et le souvenir de son père, resté dans tous les esprits, la cataloguait comme étant d'une famille pas vraiment fréquentable.

Il eut le sentiment que cette campagne électorale allait être difficile.

* *
*

Arnaud Lambert avait réuni ses amis et expliqué qu'il avait fait machine arrière pour son fils. Puisqu'il restait, ses deux adjoints restèrent eux aussi. Trois autres ne souhaitaient pas se représenter, ce qui faisait sept candidats. Il devait donc trouver quatre volontaires. Arnaud Lambert avait sollicité les fils des trois qui ne briguaient pas un autre mandat, comme ça les propriétaires seraient toujours bien représentés. La liste était donc constituée de dix personnes.

– Pour le onzième, je n'ai pas encore réfléchi, dit le maire.

Ses colistiers proposèrent des noms. À chacun d'eux, Arnaud faisait la moue. Pas assez vaillant. Pas assez reconnu dans le village. Pas assez représentatif. Trop impulsif. Trop politique.

– Vu les événements sociaux dans le pays, déclara André, il faudrait peut-être penser à prendre un ouvrier sur la liste. En politique, il faut savoir, parfois, changer de cap. Ça montrerait que nous nous soucions aussi des ouvriers. Comme ça, il n'y aurait pas sur la liste que des ayants pins, comme s'empressera de le relever Yves Lagarde.

Son père le regarda avec circonspection.

– Ah bon, tu veux changer de cap ? Et vers quoi tu veux aller ? lui demanda-t-il d'un ton hargneux.

André expliqua qu'il ne s'agissait pas de modifier, mais de prendre en compte les désirs de tous, pour rassembler le plus possible.

Il sut qu'il avait eu raison de changer d'avis sur son fils. Il serait faible, pas assez patron. D'ailleurs, personne autour de la table n'avait abondé dans son sens.

Arnaud Lambert fit non de la tête.

– Que les ouvriers restent les ouvriers. Ils sont à leur place. Nous avons besoin d'eux, mais ils ont tant besoin de nous. Tant que je serai maire, c'est moi qui déciderai du programme. Nous nous reverrons plus tard. Au revoir.

André se demanda s'il restait sur la liste ou non. Désavoué par son père, il venait de passer pour un moins-que-rien devant témoins. Il eut envie de laisser tomber cette mairie dont on lui disait, depuis qu'il était tout jeune, qu'un jour il en serait le patron. Cet espoir l'avait transporté dans les rêves les plus fous et avait suscité un orgueil démesuré. Toute sa vie était programmée. Il deviendrait le patriarche, comme avant lui son grand-père et son père. Il aurait sa chaise au bout de la table. Aurait ouvert son couteau pour donner le départ du repas familial et l'aurait refermé en disant : « C'est l'heure de retourner au travail. » Il aurait été « patron », sa vie avait été bâtie dans ce sens ! Il serait peut-être maire un jour, mais il avait compris qu'il ne serait pas LE patron attendu par son père. De plus, il n'avait pas de fils et n'en aurait jamais, sa femme n'était plus une femme. Un grain de sel appelé Lucie avait dérangé ses projets, un autre grain de sel appelé Antoinette l'avait troublé dans ses certitudes.

Il rentra chez lui, prétexta un très fort mal de tête et partit se coucher.

Il rêva : l'écharpe de maire autour de la taille, il mariait Antoinette, très belle en robe blanche, et, d'un coup, de maire il se transformait en époux, était assis à côté d'elle, disait un oui tonitruant et embrassait la mariée qui souriait avec tendresse.

VIII

LA NOUVELLE FIT LE TOUR DU VILLAGE en un rien de temps : Arnaud Lambert, contrairement à ce qu'il avait annoncé, se présentait aux municipales comme maire.

Yves Lagarde était fou furieux. Dans son quartier général au *Café du Commerce*, le soir après la classe, il tenait réunion sur réunion.

– Vous voyez bien, ce maire n'est même pas capable de faire ce qu'il dit.

Il ajoutait qu'à part avoir fait venir l'électricité dans le village il n'avait rien fait, si ce n'est d'avoir pensé à sa propriété, comme tous ses colistiers.

– Rappelez-vous le manque d'eau l'année de la sécheresse, à part une procession qui a fait plaisir au curé et aux femmes, qu'a-t-il fait d'autre ?

C'est vrai qu'ici, en dehors des fossés, des chemins vicinaux et des huit cents hectares de forêt communale, il n'y avait pas grand-chose à entreprendre. Ils avaient même laissé s'installer l'usine de térébenthine dans la commune voisine, le maire se contentant d'être membre de la coopérative de résineux.

– Rien à faire ? hurlait Yves Lagarde. Je vais vous en trouver moi des choses à faire qui vont améliorer la vie du village !

Assis au fond de la salle de billard, il consultait et préparait sa liste, et ce n'était pas facile. Beaucoup étaient mécontents, mais les Lambert étaient à la mairie depuis si longtemps. Yves Lagarde enrageait, il aurait du mal à monter une liste complète. Il avait demandé à quelques propriétaires à qui il avait rendu service en leur remplissant des papiers administratifs, tant qu'il était secrétaire de mairie, de se présenter avec lui, ils lui devaient bien ça. Tous s'étaient défilés, prétextant leur manque de temps, leurs épouses qui ne voulaient pas, etc.

Une seule bonne nouvelle cependant, il manquait au maire un homme pour clôturer sa liste.

– C'est la preuve que tous ne sont pas d'accord avec lui.

Le patron du *Café du Commerce* participait à la campagne en offrant des tournées. L'alcool déliait les langues, déclenchait les diatribes des râleurs qui s'en donnaient à cœur joie, mais ça ne faisait pas vraiment avancer les choses. On sentait que, depuis le temps qu'ils étaient aux affaires, les anciens avaient mis une chape de plomb sur ce village, bloquant les volontés. Il faut dire qu'ils détenaient une chose à laquelle tous étaient très attachés : le droit de chasse. Un propriétaire fâché, et c'étaient des hectares en moins autorisés à cette activité qui concernait toutes les familles. C'était quand même bien agréable de pouvoir manger du gibier de temps en temps. Se priver d'un tel plaisir à cause de la politique était idiot.

Arrivé à sept candidats, il en manquait quatre, Lagarde arrêta de chercher ; la loi ne l'obligeait pas à présenter une liste complète. Si tous étaient élus, ils auraient la majorité, ça valait le coup de tenter sa chance. Un vrai coup de poker.

Pour le programme, c'était simple : continuer d'amener l'électricité ? Ce serait sans doute dans le programme de son adversaire et il fallait trouver autre chose, il savait quoi. Pour l'instant, il tairait son idée, des fuites étaient toujours possibles.

* *
*

Le maire avait appris les difficultés que rencontrait Yves Lagarde. Il riait sous cape, il était temps de réaliser ce qu'il avait imaginé. Pour ça, il devait rencontrer quelqu'un, et ce quelqu'un allait être sacrément surpris de sa demande.

Ce matin-là, vers 7 heures, Arnaud Lambert avait sellé Cocotte, sa petite jument blanche. Après avoir longé la clôture du pré où pacageaient ses vaches gardées par ses deux chiens, il prit la piste gravée à gauche. Au bout d'un bon kilomètre, il emprunta le *roundet,* qui sinuait à travers les pins, pour se rendre dans le bois de la Vache. Le lieu n'avait sans doute jamais vu de vache, et personne ne savait pourquoi il était ainsi nommé. Peut-être qu'une, dans des temps lointains, s'y était aventurée et était tombée dans les nombreuses gravières voisines, creusées pour l'entretien des chemins, on ne savait pas.

La pièce de pins qui était derrière ce bois lui appartenait. Il fit encore une centaine de mètres.

À travers les arbres et les fougères, il vit ce qu'il cherchait. Il appela :

– Roger !

Roger Berron avait les bras levés et entaillait une care de trois ans avec son *hapchot*[1]. Surpris, il se retourna vivement.

Arnaud Lambert s'approcha, sauta de cheval et lui tendit la main. Roger eut un moment d'hésitation, puis finit par lui tendre la sienne.

– Si je m'attendais à ça, dit-il, je suppose que c'est pour m'annoncer mon licenciement que vous avez fait le chemin ?

Pas du tout. Loin de lui cette intention, il était un bon

1. Hapchot *: hache à lame incurvée et aiguisée pour tailler des copeaux (*galips*) et faire ainsi des saignées (*cares*) sur les pins où coulera la résine.*

ouvrier, courageux, on ne le remplaçait pas facilement et il méritait le respect.

Roger songea que quelque chose allait se passer, ou s'était passé. Le vieux Lambert était un roublard, et les paroles qu'il lui adressait ce matin n'étaient pas habituelles. Il y avait anguille sous roche. Après leur altercation, il n'était certainement pas venu jusqu'ici pour le voir tailler des *galips* et lui dire qu'il était courageux !

– Que me vaut cette visite ?

– Je ne viens pas assez souvent dans les pins à la rencontre de mes résiniers, répondit Arnaud Lambert, du coup, je ne sais pas toujours les difficultés qu'ils ont.

Il prétexta le manque de temps. Ses occupations à la mairie. Le reste de la propriété à gérer, sa position de responsable au sein de la coopérative des résineux, enfin tout un tas de raisons qui faisaient qu'il ne les voyait que de loin.

Roger ne crut pas un seul mot de ces explications. Par contre, il commençait à être rassuré sur son sort : si son patron avait voulu le licencier ou porter plainte contre lui, il le lui aurait dit d'emblée, c'était donc autre chose. Avait-il réfléchi à l'augmentation demandée ?

– Bon, c'est pas tout, dit-il, pendant que je parle, je ne pique[1] pas les pins.

– Eh bien, marchons ensemble et taille, on peut discuter entre deux cares, Cocotte va se régaler d'*aoùbès*[2].

Roger ne comprenait vraiment plus rien.

La conversation se fit donc au rythme du travail ; la jument suivait calmement, mangeant des jeunes pousses. Au bout d'une bonne demi-heure, ils avaient tout abordé : la saison de chasse passée, les poteaux coupés cet hiver, la pluie, le beau

1. *Piquer : tailler les copeaux.*
2. Aoùbès *: mot gascon pour la molinie, herbe longue qui pousse en pieds denses et qui, fanée, sert également de paillage (en automne, on trouve souvent des cèpes sous ces herbes).*

temps, le soleil qui allait chauffer davantage et faire couler un peu plus la résine.

– Les *escouartes*[1] seront bien pleines, les femmes auront du mal à les porter.

Tout y passa sans qu'Arnaud Lambert n'ait dévoilé le but de sa visite.

Ils arrivèrent à l'endroit où les barriques étaient stockées, sur le bord d'un chemin de terre, en attendant que Fernand vienne les charger sur sa charrette pour les transporter à la distillerie voisine avec son attelage de mules. L'endroit était frais, et le soleil qui passait à travers les pins faisait luire la mousse. Roger posa son hapchot, s'appuya contre les barriques vides en attente de gemme.

– Je vais prendre le temps de me rouler une cigarette, dit-il.

– Attends, prends mon paquet de gris et mon papier, proposa Arnaud.

Il attacha le licol de son cheval à une branche basse, puis lui tendit sa blague à tabac et son cahier de feuilles Job. Là, Roger se dit que son patron avait quelque chose d'important à faire savoir, ce n'était pas dans sa nature d'être ainsi prévenant. Il pensa à André. Peut-être que quelqu'un lui avait appris pour Antoinette ? Et si c'était ce que voulait savoir son père ? Il cherchait un témoin ? Roger se sentit mal à l'aise. Arnaud Lambert se gratta la gorge, semblait gêné.

– Ce que j'ai à te demander, Roger, est très délicat.

Nous y voilà, à tous les coups c'est pour Antoinette et André.

– Tu sais que les élections approchent, je voudrais t'en parler.

Parler élections, et pourquoi donc ? Ça ne l'intéressait pas.

– Justement, ça tombe bien, c'est le but de ma visite.

1. Escouarte *: seau en métal ou en bois de cinquante litres servant à récolter la résine lors de l'*amasse*, une fois par mois selon l'intensité de la récolte ; travail effectué par les femmes.*

Là, Roger eut besoin d'explications. Pourquoi était-il intéressant qu'il ne veuille pas participer ?

– C'est André qui se présente à votre place cette fois, vous l'avez annoncé.

– J'ai changé d'avis.

Arnaud Lambert lui expliqua qu'il trouvait son fils trop jeune pour un poste à responsabilité tel que maire.

– Il a deux ou trois ans de moins que moi, rétorqua Roger. Il a fait la guerre, ça fait de lui un homme.

Sans doute, mais ce n'était pas suffisant.

– Je crois que j'ai trop fait pour lui, et sa mère l'a trop gâté. On a souvent pris les décisions à sa place.

Oui, tout le pays était au courant, les parents décidaient pour tout. Pour son mariage avec Amélia Ceyran, les deux familles avaient d'abord compté les hectares avant de décider de l'union. Les deux parties, en s'accordant, dépassaient les trois cents hectares et, après avoir fait ces comptes, rien ne s'opposait à la noce. Dans le pays, on avait jasé, en plus ils étaient de la même parentèle, mais comme ils n'étaient pas les premiers…

– Quelque part, ajouta Arnaud Lambert, je ne sais pas pourquoi, je ne le sens pas prêt.

Roger trouvait cet homme bien curieux. Il semblait se reprocher l'éducation donnée à son fils, mais pourquoi l'avouer à un étranger ? Et puis le ton ne paraissait pas naturel. C'était évident, il jouait un jeu, mais lequel ?

– Bon, tu me dis que les élections ne t'intéressent pas. Eh bien, c'est justement parce que je m'en doutais que je suis là. Tu vas me rendre un service, Roger. Un très grand service.

Un service à celui qui possédait une grande partie des pins de la commune ? C'était bien la meilleure.

– Vous avez sûrement besoin d'un homme plus important que moi pour un service.

Pour ce qu'il avait à demander, l'importance n'était pas de mise. Seul un homme de confiance pouvait se charger de ça. Roger était de plus en plus perplexe. En homme simple, il commençait à avoir les idées embrouillées. Tout ce micmac ne lui plaisait pas, et il sentait qu'il perdait pied devant cet homme qui l'impressionnait quand même. Après l'avoir bousculé, il était là, devant lui, pour un service ! Il bégaya presque en demandant :

– Et... qu'est-ce que j'y gagne à rendre service ?

Arnaud Lambert sentit que le poisson avait enfin mordu à l'hameçon. Il sourit. Sortit de nouveau son paquet de gris et son cahier Job, les tendit à Roger.

– Roule-t'en une autre, et écoute-moi bien.

Le discours dura, dura... Roger faisait non de la tête, tournant sans cesse son béret. Arnaud Lambert insistait, lui tapait sur l'épaule. On aurait dit des maquignons un jour de foire.

Puis le silence se fit. Roger baissa la tête. Au bout d'un long moment, il la releva, tendit la main vers Arnaud Lambert qui la serra.

– Tu verras que tu ne regretteras rien, Roger. Crois-moi, quoi que tu en penses, tu es un homme honnête.

* *
*

La nouvelle chamboula la commune : Roger Berron se présentait aux élections sur la liste Lagarde.

Quand Roger avait demandé à l'instituteur de le recevoir, celui-ci avait été surpris. Il souhaitait se présenter aux élections ? Contre son patron ? Sans blague ! Mais que se passait-il ?

– Il ne m'a pas accordé l'augmentation que je lui demandais, j'ai besoin de ça pour vivre, c'est tout. Du travail, j'en trouverai ailleurs s'il le faut.

– En fait, vous vous rebellez.

– Appelez ça comme vous voudrez. Bon, alors, c'est oui ?

Bien sûr que c'était oui. Pour les problèmes forestiers, il aurait son utilité.

Avec lui, la liste se montait maintenant à huit personnes, et la présence de Roger allait sans doute en décider d'autres, espérait l'instituteur. Dans les deux cafés du village, on ne parlait que de ça : l'ouvrier se présentait contre son patron. Les uns criaient bravo, les autres criaient au scandale, le curé en tête. Comment Roger Berron, passant pour un honnête homme, pouvait-il faire ça ? C'était offenser l'ordre établi par la morale, la révolte étant mauvaise, affirmait-il. De plus, il se mettait sur une liste dirigée par l'instituteur, l'ennemi juré de l'Église. L'abbé Pierre Émeric, le samedi, prit la décision d'indiquer à ses ouailles, dans le secret du confessionnal, que la liste Lagarde était celle des suppôts de Satan, et voter pour celle-ci, c'était commettre un péché ! Il rassura la famille du maire, il dirait des messes pour que son équipe passe en majorité. Le maire avait souri et remercié le curé de sa bonne volonté, mais s'était dit que les messes, comme la fameuse procession pour la pluie, ne feraient pas grand-chose pour son élection.

Pour la liste sortante, ce fut la consternation. Ils le firent savoir à leur chef de file, étrangement, celui-ci semblait rassuré.

– Ce n'est pas grave, et puis tout le monde a le droit de se présenter, c'est la loi de la République.

Plus personne ne le comprenait et certains regrettaient même qu'André ne soit plus le patron comme prévu.

André trouvait cette candidature curieuse. Il aimait bien Roger, un poilu comme lui, et ne le connaissait pas contestataire à ce point. À son avis, c'était une bravade due à l'altercation pour l'augmentation. Roger était courageux. Un beau jour, son père, qui pour l'instant se taisait, se passerait de ses services, on ne le défiait pas impunément.

– Alors, Arnaud, demanda le premier adjoint, le onzième homme, tu le trouves, oui ou non ?

– Attendez, ne soyez pas pressés, je vais le trouver. On a encore un peu de temps devant nous. Je ne veux pas prendre n'importe qui.

Quand son mari lui annonça sa décision, Mariette fut stupéfaite. Il n'allait pas faire ça ? Son patron le renverrait dès qu'il l'apprendrait.

– Ce que tu fais n'est pas bien, Roger, tu braves le maire, ça nous retombera dessus un jour. Avec tes sautes d'humeur actuelles, un de ces quatre matins, tu vas te retrouver sans travail. On vivra comment ?

Devant l'inquiétude de sa femme et les larmes qui ne demandaient qu'à couler, Roger la rassura. Il avait envie de faire cette expérience, il se présentait, mais ne s'opposait à rien, ni à personne, disait-il. Et puis quelle chance avait-il d'être élu ? Aucune, les anciens tenaient tout le village.

– Tu es sur une liste en face, donc tu t'opposes. Et, en plus, tu ne m'as même pas demandé mon avis.

– Je savais que tu aurais refusé, alors j'ai préféré ne t'en parler qu'une fois ma décision prise.

Il tourna le dos et, mains dans les poches, se dirigea vers la grange.

Mariette le trouva curieux. Il lui sembla que ce choix le contrariait. Habituellement, lorsqu'il faisait quelque chose avec plaisir, il était souriant, serein. Là, au contraire, elle le trouvait bizarre, il lui cachait quelque chose. Elle se dit qu'avec le temps elle finirait bien par savoir, mais l'inquiétude la gagna.

IX

D'HABITUDE, UNE AMBIANCE PAISIBLE régnait dans la commune. Cependant, les élections approchant, la tension était montée d'un cran. Des clans s'observaient. Des groupes se formaient. Les deux cafés ne désemplissaient pas et, après plusieurs tournées, le ton montait. La place de l'église qui les séparait paraissait être un champ de bataille idéal à portée des deux camps. Depuis la nouvelle décision du maire sortant, on comptait plus sur l'instituteur pour faire avancer les choses.

Il était malin, Yves Lagarde. D'habitude sévère envers ses élèves, distribuant des punitions en veux-tu, en voilà, curieusement, depuis un bon mois, il s'était adouci. Il avait même décidé que le samedi après-midi, plutôt que de faire étude, puisqu'il faisait beau, ils iraient jouer au football sur le pré de Marian, pas loin des écoles, juste après un petit bois. Les élèves étaient fous de joie, et il leur sembla même que la moustache sévère du maître était devenue plus gentille, moins en bataille, moins agressive. Le matin, au cours de la leçon de morale, il leur inculquait les principes essentiels des devoirs du citoyen :

– Le droit de vote est fondamental pour que notre pays avance. Plus tard, vous voterez, et j'espère que vos pères voteront en mai prochain, pour les élections municipales, celles qui concernent notre commune.

Puis il leur expliqua comment fonctionnait un conseil municipal, et à quoi il servait.

Marcel Lassalle était toujours au fond de la classe. Grand pour son âge, les cheveux en broussaille, des trous à ses culottes courtes, le tablier noir à liseré rouge boutonné de travers, pas bon élève pour deux sous, il attrapait punition sur punition, mais sa vertu principale était la constance. Quand il avait une idée dans la tête, il fallait qu'elle sorte, quoi qu'il lui en coûte. Comme chez lui on parlait élection, et dans la classe aussi, il crut bon de s'exprimer, pour montrer que de temps en temps il suivait et comprenait ce qui se disait en classe. Il leva le doigt.

– Oui, Marcel ?

– M'sieur, paraît que vous voulez être maire de la commune, c'est vrai ? Mon père l'a appris au *Commerce* hier, il l'a dit à table.

L'instituteur lui expliqua que pour ça il fallait d'abord être élu conseiller municipal. Ensuite, il verrait.

– Mon père dit que vous seriez bien comme maire.

Yves Lagarde sourit gentiment. Marcel continua :

– Mais, ma mère, elle trouve que c'est pas normal qu'un gonze qui croit pas en Dieu soit maire d'un village, c'est le curé qui lui a dit.

Yves Lagarde faillit manquer d'air ! Le curé faisait donc campagne contre lui, ça ne le surprenait pas. Il réalisa qu'il aurait du travail pour convaincre les femmes, le curé les voyait presque toutes le dimanche et avait de l'influence sur la plupart d'entre elles. Elles n'avaient pas le droit de vote, certes, mais elles étaient capables d'influencer leurs maris. Il fallait donc trouver, dans son programme, quelque chose pour les persuader que même sans croire en Dieu on pouvait diriger une commune.

– Marcel, en temps normal, ce que tu viens de me raconter m'aurait mis hors de moi, et je t'aurais donné une sacrée punition ; on ne dit pas de son maître que c'est un gonze ! Mais, aujourd'hui, je te félicite pour ta franchise, et je te prie de transmettre à ta mère que, si je suis élu, personne dans ce village ne le regrettera, ceux qui vont à la messe comme ceux qui n'y vont pas.

Il ne lui restait plus qu'à imaginer quelque chose pour les femmes du village, prouvant l'intérêt qu'il leur portait. Mais quoi ?

Le soir, il rapporta à son équipe les propos que le curé colportait. Ils devaient tous se mobiliser pour que les épouses ne soient pas contre eux. Il n'allait quand même pas assister à la messe du dimanche pour récolter des voix ? Pourquoi pas, dit Jacques Bon, ça marquerait les esprits. Non, il n'irait pas. Jacques Bon continua :

– N'oublie pas qu'il dîne souvent à la table du maire !

Non, il ne ferait pas copain-copain avec le curé. Pourtant, il se rappelait le temps où, dans son village natal du Var, il avait été enfant de chœur, en robe rouge et surplis blanc. Pour le récompenser, le dimanche, sa grand-mère lui achetait un petit gâteau chez le pâtissier à côté de l'église, à la sortie de la messe. Ce souvenir amena un sourire sur ses lèvres. Il l'aimait bien, sa grand-mère, elle était douce avec lui. Pour sa communion solennelle, en échange de cartes-souvenir, elle lui avait donné des sous. Et puis il avait grandi. À l'école normale, il avait compris que l'Église n'entrait pas dans son système d'éducation. La plupart des élèves pensaient que l'Église faisait pression sur les pauvres avec des croyances qui leur apporteraient le paradis une fois morts. L'instruction que les instituteurs délivraient fabriquerait des hommes réclamant le bonheur ici, sur terre, et tout de suite.

Yves Lagarde, peu à peu, avait détourné les yeux de l'Église, et surtout des curés. Souvent de braves hommes, mais il n'en avait trouvé aucun qui bousculait les habitudes, les vieilles croyances, les vieilles superstitions. Cette fichue guerre avait changé les esprits et fait avancer certaines choses, chaviré les certitudes, pourtant il semblait que les hommes n'aient toujours rien compris, et tout avait recommencé comme avant.

Il fallait se mettre au travail. On passa en revue tout ce dont avaient besoin les femmes, ce fut dur, personne ne s'y intéressait habituellement, ainsi, on ne savait pas. On s'occupa donc d'autre chose. Agrandir le terrain de football ? L'équipe locale marchait bien, elle méritait ça, ainsi les jeunes se rallieraient à eux. On pourrait même bâtir un abri en bois qui leur servirait de vestiaires, proposa Gaston qui s'occupait des joueurs. Un peu d'argent pour les maillots serait aussi le bienvenu, ajouta-t-il.

– Après chaque match, il faut les laver, et les maillots, ça s'use, ils ont les mêmes depuis longtemps.

Yves Lagarde se frappa le front.

– La voilà l'idée pour les femmes, dit-il, tout excité, il faut bâtir un lavoir sur le bord du ruisseau qui passe derrière le terrain de sport. La plupart des femmes rincent leur linge à la pompe du village et, au milieu de la place, ça fait désordonné.

– Ça va coûter combien ?

On verrait plus tard. Ce qu'il fallait, c'était bien préparer ce projet. Avec son passé de secrétaire, l'instituteur savait à qui s'adresser pour une évaluation des travaux. Il le ferait rapidement. En se quittant, le mot d'ordre était précis : aucune fuite, surtout aucune fuite, ils bénéficieraient ainsi de l'effet de surprise.

– Nous allons battre Arnaud Lambert, et lui prendre la mairie, affirma Yves Lagarde en se frottant les mains, et les femmes vont nous y aider !

Arnaud Lambert avait réuni ses troupes. Son calme en agaçait plus d'un. Début avril, les élections étaient dans un peu plus d'un mois, il manquait toujours le onzième homme. André se décida à hausser le ton :

– Il faut que tu dises quelque chose. On propose quoi comme projet ? On n'a encore parlé de rien. Si ça continue, c'est une belle veste qui nous pend au nez, parce que chez les lagardistes ça bouge. Ils se réunissent souvent, et il paraît que l'autre soir, en sortant de leur réunion, ils riaient très fort. Allez savoir quel coup ils nous préparent !

Arnaud Lambert regarda ses colistiers un par un, semblant les jauger.

– La question est simple, ou vous me faites confiance, ou vous ne me faites pas confiance.

Il se tourna vers son fils, glacial :

– Quant à toi, si tu ne crois plus en ce que te dit ton père, tu peux partir si tu veux.

Le silence s'installa autour de la table. Personne n'osa prendre la parole. Il faut dire qu'Arnaud Lambert en imposait. Par sa carrure. Grand, costaud, les épaules larges, le visage carré, un regard dur affirmant son autorité, il avait tout pour être un patron, un décideur. Un jour, en aparté, il avait expliqué au curé que le nombre de conseillers était fixé par la loi, mais en réalité il n'avait besoin que de son premier adjoint pour s'occuper des dossiers en son absence. Les autres, autour de la table, ne servaient qu'à dire oui. « Ce sont des godillots, avait-il affirmé, ils suivent, mais, avait-il ajouté devant le regard surpris du curé, des godillots gentils et je les aime bien. » C'est dire le peu de cas qu'il portait aux autres, et la suffisance dont il faisait preuve. Il lui affirma aussi qu'il avait dû apprendre à dire non. Il avait connu des moments difficiles, quand les bois se vendaient mal, et avait dû trouver de nouveaux débouchés. Quand le prix de la résine diminuait, comme en ce moment, en tant qu'administrateur à la coopérative des résineux, il devait chercher des solutions à la crise. Un moment de lassitude, en début d'année, sans doute dû à la fatigue, l'avait incité à vouloir s'arrêter, mais comme la famille devait rester présente aux affaires, son fils lui succéderait, et il s'était décidé à l'annoncer en public. Et puis, au fil des jours, il avait songé qu'il ne rencontrerait plus les décideurs, le député, le conseiller général, ses collègues maires. Jour après jour, un constat s'était imposé : ça lui manquerait beaucoup. C'était trop tard pour faire marche arrière, et voilà que son fils, prenant fait et cause pour Roger Berron, lui avait donné l'occasion unique de changer d'avis, prétextant sa faiblesse devant les difficultés et ne sachant pas dire non. La semaine dernière, s'il s'était abaissé devant Roger Berron, c'était par tactique, rien d'autre, mais ça, il ne pouvait pas en parler pour l'instant.

Arnaud Lambert rompit le silence :

– J'ai quand même quelques idées à vous soumettre qui vont, j'espère, vous plaire.

Il proposa d'agrandir la salle des fêtes en rajoutant une petite scène, bien utile pour les discours, et pour les orchestres lors des bals. Jusqu'à présent, ils se mettaient sur une estrade que l'on montait et démontait chaque fois que nécessaire. Gain de temps, meilleure visibilité.

– Pour ça, il faut agrandir la salle sur l'arrière, la clôture du champ voisin est trop proche, on aura jamais assez de recul, rétorqua Georges Cazaux.

– C'est vrai, mais ce champ qui la jouxte est à qui ?

– Ben… à toi.

– Alors je donnerai le terrain qu'il faudra pour que ça puisse se faire.

Cet argument était à prendre en compte. Les lagardistes, comme on les appelait définitivement, s'ils avaient la même idée, ne pourraient pas lutter, car Arnaud Lambert ne leur donnerait pas son terrain.

– Si c'est pour le bien de la commune et s'ils me le demandent, je le ferai.

Son premier adjoint bondit.

– Mais, bon sang ! c'est à croire que tu veux qu'ils prennent la mairie ! Avec tout le mal que ton ancien secrétaire dit sur toi, tu vas les aider maintenant ?

– Rassurez-vous, s'ils ont cette idée, je le saurai bientôt.

Cette affirmation les rendit perplexes. Bientôt ? Et comment ?

– Parce que j'ai des amis partout, et que ces amis me renseigneront si c'est nécessaire, déclara-t-il avec malice.

* *
*

André ne reconnaissait pas son père : donner du terrain, impensable de sa part ! Il était sûr qu'il ne dévoilait pas tout. Depuis quelques jours, à cause de son comportement, de ses propos inhabituels, André avait quelques soupçons. Comme l'autre matin où il l'avait vu partir, monté sur sa jument. Certes, il le faisait régulièrement pour vérifier l'état de la propriété, mais avec lui, jamais seul. Après ses visites, il donnait ses ordres : éclaircir des semis, nettoyer des fossés, débroussailler des jeunes parcelles, et André, ensuite, faisait effectuer les travaux par les ouvriers. Ces tournées d'inspection duraient deux ou trois heures, or, ce jour-là, il était réapparu lorsque sonnait l'angélus. Surpris de ne le voir revenir qu'à midi, il lui avait demandé d'où il venait.

– J'avais à faire, avait-il répondu sans s'étendre.

Et il avait tourné les talons, prétextant qu'il devait bouchonner la jument. Bizarre. Et ce onzième homme, dont l'absence semblait ne pas l'inquiéter, à l'inverse de tous les autres ? Que le maire n'ait pas encore bouclé sa liste commençait à faire jaser dans la commune. André ne comprenait pas non plus que son père ne soit pas furieux contre Roger Berron. Avec ce qui s'était passé entre eux, il était impossible que sa présence sur une liste concurrente le laisse indifférent. À la limite, tous avaient l'impression que ça lui faisait presque plaisir ! André avait besoin de faire le vide. Trop de choses tournaient dans sa tête. Ça n'allait pas pour cette liste, ça n'allait pas avec son père, et ça n'allait pas dans son ménage. Sa mère et sa femme sentaient tellement de tension entre les hommes qu'elles étaient énervées en permanence et les repas étaient devenus silencieux, chaque parole aurait pu être une étincelle qui aurait mis le feu aux poudres. Andréa en profitait pour jouer les capricieuses et faire retomber éternellement la faute sur Lucie, qui voyait les punitions tomber en permanence. Devant cette injustice, André prenait sa défense en essayant de raisonner Andréa, qui, sentant bien l'énervement général, criait et pleurait encore plus fort. Aussi, il ne se passait pas un jour sans que Lucie ne se réfugie chez Melvina pour se confier. André ne savait plus comment s'y prendre pour arranger tout ça. Il se demanda s'il n'allait pas annoncer à son père qu'il se retirait de la liste, il aurait ce souci en moins. Après tout, cette fichue mairie, il l'avait sortie de ses rêves.

Ses rêves, désormais, étaient ailleurs. Sa pensée se fixait sans cesse sur Antoinette. En ce moment, il eut une envie folle de la voir. De la serrer dans ses bras. De la toucher. Cette fille l'enflammait littéralement. Il sentait que le piège pouvait se refermer sur lui, pourtant c'était plus fort que tout, il brûlait pour cette fille. Il se dirigea vers chez elle, peut-être la verrait-il ? Peut-être pourrait-il lui parler, même cinq petites minutes ? La Louise sarclait son jardin, il s'approcha de la clôture, lui souhaita le bonjour.

– Bien le bonjour, Louise, et alors, la fille ne vous aide pas à sarcler les mauvaises herbes du *casaoù*[1] ?

Non, elle était partie en forêt, vers les lagunes, casser du bois mort à coups de serpe. Elle le mettrait en tas, en rapporterait une brouette ce soir, et elle irait chercher le reste demain.

1. Casaoù : *jardin potager.*

– C'est plutôt à Petit-Pierre de faire ce travail, ce n'est pas celui d'une fille, c'est dur.

– Pff, fit la Louise, comme si tu connaissais pas l'animal ! Comme son père, après sa journée de travail, il n'a plus que l'envie de boire, rien d'autre. Ah ! heureusement que je l'ai, l'Antoinette, je me sentirais bien seule sans elle.

– Elle est si brave que ça ? demanda André.

– La bonté même, sans malice, sans défense, et vaillante, affirma Louise. Dommage qu'elle soit simplette, elle ferait le bonheur d'un gouyat.

– Pourquoi vous dites qu'elle est simplette ?

– L'instituteur disait qu'on pouvait rien lui apprendre à l'école, donc c'est qu'elle est un peu innocente.

– À l'école, on n'apprend pas tout, vous savez.

Sans doute, elle-même n'y avait pas appris grand-chose, à part lire et compter.

– Et comme j'ai pas lu depuis *paûse*[1], je sais même pas si je sais encore.

André sourit. Le mari qu'elle avait eu ne lui avait guère laissé le temps de lire, elle faisait tout dans la maison, dans le jardin et dans les pins. La lecture, après les dures journées, devait être inexistante.

– Allez, à vous revoir, Louise.

Et il partit vers les lagunes, espérant y rencontrer Antoinette.

Il l'aperçut. Coiffée d'un chignon qui s'effilochait en fines mèches de cheveux tombant sur son visage rougi par l'effort, manches de robe retroussées, elle cassait le bois avec vigueur sur une souche qu'elle avait transformée en soc où elle posait la branche pour mieux la couper. Il la regarda faire. La trouva belle. En la voyant, il devenait un autre homme. Il fondait littéralement. Il s'approcha, elle le vit, posa sa serpe et sourit.

– Tu viens m'aider ? Tu savais que j'étais là ?

1. Paûse *: un long moment.*

Il rapporta la conversation avec sa mère. Elle confirma, son frère rentrait presque soûl tous les soirs. Dommage, il était brave.

– Quand il arrive, il a le vin dans la tête, ses yeux le disent, pas sa bouche, il ne peut plus parler.

Il trouva la phrase belle. Triste, mais belle.

– Et mes yeux, est-ce qu'ils parlent comme ceux de ton frère ? Qu'est-ce qu'ils te disent ?

Elle le regarda intensément.

– Ils me disent que le secret que nous avons te plaît beaucoup.

– Et les tiens répondent quoi ?

Elle lui prit la main avec douceur.

– Qu'ils sont bien quand tu es là.

La cabane de Lagune Vieille était à deux pas. Tout en parlant, ils s'y rendirent main dans la main. Un instant plus tard, leur secret avait écrit une page de bonheur supplémentaire à son histoire.

X

ANDRÉ SORTAIT LES VACHES DE L'ÉCURIE quand il vit son père, montant sa jument Cocotte. Il le suivit du regard, le vit emprunter la piste gravée. Où allait-il donc seul, encore une fois ? Si c'était de la défiance, il voulait en avoir le cœur net et, s'il fallait, il était résolu à crever l'abcès. Avec son vélo, il couperait à travers champs et le rattraperait au bout du chemin, avant qu'il ne s'enfonce dans les bois. La haie de broussailles qui bordait la passe le cachait, il attendit d'être certain de la direction que prendrait son père pour le suivre à distance. Arnaud Lambert tira doucement sur les rênes, et la jument prit le chemin en direction du bois de la Vache. André comprit qu'il allait voir la pièce de pins du fond. Mais pourquoi ? Elle était en pleine gemme, donc aucun travail n'y était nécessaire actuellement.

– Bon sang ! pensa-t-il d'un coup. Ce sont les pins que Roger Berron fait gemmer.

Il eut un pressentiment. Ce n'était pas une visite d'inspection. Et si c'était un rendez-vous ? Non, il chassa cette idée, elle était ridicule. Son père ne pouvait pas rencontrer un adversaire en cachette. Impossible. Sans doute inspectait-il les lieux tout simplement pour voir si la résine coulait bien et si la récolte allait être bonne. Il eut envie de le rattraper, mais quelque chose lui dit que si son père était parti tout seul, c'était parce qu'il le voulait bien. Déjà qu'il était impossible à vivre, ce n'était pas le moment de le provoquer par sa présence, apparemment non désirée.

La couleur claire de la jument se détachait dans l'ombre des pins, et André pouvait suivre de loin, sans se faire remarquer. Une vingtaine de minutes après, son père atteint le dépôt de barriques. De loin, il le vit descendre de Cocotte et l'attacher à une branche basse en lui laissant du mou. Aussitôt, la petite jument baissa la tête, elle se mit à brouter. Il décida de s'approcher. Tout bien réfléchi, rien ne s'y opposait. C'est alors qu'il entendit son père parler, ou plutôt appeler, sans distinguer ce qu'il disait. Il stoppa sa marche, coucha son vélo dans les fougères et s'approcha en se dissimulant. Heureusement, Roger Berron arrivait face à son père. Il posa son hapchot contre un pin, s'approcha et tendit sa main. Arnaud Lambert la lui serra. Incroyable, son père avait rendez-vous avec un opposant ! André ne pouvait pas s'approcher davantage sans prendre le risque d'être vu. Il eut beau dresser l'oreille, aucune bribe de conversation ne lui parvint. Caché dans la végétation, il patienta, bouger maintenant signalerait sa présence.

Au bout d'une bonne demi-heure, son père, à cheval, sur le chemin du retour, passa à quelques mètres de lui tout sourire, l'air très détendu, paraissant heureux. Que se passait-il ? C'était quoi ce manège ? Une envie folle de l'interroger le tenaillait, et André eut du mal à ne pas se jeter sur son passage pour lui demander des explications.

À la réunion avec les colistiers, la semaine prochaine, son père devrait s'expliquer. En attendant, il faudrait qu'il garde son calme, ça serait difficile.

Pendant le repas, il ne put s'empêcher de dire à son père qu'il l'avait vu partir à cheval tôt ce matin vers les pins, tout seul.

– Et alors ?

– Et alors ? Ça fait deux fois que tu ne me demandes pas de te suivre en forêt, et ça m'étonne un peu.

Arnaud Lambert précisa qu'il n'avait de comptes à rendre à personne, et que, jusqu'à preuve du contraire, il était libre de ses mouvements. De plus, tant qu'il était en vie, tout le concernait.

– Tu m'as bien dit, il y a peu de temps, que tu avais été voir l'état de la Pesseleyre, non ? Et seul, non ? Tu m'avais prévenu avant d'y aller ?

André se rappelait ce moment où il avait menti pour protéger son tout nouveau secret. Il ne demanda plus rien à son père, et le repas, comme d'habitude, se termina en silence.

* *
*

C'est avec un grand sourire qu'Arnaud Lambert commença la réunion. Il avait du nouveau.

– Le onzième homme ?

Non, mieux que ça. Il connaissait les desseins de l'autre liste.

– Les lagardistes, comme vous les appelez, ont un grand projet.

Il s'arrêta, laissant une impatiente curiosité mêlée de crainte s'installer. Il reprit :

– Ils veulent bâtir un lavoir pour les femmes, contre le ruisseau du terrain de football.

– Tu en es sûr ?

– Oui.

– Alors on est foutus, c'est un projet qui va plaire aux femmes et, du coup, les maris, pour leur faire plaisir, vont voter pour Lagarde.

Georges Cazaux demanda au maire comment il l'avait appris et, surtout, si cet informateur était crédible ?

André avait la tête qui tournait. Sans aucun doute, l'informateur, c'était Roger Berron. Comment Roger, si honnête d'habitude, pouvait ainsi trahir son équipe ? Il faillit hurler à tous que cette campagne sentait mauvais, que les dés étaient pipés, mais aucun mot ne voulut sortir de sa bouche.

– Je connais mon homme. Je vous tais son nom, j'ai promis. Mais, grâce à lui, on va les couillonner comme il faut, dit le maire.

– En leur piquant leur idée ?

– Oui, et en faisant bien mieux qu'eux. J'ai réfléchi : le lavoir, on va le proposer à un endroit mieux placé que le leur.

Il sortit un plan de sa poche, le posa sur la table.

– Vous vous rappelez la procession de 1921, à la fontaine du père Lescar ?

S'ils s'en rappelaient ? Le grand Gustave s'était assez moqué d'eux parce qu'ils avaient abondé dans le désir des femmes. Quant à Yves Lagarde, tous se rappelaient le sourire railleur qu'il arborait, et ses propos moqueurs envers le curé.

Le maire montra un point sur le plan.

– Elle est ici cette source, à trois cents mètres de la sortie du bourg, autant dire à deux pas des maisons. Une promenade pour les femmes en poussant les brouettes de linge. C'est là qu'on va faire le lavoir. Il y a de la place, il suffit d'acheter un bout de terrain au vieux Lescar, qui sera bien content que quelqu'un s'occupe de la source. En plus, la somme, même petite, lui sera bien utile, il est seul et a du mal à vivre.

– Le débit sera insuffisant pour alimenter un lavoir, avertit Georges Cazaux, elle coule, cette source, mais…

Arnaud Lambert le coupa :

– Mais nous augmenterons le débit.

– Facile à dire !

– Et facile à faire !

Il marqua un temps de silence.

– Nous allons creuser, à cet endroit, un puits artésien ! Je suis allé voir. On voit bien que la source a envie de couler, on sent presque qu'elle pousse, quelque chose l'en empêche. Je me suis renseigné à Bordeaux. Avec ce système, en creusant profondément, l'eau libérée de sa contrainte argileuse assurera, par sa propre force, avec des tuyaux appropriés, un débit suffisant pour que le lavoir soit toujours en eau.

L'idée les enchanta. Avec ça, s'ils ne gagnaient pas la mairie, ce serait à désespérer !

– Il ne manque plus que le onzième homme, dit Georges Cazaux, et nous serons prêts.

– Pour ça aussi, dans quelques jours, vous serez fixés. Soyez patients.

André était resté muet. Malgré son dégoût pour la manière dont son père avait traité cette affaire, il le trouva machiavélique. Comment avait-il pu se servir ainsi de Roger Berron ? Il en aurait le cœur net. Dès demain matin, il irait le voir, il savait où le trouver.

* *
*

Roger Berron suivait les menées de pin en pin, s'arrêtant à chaque care pour tailler trois ou quatre fines lamelles de bois, libérant ainsi la résine qui arrivait en masse pour cicatriser la plaie faite par le hapchot. Le bois faisait sa propre médication, se soignant avec une détermination toujours recommencée. La sève gluante, dont on tirait la térébenthine aux multiples usages, coulant instantanément, cicatrisait la plaie, d'où la nécessité de repasser chaque semaine, de mars à octobre, afin de la garder ouverte, le liquide ne coulant plus en hiver. Le résultat de ce réflexe spectaculaire de l'arbre se remarquait très nettement sur les pins gemmés à mort. Après quarante ans de taille régulière, on les laissait se reposer pendant parfois dix ans. Alors les plaies se refermaient complètement. Seules apparaissaient les grosses boursouflures, cicatrices de bois, signe que l'arbre vivait toujours. Dans cette forêt qui l'avait vu naître, il était comme un vieil homme au visage ridé. Puis venait l'heure de la mort, et, à presque quatre-vingt-dix ans, on le coupait. Roger Berron avait toujours pensé qu'on devrait, le jour où la résine ne se vendrait plus, couper les arbres bien plus tôt. Une génération les semait, une deuxième les regardait grossir et une troisième les travaillait. Que de patience il fallait.

Aujourd'hui, ce n'était pas ça qui le tracassait, c'était cette campagne électorale. Elle le faisait souffrir. Un sentiment de déloyauté s'était emparé de lui. Il était mal dans sa peau et culpabilisait. Que penseraient les lagardistes – il savait qu'on les appelait ainsi – lorsqu'ils apprendraient que c'était lui qui avait renseigné le maire ? Parce qu'ils le sauraient un jour. Il aurait beau leur expliquer qu'il l'avait fait pour sauver sa famille, ils ne lui pardonneraient pas cette trahison. Il avait pourtant lutté avant d'en arriver là, puis avait fini par céder aux arguments de son patron, qui lui avait mis le marché en main : ou il acceptait sa proposition, ou il perdait son travail. Si la visite du maire ne l'avait pas surpris, il l'attendait depuis leur algarade, il n'imaginait pas sa proposition. Quand il avait réalisé ce que lui demandait son patron, il s'était insurgé :

– Vous me prenez pour un traître, comme les poilus que vous avez insultés l'autre jour ?

Il avait même levé la main sur lui, faisant mine de le frapper de nouveau.

– Lève la main sur moi, lui avait dit calmement le maire, et tu es sans travail dès maintenant. J'ai fait le résinier avant toi, je peux continuer à faire gemmer cette pièce de pins sans problème. Réfléchis bien à ce que tu fais, et à ce que tu décides.

Finalement, Roger s'était calmé et avait écouté l'offre de son patron en détail. Arnaud Lambert lui donnait l'intégralité des deux premières amasses, et vingt pour cent de plus sur toute la campagne. C'était une offre inespérée. Alors qu'il ne lui demandait qu'une simple augmentation de dix pour cent, là, il lui faisait une proposition énorme. En contrepartie, il devait se présenter aux élections contre lui, sur la liste d'Yves Lagarde.

– Et aussitôt que tu as une idée sur ses projets, tu m'en glisses deux mots. C'est aussi simple que ça.

Mais il ne voulait pas être conseiller municipal. Le maire le rassura : se présenter ne signifiait pas être élu.

– Avant le vote, tu as des amis, et après, quand tu prends une veste, tu te rends compte que tu en as beaucoup moins.

– Je ne peux pas accepter cette augmentation importante. La contrepartie est trop grande, et elle a un nom : trahison. Impossible !

Le maire avait éclaté de rire.

– Trahison, tout de suite les grands mots. Pas du tout. Tout au plus, une fuite dans le programme de Lagarde avant qu'il ne l'annonce. D'ailleurs, ils sont tellement sûrs d'avoir de meilleures idées que moi qu'ils vont bientôt s'en vanter, et, si tu refuses de me les indiquer avant, j'aurai encore le temps de les contrecarrer.

Il quitta le ton ironique pour prendre un ton plus grave, presque solennel :

– Dans la vie, Roger, il faut savoir faire des choix. Réfléchis, la chance passe rarement deux fois de suite, alors saisis-la.

Il avait eu beau retourner la proposition dans tous les sens, son oui aurait un seul nom : trahison.

– Pense à ta femme, à tes enfants. À toi, tout simplement. Et puis rien ne dit que ça se saura, tout le monde sait bien qu'on est fâchés. Personne ne pensera à toi.

Un jour, tous verraient qu'il était moins dans le besoin, par conséquent mieux payé, et tous comprendraient aussitôt pourquoi. Il imaginait que dans le village, où l'on avait l'habitude de donner des surnoms, le sien serait « Judas ».

– Je ne t'impose rien, tu choisis, mais si l'honnêteté donnait à bouffer dans ce pays, ça se saurait.

« Cet homme est infâme », pensait Roger, et en même temps il réfléchissait à ce qu'il pourrait faire avec son nouveau salaire. Il savait, comme tous, que le pays n'allait pas bien. Le travail manquait, les ouvriers faisaient grève, personne ne voulait céder un pouce de quoi que ce soit pour améliorer le quotidien, certains assuraient même qu'un jour il y aurait une autre guerre. Si c'était le cas, il serait encore appelé pour se battre. La dernière lui avait volé sa jeunesse, et ce qu'il avait vécu dans les tranchées l'avait vieilli prématurément. L'idée d'un nouveau conflit le hantait. Si c'était le cas, et s'il était de nouveau mobilisé, que feraient sa femme et ses enfants sans lui ? Tout tournait dans sa tête. Il s'était senti las. Fatigué. Exténué.

Il s'était assis sur une barrique, les jambes lui manquaient. Et puis, peu à peu, l'idée d'accepter avait vu le jour, et il avait fini par dire oui, en espérant que les remords ne succéderaient pas à la honte. Il ne dirait rien à sa femme, il voulait garder son estime. C'était pour le bien de sa famille qu'il sacrifiait son honneur. Pour l'instant, il valait mieux qu'elle ne sache pas.

Il pensait à ce choix douloureux quand il entendit appeler d'une voix forte :

– Berron ! Berron !

Qui le cherchait ici ? Les appels se rapprochaient. Il vit débouler dans les fougères André Lambert, qui paraissait fou de rage.

– Alors c'est toi le salaud qui espionne les lagardistes pour mon père ?

Son sang ne fit qu'un tour. Arnaud Lambert lui avait promis une parfaite discrétion.

– Tu peux répéter ?

– Sans problème. Je t'ai demandé si c'était toi qui espionnais les lagardistes pour mon père, mais je connais la réponse, je sais que c'est toi.

– Tu sais, en campagne électorale, répondit Roger, une fuite est toujours possible.

– La campagne n'est pas encore commencée ! hurla André. Et puis te fous pas de ma gueule, je t'ai vu la semaine dernière discuter avec mon père. En partant, il sifflait de contentement, alors que tu lui as mis ton poing sur la gueule il y a un mois. Quelques jours après, tu annonces ta candidature, et, hier, il savait que vous alliez proposer aux femmes de leur fabriquer un lavoir. Ne me prends pas pour un con, ça ne peut être que toi !

Roger lui affirma qu'il ne le prenait pour rien du tout, il pouvait croire ce qu'il voulait, il s'en moquait.

– Et le onzième homme qui nous manque, ce serait pas toi par hasard, quand Lagarde aura compris et t'aura viré de sa liste ? Judas !

Roger Berron sentit l'insulte. Comprit que c'était sans doute la première d'une longue série pendant la campagne à venir, parce que André ne saurait pas tenir sa langue. Il fallait une preuve ? Il l'avait vu en discussion avec son père, ça suffisait à l'accuser. De plus, le maire n'hésiterait pas à le sacrifier, il en était capable pour arriver à ses fins.

– Je ne te comprends pas, dit Roger, si je suis un Judas, comme tu dis, quel est mon salaire ?

André ne savait pas. Il imaginait bien son père lui promettant une belle récompense.

– C'est vrai qu'il m'a promis pas mal. Ce « pas mal », ce n'est que le fruit de mon travail, qui pour l'instant me fait mal vivre et me prive parfois de l'essentiel.

– C'est donc pour de l'argent !

– Toi, André, tu as tout ce que tu désires. Moi, je n'ai pas grand-chose, et l'avenir ne me sourit pas vraiment. Tu appelles ce genre de procédé une trahison ; ton père, lui, pense que c'est un service que je lui rends. Je te signale que je te le rends à toi aussi, parce que dans quelques années tu seras sans doute maire. Et sans vrai projet, Lagarde vous battra. Il a les gens simples avec lui, et ces gens simples, leurs femmes seront contentes d'avoir un lavoir. Sans moi, vous n'auriez jamais connu ce projet et la mairie aurait échappé aux Lambert !

André fulminait :

– Et moi qui te prenais pour un gars bien ! Je ne supporte pas la trahison. Les Lambert sont honnêtes.

– Toi, je ne sais pas, mais ton père c'est autre chose. Côté honnêteté, il y aurait beaucoup à dire. Il prêche surtout pour la paroisse des gens aisés, non ? Les autres... pff !

André devint rouge de colère. Il s'approcha de Roger, le menaçant de son poing. Roger ne bougea pas.

– Puisque tu es si honnête, André, explique-moi pourquoi tu couches avec l'Antoinette dans la cabane de Lagune Vieille ? Tu l'as dit chez toi ? À ta femme ? À ton père ? Ils t'ont dit que c'était une trahison ?

La colère d'André laissa immédiatement place à la surprise, une surprise totale. Effaré, il regardait Roger qui savourait l'impact qu'avait eu sa réflexion.

André baissa les bras. Il devint pâle, très pâle. Il comprit que Roger avait le moyen de le faire taire. Interrogée, Antoinette ne nierait pas, elle était trop naïve pour voir le mal dans cette relation. À la nouvelle, Arnaud Lambert était capable du pire. Le joli secret, comme disait Antoinette, exploserait et se répandrait dans tout le village en un rien de temps. Le fils Lambert couche avec la fille du grand Gustave ! Fini la dignité de la famille. Si ça se savait, un monde, son monde, s'écroulerait.

– Tu vois, André, la vie nous joue parfois des tours pendables.

André, dans un murmure de gosse, la tête entre ses mains, avoua :

– Je ne sais pas comment c'est arrivé. Chez moi, c'est... ma femme... et puis il y a eu la gentillesse d'Antoinette. Je ne pensais pas redécouvrir l'amour à mon âge.

Il se dressa :

– Tu le diras à mon père ?

– André, tu trompes la confiance de ta femme parce que tu aimes cette fille, et moi je trompe la confiance de Lagarde parce que j'aime ma femme. C'est pour son bien et pour le bien de nos enfants que j'ai accepté ce marchandage, c'en est un. Ton père m'a proposé soit de m'augmenter d'une façon que je n'espérais pas, soit de me mettre à la porte immédiatement. J'avais le choix ? Tu vois, André, je suis comme toi. Je n'ai pas bonne conscience. Je vais vivre le reste de ma vie avec ça dans la tête, mais j'ai donné la priorité à ma famille sur mes sentiments. Lequel de nous deux est le plus Judas ? Aujourd'hui, nous sommes à armes égales : nous avons chacun notre secret.

Il reprit son hapchot, repartit piquer les pins.

André, assis dans les fougères, fut soudain pris d'un fou rire qui se transforma vite en sanglots.

XI

YVES LAGARDE ÉTAIT FOU FURIEUX. Arnaud Lambert, contre toute attente, avait annoncé les projets de sa liste, il proposait quelque chose de tout à fait inattendu qui allait sûrement surprendre tout le village : le creusement d'un puits artésien ! « Avec ça, avait-il dit en souriant, nous ne connaîtrons plus le manque d'eau dans le village, comme il y a quelques années. » *Et tant que nous y sommes,* avait-il écrit sur sa profession de foi, *ce point d'eau, nous l'agrémenterons d'un lavoir, ce qui sera fort utile pour les femmes de ce village.*

Les colistiers d'Yves Lagarde étaient consternés. Avec un tel programme, le maire allait rafler la mise. Déjà deux ou trois colistiers menaçaient d'abandonner. Voyant cela, Roger Berron se sentit vraiment coupable. La honte l'envahit. Il ne se supportait plus et le poids de sa trahison lui coupa l'appétit. Il espérait que personne ne saurait jamais ce qu'il avait fait. Parfois, il pensait qu'André, dans un élan fou, le dénoncerait.

En réfléchissant, autant la famille Lambert semblait dure, autoritaire, autant André lui était apparu fragile. Il n'était pas comme son père. Estelle avait raconté à Mariette, elle l'avait appris par Melvina, que depuis quelque temps il s'était rapproché de Lucie, la petite dernière. Quand Amélia se rendait avec ses filles dans le magasin acheter du tissu pour leur confectionner de nouvelles robes, autant Andréa choisissait les couleurs qui lui plaisaient, courait entre les rayons en riant et en sautant sous les rires de sa mère, autant Lucie restait sage, acceptant le tissu qu'on lui imposait.

– Si ça ne te plaît pas, tu iras te plaindre à ton père, il t'écoute de temps en temps ce nigaud. Mais fais attention, ce n'est pas lui qui te coudra tes robes !

Et elle se tournait vers Estelle en disant :

– Pff ! si on la laissait faire, elle le mènerait par le bout du nez ce pauvre homme.

André le fragile ? Peut-être. André heureux en ménage ? Sans doute pas, mais avec Antoinette, s'agissait-il d'amour ou seulement d'une passade ? D'une vengeance envers son épouse ? Roger se sentit presque solidaire. Tous deux, quelque part, avaient été piégés par les circonstances.

En un instant, il sut ce qu'il devait faire. En un instant, il fit son choix. Il devait rencontrer André au plus vite, mettre les choses au point. Il fallait bien qu'un jour Arnaud Lambert cesse de tirer les ficelles.

C'est détendu et déterminé que, le dimanche après-midi, Roger se rendit à Lagune Vieille. Caché dans les fougères, il vit arriver Antoinette. Elle posa son vieux vélo contre la cabane, s'assit sur le banc de bois et, yeux fermés, elle offrit son visage au soleil. « C'est vrai qu'elle est jolie », pensa Roger. Un instant plus tard, André arriva. Roger se leva, se montra. En le voyant, André serra les poings.

– Tu m'espionnes ? C'est devenu ta spécialité, je me trompe ? C'est mon père qui t'envoie ?

Roger ne s'attendait pas à autre chose. Antoinette se leva, affolée, se blottit contre André qui referma ses bras sur elle.

– Je ne viens pas en espion, mais pour parler en ami. N'aie pas peur, Antoinette, je ne dirai rien à personne.

André lui rétorqua qu'il ne voyait vraiment pas ce dont ils pourraient parler.

– À moins que tu n'aies pas encore tout dit à mon père et que tu souhaites que je sois ton porte-parole ?

Ça ne serait pas facile, Roger l'avait bien imaginé. Son propos devait être précis et troubler son interlocuteur d'entrée.

– André, je suis venu te dire que ton père se sert de moi, et je suis sûr que, les élections passées, il ne tiendra pas les promesses qu'il m'a faites, elles sont trop belles. Ensuite, il me foutra à la porte comme un malpropre. Alors ma proposition est très simple. Comme il ne te fait pas confiance, si tu veux, nous quittons nos listes respectives et nous faisons une liste ensemble. Si on est élus, tu seras maire, tu pourras montrer à ton père qu'il s'est trompé sur toute la ligne, et tu seras le patron chez toi.

André resta sans voix. Surpris, il découvrait en Roger un véritable manipulateur. Ennemi hier, ami aujourd'hui, voilà qu'il lui offrait la possibilité de devenir maire et de montrer ses capacités qui avaient toujours été mises sous cloche par ses parents, et même par sa femme.

– Rien ne te dit que nous serons élus et, si c'était le cas, je serais plutôt mal par rapport à ma famille. Quant au programme…

Roger le coupa :

– Qu'importe le programme. Tu sais très bien que les gens du village ne vont pas voter pour des projets, mais pour éloigner ton père, qui accumule depuis plusieurs années les ennemis, en faisant une politique favorisant toujours les mêmes.

– Au cas où tu l'aurais oublié, je m'appelle Lambert, et, si les électeurs en ont assez des Lambert comme tu dis, sur la liste, je vais être le premier rayé.

– Non, ils en ont assez de ton père, mais toi, ils n'ont rien à te reprocher.

– À part des histoires de chasse.

– Tu n'auras qu'à autoriser la chasse sur ce qui t'appartient, et tu gagneras les voix des chasseurs.

Roger était satisfait, André passait aux conditions de son élection. Pour mettre son plan en pratique, il suffisait maintenant d'avoir son accord de principe.

– Si tu es d'accord, je réunis ceux auxquels je crois, et on fonce.

Et Lagarde, qu'est-ce qu'il ferait de Lagarde ? Roger fut très clair. Il lui raconterait tout. Pourquoi il avait marché dans la combine du maire. Comment le remords le travaillait. La volonté qu'avait le fils de se démarquer. S'il voulait, il pourrait être sur leur liste, la sienne n'était pas complète.

– Il voudra sa place de maire, fit remarquer André, depuis le temps qu'il la veut.

– Si tu veux être maire, il faut le lui dire. Si c'est le cas, offre-lui le poste de premier adjoint.

– Ça va être la révolution dans le pays.

– Donc tu es d'accord ? Sans regret ? Avec tous les emmerdements que nous allons rencontrer ?

Oui, il était d'accord. Et il valait mieux des emmerdements plutôt que d'avoir le sentiment d'être pris pour un moins-que-rien ou d'avoir honte.

– Roger, tu t'es laissé avoir, mais lorsque les gens sauront pourquoi, ils te pardonneront et ils passeront leur colère sur mon père. Après tout, il l'a bien cherché.

– Bon, déclara Roger, pour tout te dire, je me sens mieux dans ma peau, et je te le dois. J'ai toujours pensé que tu étais un type bien, je ne me suis pas trompé.

– Un type bien, répéta André en hochant la tête vers Antoinette, un type bien…

Roger éclata de rire.

– Je vous laisse, le temps passe et je dois rentrer. Ne tardez pas trop, vous allez prendre froid, dit-il en riant.

Antoinette regardait André, anxieuse. Il s'en aperçut. Lui sourit.

– Ne t'inquiète pas, Antoinette, rien ne changera entre nous. Surtout ne dis rien chez toi. Toi qui aimes les secrets, tu en as un de plus avec moi.

Elle baissa la tête. Il la lui releva avec douceur et vit une larme couler sur sa joue.

– Mais… pourquoi ? demanda-t-il en l'essuyant de la main.

– J'ai peur de te voir moins si tu es à la mairie. Et puis Roger sait pour nous.

Il la rassura, la mairie n'était quand même pas le bagne et il aurait encore du temps libre. Quant à Roger, André en était sûr, il ne dirait jamais rien.

Il se pencha sur elle, l'embrassa avec ardeur. Il lui sembla qu'un avenir meilleur s'annonçait et qu'il allait enfin pouvoir être maître de son existence. Ils s'aimèrent avec passion.

* *
*

La stupéfaction se lisait sur le visage d'Yves Lagarde. Lorsque Roger lui avait demandé de le rencontrer en secret, il était à cent lieues d'en imaginer la raison. Ce que venait de lui proposer Roger l'avait littéralement assommé. Groggy, il avait besoin de digérer. Il mit sa tête entre les mains et ferma les yeux. Roger attendit la suite, elle mit du temps à venir.

– Comment tu as pu ?

– Je vous l'ai dit, j'ai accepté pour ma famille, pour vivre mieux. Jour après jour, je me suis mis dans la tête qu'il ne tiendrait pas ses promesses, il ne les tient jamais. Jour après jour, un sentiment de honte me minait, alors j'ai fini par choisir l'option que je vous livre.

La trahison de Roger le dérangeait, mais il pouvait la comprendre. Les ouvriers avaient beaucoup de mal à vivre, alors une promesse d'augmentation de salaire pouvait changer les hommes et les amener à faire des choses étranges. Les années vingt avaient été baptisées les années folles, elles l'avaient sans doute été en ville, mais pas dans les campagnes où la folie n'avait pas vraiment régné. À part le prix de la résine, le reste était demeuré terne. Depuis 1930, c'étaient plutôt les années difficiles.

– Et le fils Lambert, il en pense quoi ?

– Il en pense que son père est un salaud et qu'une leçon lui ferait du bien.

Lagarde réfléchissait. Ils étaient huit, avec André, ils arrivaient à neuf, deux de plus et la liste serait cohérente.

– Je pourrai sans doute récupérer Jean Bacquey. S'il sent que la balance penche pour nous, il n'hésitera pas. Pareil pour Anselme qui se bat toujours contre Lambert à cause de quelques fossés. S'ils acceptent, nous serons complets et nous aurons deux propriétaires avec nous.

Les projets, ils les avaient. L'ancien secrétaire de mairie comprenait parfaitement les rouages d'un budget et savait où trouver les subventions.

– En plus, observa Roger, si je compte bien, sur onze, nous serons six combattants de la Grande Guerre. Ça aura du poids.

Il manquait quelque chose à Yves Lagarde pour prendre sa décision. Roger le comprit.

– Vous pensez à la place de maire ?

– Oui. André la réclame ?

– Je me trompe ou vous voulez surtout battre Arnaud Lambert ?

Il fit oui de la tête.

– Les gens de ce village vous respectent. Pourtant, vous n'êtes pas du pays et, ici, c'est toujours un homme du village qui a été élu maire. Ils n'aiment pas changer, ils ont les pieds enracinés dans leur terre. En plus, entre Pierre Émeric et vous, c'est la guéguerre. Malgré 1905, les villageois respectent énormément leur curé et ils n'acceptent pas de se faire engueuler dans ses sermons à cause de vous.

Yves Lagarde fut stupéfait de l'analyse fine que Roger faisait de la commune. Il ne l'imaginait pas aussi observateur.

– Par contre, si André est maire, vous devez être son premier adjoint. À vous deux, vous réunirez les différences de la commune.

La commune était rurale, lui le moderne aurait sans doute eu du mal à convaincre les électeurs, ancrés dans leurs habitudes. Ce que lui proposait Roger était tout simplement parfait, le poste de premier adjoint le mettait en première ligne, ce qu'il souhaitait. Ne restait plus qu'à dire oui. Il se leva, tendit la main à Roger Berron.

– Tu peux répondre à André que je suis d'accord sur tout. Je convoque les colistiers, dans la foulée, on se réunit tous pour faire le point et le communiquer à la population.

André fut ravi de la tournure des choses. Le plus dur restait à faire : annoncer à son père qu'il le quittait pour se présenter sur la liste opposée. Mais avec ce qu'il savait de lui pour le rôle qu'il avait fait jouer à Roger, il le tenait.

Pour ce faire, son plan était arrêté. Il lui donnerait rendez-vous dans la forêt, à côté du dépôt de barriques. Puisque Arnaud Lambert avait tout manigancé dans les bois, il était normal que la suite s'y déroule.

Roger aussi serait présent.

Ça, Arnaud Lambert ne le savait pas.

Pensant à cette rencontre, André se posait des questions. Fallait-il qu'il dise tout net à son père ce qu'il avait sur le cœur depuis longtemps ? Fallait-il avouer sa liaison avec Antoinette, la fille de celui qui lui avait tenu tête durant deux mandats au conseil municipal ? Parce que, quand même, le grand Gustave, avec sa forte personnalité, n'avait pas toujours eu tort. Jamais il ne se serait abaissé à faire cette procession ridicule pour faire venir la pluie, et qui avait fait rire sous cape la population. Ce même Gustave qui avait, à force de boire, dilapidé son bien pour le vendre à vil prix, à qui ? Mine de rien, Roger Berron lui avait ouvert la voie de la réflexion, chose qu'il s'était interdite jusqu'à présent. André sentait en lui comme une naissance. Quelque chose lui disait que désormais il n'allait plus être le même homme. Cette envie tiendrait-elle en lui ? Par ailleurs, fallait-il lui avouer les regrets qu'il avait quant à Lucie dont personne, à part Melvina, ne faisait cas ? Aurait-elle envie, un jour lointain, de faire payer à la famille cette mise à l'écart ? Prendrait-elle conscience, comme lui aujourd'hui, de ces refus d'amour, et leur ferait-elle payer ? S'il sentait le besoin de se libérer de tous ces tourments, l'autorité de son père pesait malgré tout sur lui. Il ne se sentait pas encore assez fort pour ce véritable combat dont il avait besoin.

Il capitula et attendrait que les élections soient passées. S'il les gagnait, ce serait plus facile. Pour l'instant, les enchères étaient trop hautes, il n'avait pas les moyens de se les offrir.

XII

– Alors, où est le problème ?

Arnaud Lambert avait posé la question d'une voix forte à son fils. Il avait autre chose à faire le matin que de venir ici, il commençait à s'énerver, il fallait faire vite.

– Parle, ou je fous le camp tout de suite !

André avait du mal. Parler à son père n'avait jamais été facile, mais là, pour le coup, c'était dur. Il se lança :

– Je t'ai demandé de venir ici pour parler des élections.

– Ah bon, on ne pouvait pas en parler à la maison ?

À la maison, on ne pouvait pas grand-chose, quoi qu'il dise, les femmes étaient toujours de l'avis du maître, donc contre lui. Cependant, André sourit, cette question allait lui permettre d'être précis. Il avait cru comprendre qu'il aimait bien ce coin pour régler les problèmes de la campagne électorale, il se trompait ?

Son père fronça les sourcils.

– Tu peux m'expliquer ?

– J'ai même pensé que tu avais fait de ce bois un lieu de rendez-vous important pour ton avenir politique, alors j'ai choisi l'endroit pour t'annoncer une grande nouvelle : je ne me présente plus.

Ah, il avait donc fini par regarder la situation en face et réalisé qu'il n'était pas fait pour ça.

– Si je t'ai pris sur ma liste, c'était juste pour te laisser une chance pour dans six ans.

Cette remarque glaça André. Il comprit vraiment que son père le prenait pour un homme incapable de mener sa barque tout seul. Il n'était qu'un pion, rien d'autre. Bien que blessé par ces paroles, il fut content de les entendre, elles confortaient sa décision.

– Je vais être plus précis : je ne me présente plus avec toi, mais contre toi, avec Yves Lagarde.

Arnaud Lambert éclata de rire.

– Mon pauvre, tout le village va te prendre pour une girouette.

Puis, changeant de ton :

– Je te l'interdis !

À ce moment-là, Roger Berron sortit du fourré proche.

– Je crois que votre fils est majeur, monsieur le maire, et qu'il fera ce qu'il voudra. Quant à la girouette, depuis le temps que vous lui soufflez dessus à votre guise, il était temps qu'elle choisisse son vent.

Le maire hurla. C'était une histoire de famille dans laquelle il n'avait rien à faire.

– Et que pensera-t-on de cette histoire de famille dans la commune, quand on saura le rôle que vous m'avez fait jouer par chantage, monsieur Lambert ? Quand il l'a appris, Yves Lagarde était fou de joie, il a compris qu'il vous tenait.

Arnaud Lambert resta sans voix. Son fils le trahissait ? Quelle mouche l'avait piqué ? Il n'aurait jamais cru son fils capable d'une telle révolte. Quelque part, il eut un sentiment de fierté : André avait du caractère, comme ses prédécesseurs chez les Lambert. Tout alla très vite dans sa tête. Tant pis, il ferait face avec ce qui lui restait de fidèles, les électeurs trancheraient.

Il tourna le dos et partit sans faire une remarque.

* *
*

Au village, la nouvelle se répandit très vite et fit l'effet d'une bombe. Le camp des lagardistes grossissait, tandis que les nostalgiques du passé s'amenuisaient jour après jour. Malgré les sermons enflammés du curé qui prétendait que, comme dans la Bible, les anciens détenaient la vérité, il soufflait sur la commune un air de renouveau.

Chez les Lambert, l'ambiance était horrible. Arnaud ne supportait plus la présence de son fils et se levait de table quand celui-ci s'y installait. Les femmes mangeaient souvent les premières dans la cuisine, et André se retrouvait seul pour déjeuner. Amélia avait pris le parti de son beau-père et reprochait à son mari d'avoir manqué de respect à celui qui lui avait tout donné.

– Tu l'as trompé, j'espère que tu seras battu aux élections.

Au mot « trompé », André sourit et se dit qu'heureusement Amélia ne savait pas pour Antoinette. D'ailleurs, il devrait penser à mettre fin à cette aventure, ce ne serait pas bon pour lui si au village on apprenait. Mais ce serait pour plus tard, il finirait sans doute par se lasser. Pourtant, en pensant cela, il eut un instant de cafard. L'idée de ne pas revoir cette fille lui parut insupportable. Non, il sentit qu'il n'aurait pas la force de rompre. Il souhaita être plus vieux de plusieurs mois.

Les filles d'André craignaient les moments de tension, où les cris fusaient de toutes parts, et Lucie ne savait vers qui se tourner. Elle était de plus en plus désemparée et allait de plus en plus souvent chez Melvina, « Mel », comme elle l'appelait affectueusement. Un jour, alors qu'Amélia et André se reprochaient un tas de choses et se jetaient des injures à la face, elle avait entendu sa mère hurler à son père en la montrant du doigt :

– Si tu avais été capable de me faire un garçon à la place de cette petite sotte, nous n'en serions pas là !

Melvina avait été bien embarrassée pour expliquer cette phrase à Lucie. Sa mère avait prononcé des mots qui avaient dépassé sa pensée, rien d'autre. La fillette avait souri et dit du haut de ses treize ans :

– Tu sais, Mel, je sais bien qu'ils préfèrent Andréa. La preuve, quand je suis ici, si tu ne me ramènes pas à la maison, personne ne vient me chercher, comme s'ils étaient contents d'être débarrassés de moi.

Les larmes vinrent aux yeux de Melvina. Elle avait toujours compris que Lucie valait mieux que ce que l'on pensait. Son institutrice était satisfaite de ses devoirs mais, chez elle, aucune récompense, aucun mot gentil ne venait la féliciter pour son bon travail. Melvina lui expliqua que les adultes avaient parfois des attitudes difficiles à saisir pour des enfants. Plus tard, avec l'âge, elle comprendrait.

– Je ne veux pas rester dans cette famille, Mel. Je veux apprendre un métier et quitter au plus vite cette maison où on ne m'aime pas.

Et elle se blottit contre elle, et ses yeux laissèrent couler des larmes que Melvina eut bien du mal à arrêter.

Le dimanche 5 mai, la liste Lagarde gagna neuf sièges, la liste Lambert deux : le maire sortant et son premier adjoint furent réélus.

Huit jours après, le dimanche 12 mai à 10 heures, le conseil municipal élisait son nouveau maire, sous la présidence du doyen de l'assemblée, qui n'était autre qu'Arnaud Lambert. Sans un mot de félicitations, il lui passa l'écharpe de premier magistrat sous un tonnerre d'applaudissements. Yves Lagarde fut élu premier adjoint et Roger Berron second adjoint.

Au *Café du Commerce*, on faisait la fête, tandis qu'au *Café des platanes* on faisait triste mine. Pourtant, Arnaud Lambert ne désespérait pas. Il promit à tous ses amis de rester vigilants, et si, d'aventure, la commune avait un jour besoin de lui il répondrait présent.

L'après-midi, malgré le froid curieux de ce mois de mai, André partit prendre l'air, il en avait besoin, le repas de ce dimanche n'avait pas été un repas heureux. Sa femme lui avait d'ailleurs fait comprendre qu'à dater de ce jour, comme il allait avoir davantage d'occupations et donc rentrerait tard après les réunions, il pouvait occuper la chambre du fond, il y serait bien mieux tout seul. Quand il avait rétorqué qu'il était seul depuis longtemps, elle lui avait tourné le dos en haussant les épaules.

Ses pas l'emmenèrent vers Lagune Vieille. Il s'assit sur le banc. Le soleil pâle avait du mal à le réchauffer, il s'était emmitouflé comme en décembre. La France grelottait, et ici, les températures oscillaient entre cinq et quinze degrés ! Les saints de glace, cette année, portaient bien leur nom. Avec ce temps, Antoinette devait rester devant sa cheminée, il ne la verrait sans doute pas. Il sembla à André que le manque de soleil et l'absence de son petit secret, comme il l'appelait, lui gâchaient sa victoire. Certes, il avait gagné, mais ce qu'il avait gagné surtout, c'était le droit de décider seul de son sort, chose que lui contestaient ses parents et même sa femme. Tout ça à cause de ce garçon qui n'était pas arrivé ! Mais il savait que le combat commençait aujourd'hui et que son père ne manquerait aucune occasion de lui rappeler qu'il était toujours là. Quant à sa femme, il avait du mal à imaginer combien de temps elle allait lui faire la tête.

Il entendit du bruit, se retourna, vit Antoinette qui arrivait. Habillée d'un gros manteau, une écharpe nouée autour du cou et un foulard sur son chignon, elle avait les joues rougies par le froid.

– Bonjour, monsieur le maire, dit-elle en riant.

Il la prit dans ses bras. La serra fort.

– Mais… dis-moi, tu t'es parfumée ?

Elle sourit, ravie qu'il s'en soit aperçu.

– Pour le maire, je voulais être belle.

Il la regarda. Pensa à ce qu'on disait d'elle au village : « La fille du grand Gustave, il lui manque quelque chose dans la tête, racontaient les vieilles, elle parle peu, sourit toujours comme une béate. » « Pensez, affirmait une autre, pour fabriquer de beaux enfants, il faut avoir du sang pur, et le grand Gustave, c'est pas du sang qu'il avait dans les veines, c'est de la vinasse ! En plus, elle n'apprenait rien à l'école. C'est une simplette, rien d'autre. »

C'est vrai qu'à l'école, elle n'avait pas eu le temps d'apprendre grand-chose. Elle n'y avait été que peu de temps, on lui avait fait garder le troupeau de moutons très jeune. Les pieds nus dans ses sabots, habillée d'une robe déchirée raccommodée avec du gros fil, elle avait plus l'allure d'un chat écorché que d'une enfant. Elle jouait plus avec les deux chiens qui l'aidaient à garder les bêtes qu'avec les filles de son âge. Toutes ces raisons la mettaient vraiment en marge des enfants et, dans le village, elle passait inaperçue. Du coup, elle avait grandi sans faire de bruit, sans se faire remarquer, et personne n'avait vu que, comme dans un conte de fées, le chat écorché s'était transformé en princesse en haillons.

André était heureux d'avoir découvert qu'Antoinette était belle. S'il avait d'abord remarqué son allure, il sentait bien, maintenant, qu'il éprouvait de l'attachement. Tout chez elle le séduisait : son corps, certes, mais plus que ça, cette naïveté, que d'autres prenaient pour un défaut, le ravissait. Grâce à cela, Antoinette était fraîche, douce, souriante, naturelle, sans méchanceté. En la regardant, André trouvait qu'elle ressemblait à la Vierge des églises. Lui revint en mémoire ce qui s'était passé au dernier printemps. À cette époque, les marchands ambulants passaient dans les villages, ramassaient des peaux de lapin contre quelques sous, tandis que leurs femmes vendaient de la dentelle, des colifichets. Alors qu'il accompagnait le colporteur à la grange, pour voir les peaux, la femme du marchand les avait suivis. Ses yeux étaient perçants et noirs. Elle disait parfois la bonne aventure. Alors qu'André ne lui demandait rien, brutalement, elle lui avait pris la main et, avant qu'il n'ait eu le temps de la retirer, avait déclaré :

– Tu finiras par être à l'honneur, pourtant une femme fera ton malheur, mais une autre fera ton bonheur.

Il avait trouvé cela ridicule, mais aujourd'hui, en y repensant, il constata que son poste de maire le mettait à l'honneur et qu'une femme faisait son bonheur. Mais était-ce bien Antoinette qui faisait son bonheur ? Lui ferait-elle aussi son malheur ?

Une peur mêlée de joie l'envahit. Il se serra plus fort contre Antoinette qui lui rendit ses caresses.

Quelques instants plus tard, des gémissements de bonheur réchauffèrent le froid de l'après-midi.

XIII

André lambert s'était attaqué à sa fonction de maire avec conviction. Il travaillait en parfait accord avec son premier adjoint, qui découvrit en lui une personne volontaire, humaine. Sans doute faisait-il toujours très attention à ne pas froisser les gros propriétaires. Il avait d'ailleurs réussi à en convaincre plusieurs d'ouvrir davantage leurs terres aux chasseurs locaux, ce qui lui avait valu la reconnaissance de beaucoup, mais la colère de son père, qui lui avait crié au visage en pleine réunion du conseil qu'il donnait des privilèges à certains sur le dos des autres.

– Tu fais le généreux avec la terre qui ne t'appartient pas !

André lui avait rétorqué qu'il ne pouvait pas être généreux avec la sienne, vu qu'il ne la possédait pas encore tout à fait ! Arnaud Lambert avait quitté la séance du conseil en claquant la porte.

En cette année 1936, les soucis n'étaient pas à la chasse : la France s'était mise en grève. Des milliers d'ouvriers occupaient les usines, et la grogne était partout. Les primes à l'exploitation données par l'État en fin d'année dernière aux producteurs de gemme avaient calmé la colère des résiniers et, si l'agitation n'avait pas gagné le village, une certaine nervosité se devinait dans les conversations. Une fois de plus, les bistrots se partageaient pour les idées comme le reste du pays, chacun d'eux étant le fief des conceptions nouvelles ou conservatrices. En juin, le nouveau gouvernement avait instauré la semaine de quarante heures et quinze jours de congés payés par an. Les anciens criaient au scandale, être payé à ne rien faire était un très mauvais exemple, quant aux quarante heures par semaine, c'était largement insuffisant pour abattre un bon travail. Les plus jeunes étaient ravis de pouvoir profiter de leur famille pendant quelques jours et aller éventuellement voir l'océan de plus près, ce dont ils rêvaient depuis longtemps. En juillet, ce même gouvernement avait décidé que les enfants devraient aller à l'école jusqu'à quatorze ans. Dans ces conditions, qui garderait les troupeaux de moutons ? s'insurgeaient les uns, tandis que les autres assuraient que l'éducation servirait le progrès social.

Si le maire s'était tenu éloigné de tous ces débats, l'allongement de la scolarité l'avait interpellé. Ça ne concernait pas ses filles, Andréa avait seize ans et s'initiait déjà aux travaux de la propriété dont elle aurait la charge plus tard, lorsqu'on lui aurait trouvé un bon mari, vaillant et discret. Quant à Lucie, pas question qu'elle reste sur la propriété, on ne partage pas un bien en deux. Sur les conseils du curé, elle avait été placée comme bonne depuis six mois chez le notaire de la ville voisine, une très bonne famille bourgeoise, qui accomplissait ses devoirs religieux avec conviction, avait précisé Pierre Émeric.

– Un excellent exemple pour la petite, une bonne éducation va de pair avec l'exercice de la foi !

Ce changement de vie, loin de faire peur à la petite malaimée, l'avait soulagée. Elle n'entendrait plus les reproches de sa mère. Elle avait trouvé, chez maître Édouard Figeroux, une petite famille. Son rôle était précis : s'occuper des deux fils, Maurice et Pierre, âgés de sept et huit ans. Si l'étiquette était stricte, elle devait les appeler « monsieur Maurice » et « monsieur

Pierre », tandis qu'eux l'appelaient « petite » sans doute à cause de sa taille ; leurs relations étaient parfaites. Elle s'ingéniait à les occuper, et elle trouvait mille jeux pour les intéresser, si bien qu'ils ne juraient que par elle. Marie, la gou-vernante, l'initiait également aux travaux de la maison, travaux dont elle avait déjà acquis une expérience solide, chez les Lambert on ne badinait pas avec ça. Dès l'âge de douze ans, à sa sortie de l'école, il ne s'était pas passé un jour sans travail, aussi le raccommodage des vêtements, le tricot, chasser la poussière sur les meubles et le nettoyage des cuivres n'avaient aucun secret pour elle. Bonne élève, c'était avec déception que son institutrice, Mlle Labadesse, l'avait vue quitter la classe. Elle avait demandé à ses parents de l'envoyer dans un collège, elle avait le niveau, ils lui avaient ri au nez, disant qu'à la campagne, pour s'en sortir, savoir lire, écrire et compter était suffisant, le reste superflu. Marie s'était très vite rendu compte que Lucie avait des capacités, et qu'il serait dommage qu'elle se contente d'une vie de femme de maison. Elle s'en était ouverte à madame, qui en toucherait deux mots à son mari. Le dimanche, la messe était obligatoire chez les Figeroux, et Lucie trouva que l'abbé Borel était plus ouvert, moins sévère que Pierre Émeric, qui interdisait tout et son contraire, rendant ainsi la religion indigeste à beaucoup de jeunes.

Donc, en cette période de grand changement de société, le souci du maire, c'est qu'avec l'allongement de la scolarité il faudrait bâtir une troisième classe dans le village, et rapidement, car, avec les nouvelles inscriptions, plus ceux qui devraient continuer, la rentrée d'octobre allait être délicate. Il avait fait part de ses soucis aux membres du conseil. Si Yves Lagarde, l'instituteur des garçons, était heureux de cette loi et souhaitait que l'on construise un nouveau local, d'autres ne partageaient pas cet enthousiasme.

– Il vaut mieux semer des pins sur la grande lande, affirmait Julien Andron, ça au moins, ça rapportera.

– Pour apprendre le métier de résinier, clamait Édouard Chalons, il faut démarrer jeune. Si un garçon commence presque à quinze ans, il partira au service avant de savoir piquer un pin !

– Ça nous prépare des générations d'instruits, qui ne sauront même pas manier la truelle, disait Hector Paillet, le maçon.

L'instituteur lui rétorqua gentiment que si la commune faisait faire ces travaux, il les réaliserait peut-être. Du coup, Hector passa d'opposant convaincu à partisan convaincu !

Au moment du vote de principe, seul Arnaud Lambert et Georges Cazaux votèrent contre, comme d'ailleurs pour tous les projets présentés par la nouvelle municipalité depuis un an. Pour le puits artésien, la profondeur n'était pas bonne, pour le lavoir, il était trop grand. Pour les vestiaires de l'équipe de foot, ceux qui existaient suffisaient. L'agrandissement de la salle des fêtes ? Arnaud Lambert refusa de céder le terrain nécessaire, alors que s'il avait gardé sa place de maire il était prêt à le faire.

André écoutait beaucoup ses collègues. Avant de prendre une décision, il aimait réfléchir seul, en pesant le pour et le contre, en bon paysan qu'il était. Chez lui, la tranquillité lui était interdite, dès qu'il se posait sur une chaise, sa femme venait toujours lui reprocher quelque chose. André, à force, avait même pensé au divorce. Pour lui faire peur et pour la calmer, un jour il lui avait dit que, si elle continuait à être aussi désagréable, il le demanderait. Elle avait été affolée, s'était calmée quelques jours et avait repris de plus belle. Alors, pour être vraiment tranquille et réfléchir au calme, il se rendait invariablement vers Lagune Vieille.

Il aimait cet endroit, même lorsque Antoinette n'y était pas. Le calme des lieux l'apaisait. Là, dans le silence, il pensa à cette classe qu'il devrait construire. Une coupe dans la forêt communale permettrait cette dépense. C'était bien que les jeunes soient plus instruits. Ils comprendraient mieux les choses. Ils jugeraient mieux les événements. D'autant qu'en ce moment, outre le progrès social qui s'amorçait, des craintes de conflit menaçaient. André Lambert ne comprenait pas toujours les politiciens, son seul souci devait être le bien-être des gens de sa commune, et rien d'autre. Il avait d'ailleurs une idée en tête : payer davantage les employés municipaux. Il allait les augmenter de cent francs par mois, ils ne travailleraient plus que quarante heures et auraient leur samedi de libre, comme le prévoyait la loi. Roger Berron était attentif à ces changements. Il encourageait le maire dans cette voie et se disait qu'il avait fait le bon choix en lui proposant de remplacer son père.

– Cette génération qui a fait 14-18, affirmait-il, a compris l'essentiel : le bien de l'autre. La guerre est une infamie, seul l'homme compte. Rien d'autre.

* *
*

– Tu réfléchis ?

André se retourna vivement. Antoinette lui souriait. Il ne l'avait pas entendue arriver. Il se leva, la prit dans ses bras.

– Maintenant que tu es là, je crois que je ne vais plus beaucoup réfléchir aux problèmes de la commune, dit-il en riant.

Ils s'embrassèrent avec passion. Après un long moment passé dans la cabane, ils s'assirent sur le vieux banc de bois, face au soleil, dans un silence complice et doux. Maintenant, André savait qu'il aimait cette fille. Mais cette situation, si elle était agréable, pourrait-elle durer ? Combien de temps pourraient-ils se rencontrer sans que quiconque s'en aperçoive ? Combien de temps pourraient-ils cacher leur amour ? Si au village on apprenait un jour que le maire couchait avec la fille du grand Gustave, la simplette, c'en serait fait de son poste de maire. Il aurait beau expliquer que le mot « coucher », vulgaire au possible, ne correspondait pas à la situation, personne ne croirait à l'amour. Tous penseraient que le fils Lambert profitait de cette fille plus jeune que lui, et rien d'autre. Quant à la réaction de sa femme et de ses parents, il ne voulait même pas l'imaginer.

– Tu as l'air soucieuse, Antoinette.

Elle sourit tristement.

– Ma mère me pose des questions. Elle s'étonne de me voir partir presque tous les dimanches tantôt. Elle m'a même demandé si je n'avais pas un galant.

André s'inquiéta. Qu'avait-elle répondu ?

Elle le rassura, c'était un secret, et un secret ça ne se partageait pas. Elle ne la faisait pas suivre au moins ? avait-il demandé en jetant un regard vers le bois. Elle ne savait pas. André pensa à Roger Berron. Il les avait bien vus, alors n'importe qui d'autre pouvait en faire autant. Que faire ? Trouver un autre lieu de rencontre ? Il regarda Antoinette, vit des larmes qui coulaient sur ses joues.

– Antoinette, dit-il en la serrant contre lui, qu'est-ce qui se passe ?

Après un long silence, elle lui exprima sa peur d'être obligée de ne plus le voir.

– Je ne suis rien, et un maire ne doit pas aimer une fille comme moi. Je ne serai jamais une dame. Un jour, tu ne viendras plus à Lagune Vieille. Moi, je continuerai de m'asseoir sur ce banc, je fermerai les yeux. Je me rappellerai ton odeur et mes yeux couleront de chagrin, tandis que je sourirai en pensant à toi. Le bonheur que tu me donnes depuis quelques mois remplira le reste de ma vie, parce que le secret, notre secret, personne ne me le prendra.

André était abasourdi par la beauté de ces paroles. Par la beauté de ces sentiments. Antoinette n'était décidément pas celle qu'on croyait. Il avait les larmes aux yeux.

– Antoinette, je ne sais pas ce que l'avenir va faire de nous, ce que je sais c'est que je t'aime.

– Moi aussi, André, je t'aime très fort, mais si les gens apprennent que tu fréquentes la simplette du village, ils vont jaser.

– Ce que peuvent penser ou dire les autres n'a pas d'importance, ils n'ont pas le droit de te juger, affirma André.

– Tu as raison, c'est comme pour la mal-aimée.

La mal-aimée ? Qui appelait-on la mal-aimée ? Antoinette, gênée, le regarda, baissa les yeux et finit par lâcher :

– C'est Lucie, ta fille, que tout le monde au village appelle la mal-aimée parce que vous attendiez un garçon et qu'elle dérange les plans de ton père. On sait qu'elle se réfugie souvent chez Melvina parce qu'on la rabroue souvent chez toi. On dit que même sa sœur ne l'aime pas.

André n'en crut pas ses oreilles. Tout tourna dans sa tête. La colère se mélangea à la culpabilité. Toutes ces années lui revinrent en mémoire. Ce soir de l'accouchement où tout le monde était déçu. Les paroles de sa femme lui reprochant de ne pas « savoir faire » un garçon ! L'image de la petite Lucie se tenant toujours à l'écart, semblant se cacher. C'était vrai que la petite était mal aimée, il le comprit vraiment à ce moment. Une vague de peine, de honte le submergea. Au village, on se moquait donc d'eux ? Le pire, c'est que c'était une soi-disant simplette qui, après lui avoir ouvert le cœur, venait de lui ouvrir les yeux.

– Je croyais que tu savais, reprit Antoinette en lui prenant les mains. Mais tu l'as dit, ce que pensent les autres n'a pas d'importance.

Bien sûr ça n'avait pas d'importance, mais ce qui était important, c'est que c'était vrai.

– Lucie, la mal-aimée. Comme je m'en veux. Antoinette, je ne te remercierai jamais assez de m'avoir ouvert les yeux.

– Tu ne m'en veux vraiment pas ? demanda-t-elle doucement.

– Oh non, je ne t'en veux pas, au contraire, maintenant, grâce à toi, je vais faire en sorte que Lucie se sente aimée comme on lui doit. Merci.

Ils s'embrassèrent avec passion. Avec fougue. Leur communion fut totale. Plus rien n'exista autour d'eux. Ils ne s'aperçurent pas qu'un beau vol de cols-verts traversait la lagune, devant le regard immobile d'un héron qui guettait sa proie.

Ils n'aperçurent pas non plus les fougères et les branches basses à l'orée du bois qui bougeaient, sous les pas de quelqu'un qui partait discrètement.

* *
*

Marie, la gouvernante de maître Figeroux, s'effaça pour laisser entrer André Lambert. Comme il avait besoin de rencontrer le percepteur pour le budget de la commune et que le notaire était à deux pas, il s'était dit qu'un bonjour à sa fille lui ferait peut-être plaisir.

– Je ne voudrais surtout pas la déranger dans ses travaux ménagers.

– Lucie n'est pas occupée aux travaux ménagers, c'est Sidonie qui la remplace.

André fut effaré : « la remplace » ? Est-ce à dire qu'elle avait été renvoyée ? Depuis quand ? Elle ne faisait pas l'affaire ?

Marie était tout sourires.

– Que monsieur ne se fasse pas de mouron. Votre fille est toujours dans la maison. Je vais prévenir maître Figeroux de votre présence.

Elle le laissa seul un instant. Il était inquiet. Que se passait-il ? Et qu'allait-il dire à sa fille ? Lui demander pardon ? Comment lui avouer ? Maître Figeroux le surprit dans ses pensées.

– Monsieur le maire, soyez le bienvenu, entrez donc dans mon bureau.

La pièce était grande. Des rayonnages remplis de livres à la couverture marron avec des lettres incrustées et dorées couvraient les murs. Sur le bureau, des dossiers dans des chemises vertes attendaient d'être traités, avant de terminer leur parcours aux archives. Maître Figeroux s'assit et montra de la main un fauteuil à André.

– Monsieur le maire, quel bon vent vous amène ? J'attendais votre père.

Ah, possible, il ne savait pas.

– Si, pour cette pièce de cinq hectares appartenant à la veuve Maleyran, Louise, c'est ça ?

André n'en revenait pas. Son père avait donc jeté son dévolu, comme il l'avait annoncé il y a plusieurs mois, sur la dernière parcelle du grand Gustave.

– Oh, une pauvre femme, je crois, poursuivit le notaire. Déjà que son mari buvait, le fils n'est pas mieux, quant à la fille, il paraît, d'après votre père, qu'elle est tellement simplette qu'elle n'est pas d'un grand secours pour sa mère.

André était abasourdi. Son père, encore et toujours, tirait les ficelles.

– Maître, je n'étais pas au courant, ce sont les affaires de mon père. Je passais seulement dire bonjour à ma fille, et j'ai appris qu'elle n'était plus aux travaux ménagers. Imaginez ma surprise et mon inquiétude, ne ferait-elle plus l'affaire ?

Maître Figeroux partit d'un grand éclat de rire.

– Soyez rassuré, monsieur le maire, vous avez une fille qui est très douée. Je crois d'ailleurs que son institutrice souhaitait qu'elle continue, Lucie me l'a dit, et que vous n'avez pas voulu.

André perçut dans ces paroles comme un ton de reproche. C'était vrai qu'il n'avait pas voulu. Il repensa à ce que lui avait dit Antoinette. Si Lucie avait été aimée comme on le lui devait, elle serait sans doute partie en pension dans une école. Il s'en voulut énormément.

– Vous savez, maître, à la campagne on ne comprend pas toujours la nécessité d'apprendre dans les écoles. On pense que c'est réservé aux gens de la ville. Chez nous, l'essentiel c'est la terre, rien d'autre.

– Et la succession, ajouta le notaire avec un air ironique. Ah ! si l'on n'avait que des garçons.

– Comme vous, maître.

Effectivement, et lui il espérait vivement que ses garçons trouveraient des épouses ressemblant à Lucie. André s'étonna, il ne voyait pas pourquoi, sa fille n'avait rien d'exceptionnel. Maître Figeroux se leva, fit signe à André de le suivre. Il ouvrit une porte sur le côté qui donnait sur un petit bureau. André resta figé. Lucie était penchée sur des dossiers, elle classait, écrivait, avec une attention totale.

– Lucie, votre père est venu vous embrasser.

Elle leva la tête, surprise.

– Papa ?

Ce visage rayonnant et ce « papa » sortant du fond du cœur firent fondre André. Les larmes lui vinrent aux yeux. Elle regarda son patron, comme pour lui demander la permission de se lever. Il lui fit oui de la tête. Elle se leva et vint embrasser son père.

– Je l'initie au secrétariat et, un jour, elle pourra être clerc de notaire, elle en a les capacités. Si évidemment vous m'y autorisez, mais comme elle est à mon service et que c'est à moi de lui dicter son travail, qu'elle soit à la cuisine ou ici, autant utiliser ses compétences là où elles sont les meilleures.

André s'inquiéta. Elle n'était pas bonne en cuisine ? Maître Figeroux éclata de rire.

– Ah ! ces paysans qui croient que seuls comptent les travaux de la maison ! Rassurez-vous, elle est bonne, et surtout en pâtisserie. Mais, malgré ça, je la préfère à mon service au secrétariat, et je crois qu'elle aussi.

Lucie fit oui de la tête.

– Allez, je vous laisse un moment seuls, mais ne l'amusez pas trop longtemps. Et dites à votre père que je l'attends pour son affaire.

Une fois seuls, André ne sut que dire à sa fille. Il était content pour elle, mais s'inquiéta de savoir si ce changement d'orientation lui plaisait. Oui, elle était heureuse, apprendre lui convenait tout à fait. Elle aurait un vrai métier et ne dépendrait ainsi de personne. À cette phrase, André sentit une gêne, comprit qu'elle souhaitait s'assumer seule et qu'elle le lui faisait remarquer. Il devait vraiment lui expliquer pourquoi il était venu. Ce n'était pas facile. Il se racla la gorge, finit par se lancer :

– Je suis venu te voir aujourd'hui pour te demander pardon pour ne pas t'avoir aimée comme ta sœur. Tu méritais autant qu'elle.

Devant le regard direct et ferme de Lucie, il baissa les yeux. C'était très dur de demander pardon à sa fille.

– C'est maman qui t'envoie ?

Non. Personne ne l'envoyait. Il était venu de sa propre initiative. Sa démarche était personnelle.

Pourquoi était-il venu aujourd'hui ? Pourquoi maintenant ? Quelles raisons l'avaient décidé à faire cette démarche ?

Difficile de répondre. Il ne savait pas. Elle lui manquait et il s'en était aperçu grâce à des événements personnels qui seraient trop longs à expliquer maintenant.

Au moins, est-ce qu'elle était bien ici ? Faisait-elle vraiment ce qu'elle aimait ?

Oui. Elle était heureuse et faisait pratiquement partie de la famille.

– Ici, personne ne me rejette.

Il sentit cruellement la blessure des mots, comprit ce qu'elle avait pu souffrir dans son enfance. Elle continua de se livrer :

– J'ai beaucoup pleuré, tu sais, heureusement que Melvina était là.

Mon Dieu, comment avait-il été aveugle à ce point ? Et combien de temps faudrait-il pour effacer ce gâchis ?

– Sans doute longtemps.

Au ton de son langage, à cette fermeté dans la voix, il crut reconnaître son père. Il frissonna. Elle était vraiment une Lambert.

– Tu viendras à la maison de temps en temps ?

Oui, elle viendrait, pas pour l'instant, le travail était trop important, et elle n'avait que son dimanche dont elle profitait pour s'occuper de ses menues affaires.

Il la regarda fixement. Elle avait un regard doux. Gentil. Comment avait-il fait pour ne pas s'en apercevoir avant ? Comment un père, une famille pouvaient en vouloir à un enfant de ne pas être conforme à leurs souhaits ? Comment avaient-ils pu la punir de ne pas être un garçon ?

– Papa, ne pleure pas, s'il te plaît.

Il la prit dans ses bras, la serra contre lui, comme pour lui donner toute cette tendresse dont elle avait manqué si cruellement. Elle se laissa cajoler comme l'enfant qu'elle était encore un peu, mais que la vie avait déjà endurcie.

Il devait partir, promit qu'il reviendrait, si elle voulait bien. Elle voulait bien.

– Je t'aime, papa.

Il fondit de nouveau en larmes. Elle le poussa gentiment vers la sortie, lui demanda de faire de grosses bises de sa part à Melvina, marquant ainsi son attachement à la seule personne qui l'avait comprise.

XIV

SANS AVOIR FRAPPÉ, Arnaud Lambert poussa la porte d'entrée. Louise Maleyran était devant son évier en terre et versait l'eau d'une cruche dans une bassine, afin de la faire chauffer pour faire la vaisselle. Elle se retourna.

– J'ai pas entendu frapper.

– Ça aurait servi à quoi ? Tu m'aurais dit d'entrer.

– Quand même.

Bon, d'accord, il avait été sans gêne. Mais le temps pressait, il avait à faire ailleurs. Alors, elle était d'accord sur le prix de cette parcelle, oui ou non ?

– Faut voir, répondit Louise, faut voir.

C'était tout vu, ces cinq hectares, mal entretenus, ne valaient pas chipette et il avait sorti du prix en cours la valeur de la remise en état.

– Et quand ils seront requinqués grâce à la remise que vous me demandez, vous me donnerez un peu d'argent pour récompenser l'effort ?

Elle plaisantait ? Ce n'était quand même pas de sa faute si son imbécile de fils n'entretenait pas ce qui leur restait comme terre. Elle devait assumer les erreurs de sa famille. Elle le regarda droit dans les yeux, posa ses mains sur les hanches et lui rétorqua avec un sourire ironique :

– Et vous, vous les assumerez les erreurs de votre famille ?

Il la regarda, courroucé.

– Ma famille ne commet pas d'erreur.

La Louise se sentit plus forte. Avec ce qu'elle avait à dire, elle savait qu'elle allait le démolir. L'anéantir. Ce qu'elle lui annoncerait était difficile. Pour une fois, elle allait pouvoir tenir tête à plus fort qu'elle, ce qui était son rêve depuis longtemps. C'était un peu son heure de revanche, et si de là-haut son mécréant de Gustave la voyait, il serait sacrément fier d'elle.

– Si votre famille ne commet pas d'erreur, expliquez-moi pourquoi André, pardon, monsieur le maire, votre fils, couche avec ma fille Antoinette depuis plusieurs mois ?

Arnaud Lambert se sentit tout drôle. Ses jambes flageolèrent. Il prit une chaise.

– Qu'il couche, ma foi, poursuivit la Louise, ça fait pas plaisir, mais bon, ça serait pas les premiers à faire ça. L'ennui, c'est que, depuis le mois dernier, ma fille ne fait plus sa lessive intime et que je crains le pire, si vous voyez ce que je veux dire.

Arnaud Lambert voyait très bien. Il voyait surtout le scandale. L'opprobre de la population. La honte sur sa famille. La grande rigolade dans le village et la joie de ses ennemis. Se levant comme un fou, gesticulant, il rugit :

– Louise, faut être sûre, sinon j'anéantis ta famille pour ce mensonge outrancier !

La Louise ricana. L'anéantir ? Il suffirait que la nouvelle se répande dans le village, et c'en était fait de la notoriété des Lambert. Ils seraient définitivement rayés de la vie communale, et leur réputation serait salie à vie.

– J'exige une preuve, tu m'entends ?

– Petit-Pierre les a surpris dimanche dernier dans la cabane de Lagune Vieille à se faire des largesses. Et ça n'avait pas l'air d'être la première fois. Je voyais bien que, depuis quelques dimanches, elle partait les après-midi et que, le soir, elle avait l'air ailleurs, comme égarée dans ses pensées. Je me suis dit que la petite avait un galant. J'étais assez contente, pourtant, malgré mes questions, elle n'avouait rien. Alors j'ai envoyé le drôle la suivre. J'avoue que si le choix du galant m'a surpris, dans le fond, il ne dérange pas nos affaires, au contraire.

– Et l'Antoinette, ta simplette, elle en dit quoi, cette folle ?

– Elle dit que c'est arrivé comme ça, par hasard, et qu'elle l'aime.

Ben voyons, elle l'aimait juste assez pour lui soutirer de l'argent et rien d'autre.

– Je croyais ta fille innocente, je m'aperçois que c'est une vraie garce. C'est bien la fille de son père celle-là !

Louise se sentit offensée. Elle prit le balai, menaça Lambert qui recula prestement. Tant qu'il n'était sûr de rien, affirma-t-il, et n'avait aucune preuve tangible, il ne ferait rien. Petit-Pierre, sans doute bourré comme son père, avait dû se tromper, personne ne croirait que le fils Lambert puisse coucher avec la simplette du village.

– D'accord, tu n'as qu'à attendre que ma fille accouche, on verra à qui le petit ressemble. Il paraît que les bâtards sont les vrais portraits de leur père. En plus, tu connais le fils, la boisson aidant, il est d'un bavard pas possible. Un vrai Maleyran !

Arnaud Lambert était fou de rage. Comment son fils avait pu se fourvoyer de la sorte ? S'il avait eu envie d'une femme, Bordeaux et les filles faciles n'étaient pas loin. Lui-même, de temps en temps, allait dans le quartier de la gare et satisfaisait à des besoins que n'assurait plus son épouse. C'était la vie. L'essentiel était de préserver une image respectable.

– Quel con !

En attendant, il fallait prévoir les conséquences et faire en sorte qu'elles ne soient pas préjudiciables à la famille et à la commune. Sa première envie avait été d'avoir une explication sévère avec son fils. Tout bien réfléchi, non, il valait mieux attendre et voir venir. Après tout, la fille n'était peut-être pas enceinte. Si c'était le cas, l'affaire serait vite réglée. Il ajouterait quelques milliers de francs à la parcelle de terrain convoitée et on n'en parlerait plus. Si c'était plus grave, il faudrait agir. Et vite ! Il réglerait cette histoire tout seul.

– Vous avez de grosses bises de la part de Lucie, dit André à Melvina qui portait la soupière sur la table.

Le silence qui régnait au cours du repas s'alourdit un peu plus. Melvina se permit de demander si elle allait bien. André la rassura, Lucie allait on ne peut mieux, surtout depuis que maître Figeroux la faisait travailler dans son étude, afin de l'initier à la profession de clerc. Amélia sortit de son mutisme :

– Quoi ? Il l'emploie dans son étude sans notre permission et sans nous avoir prévenus ?

– Rassurez-vous, belle-fille, j'ai besoin d'aller chez le notaire, j'en profiterai pour régler ça, dit Arnaud Lambert.

André regarda son père sévèrement. Il mangeait sa soupe avec calme, comme un homme sûr de lui, décideur de tout.

– Je suis désolé, l'éducation de Lucie ne te concerne pas. Je suis son père et j'ai donné l'autorisation à maître Figeroux de continuer dans cette voie qui me semble excellente pour elle et qui, de surcroît, lui plaît beaucoup.

Amélia ne fut pas d'accord, elle avait placé sa fille comme bonniche, et il n'y avait aucune raison qu'elle fasse autre chose que ce que l'on avait décidé pour elle, surtout sans en parler à ses parents. Elle choisirait quand elle serait majeure. Devant ce bloc familial soudé contre lui, André décida de porter l'estocade :

– Vous savez qu'au village on ne l'appelle pas Lucie, mais la mal-aimée ? Et vous savez pourquoi ? À cause de notre attitude à la mettre toujours en retrait par rapport à sa sœur, sous prétexte que nous attendions un garçon à sa place.

Andréa éclata de rire.

– Ma sœur est une molle, dit-elle méchamment.

À ces mots, André ne put se retenir, il gifla sa fille qui partit en pleurant.

– J'ai parlé à Lucie, continua-t-il, et je lui ai demandé pardon pour toutes les vexations qu'elle a subies chez nous. Sa sœur la traite de molle, je peux vous assurer qu'elle est en train de s'épanouir. Cette fille sera instruite et, ainsi, grande, très grande. Vous oubliez l'avis de son institutrice : elle souhaitait la voir entrer au collège.

Melvina était heureuse d'entendre ces propos. Elle s'était aperçue que Lucie avait des capacités hors pair. Sa manière de réfléchir, de voir les choses l'avait impressionnée. Ensuite, voir André se réveiller et regarder les choses en face lui procurait un grand plaisir. Il avait enfin compris. Comment diable était-il parvenu à ce changement ? Grâce à son poste de maire ? Non, il y avait autre chose que Melvina ignorait et qui avait provoqué cette prise de conscience. Le ménage tournait mal, les rapports avec son père étaient très mauvais, seul quelqu'un de l'extérieur avait pu éclairer André. Qui ? À ses yeux, seule une femme pouvait être l'artisan de cette métamorphose. Alors quelle femme ? Personne ne lui connaissait de liaison, il était soit dans ses pins, soit à la mairie. Peut-être Estelle, qui voyait passer pas mal de monde dans sa boutique, avait entendu quelque chose ? Il faudrait qu'elle aille lui rendre une petite visite.

Arnaud Lambert eut froid dans le dos lorsque Petit-Pierre vint lui demander de passer rapidement voir sa mère. Petit-Pierre savait pourquoi ? Non, et il s'en moquait complètement.

La Louise était assise dans la cuisine et n'avait pas l'air de bonne humeur. Elle désigna d'un geste une chaise à Arnaud. Il s'assit. Derrière sa mère, debout, Antoinette baissait la tête. Elle avait le visage rouge, et Arnaud Lambert comprit qu'elle avait longuement pleuré.

– Alors, Louise ?

– Alors le prix du terrain va drôlement augmenter ! dit-elle avec fermeté.

– Ah, se contenta-t-il de répondre.

Un silence lourd s'installa. Arnaud Lambert n'osa même pas demander de précisions, comprenant, à ces mots d'humour grinçant, qu'Antoinette était enceinte de son fils. Il lui sembla que la maison entière s'écroulait sur lui. Il imagina tout de suite le scandale. Lui qui avait toute sa vie œuvré pour que sa famille soit forte, voilà qu'un grain de sable appelé Antoinette, dont personne n'imaginait qu'elle puisse être dangereuse, venait briser la machine. Il bondit vers elle.

– Tu as ensorcelé mon fils, salope, tu n'es qu'une traînée !

Antoinette sanglotait.

– Tu es de la race du grand Gustave, aussi perfide. Je ne sais pas ce qui me retient de te foutre une bonne volée, dit-il en levant sa main sur elle.

– Moi, le coupa Petit-Pierre en entrant dans la pièce, son fusil à la main. Chasse gardée. Ici, comme pour la Pesseleyre, votre fils vous a sans doute raconté ?

Arnaud Lambert était blême. Il devait capituler devant ces mécréants et ne le supportait pas. Est-ce qu'Antoinette était sûre que son fils était bien le père ?

– Oh oui, monsieur.

Il fallait trouver un moyen de faire en sorte que cette grossesse s'arrête. Il se tourna vers Louise, lui demanda si dans les environs elle n'avait aucune connaissance qui pourrait, avec des tisanes ou d'une autre manière…

– Faire passer ?

– Pourquoi pas ? Pour un petit sans père, la vie ne sera pas facile, alors autant ne pas la commencer.

Louise reconnut là le cynisme du personnage tel que lui avait décrit son mari. Elle hurla, lui demanda s'il la prenait pour une criminelle. Ce qu'elle voulait, ce n'était pas ça. Il fallait réparer, c'était tout.

– Et réparer ça signifie payer, c'est ça, hein ? Vous voulez de l'argent ?

La Louise répliqua que l'argent c'était bien, mais que ça ne résolvait pas tous les problèmes. Parce qu'une fois né, le bâtard, il faudrait l'élever.

– Votre fils donnera une pension ?

Une pension ? Pourquoi pas le reconnaître et le faire héritier tant qu'à faire. Quelle folie que cette situation. Comment était-elle arrivée ? Et où se rencontraient-ils ?

– Dans la cabane de Lagune Vieille, dit Petit-Pierre, je les ai vus.

Tout tournait dans la tête d'Arnaud Lambert. Comment son couillon de fils avait pu faire ça ?

– Il sait que tu es enceinte ?

Antoinette fit non de la tête.

Réflexion faite, c'était mieux ainsi. Et il fallait faire en sorte qu'il ne le sache jamais.

Peu à peu, tout se mit en place dans son esprit. Il garantit à Louise que l'argent n'était pas un problème, elle en aurait pourvu qu'elle se taise. Sa pièce de pins, il lui paierait comme il faut.

– Quant au reste, dit-il en montrant Antoinette d'un coup de menton, patientez quelques jours, j'aurai la solution.

Il y avait des conditions : ne rien révéler à André, sinon il ne faudrait pas compter sur lui pour arranger la situation.

– Tu ne dois plus le voir, d'accord ?

Arnaud Lambert partit sans apporter de précision. Il reviendrait dès qu'il aurait du nouveau.

Ce soir, il irait voir le curé. Pierre Émeric devait connaître une maison de nonnes dans la région qui accueillerait la simplette et son gros ventre. Et il ferait le nécessaire pour qu'elle y entre, et surtout pour qu'elle y reste. Ces maisons-là, en principe, sont discrètes. Parlerait-il de toute cette affaire chez lui ? Il ne savait pas encore. Il aurait bien voulu donner une bonne leçon à son fils. Comment faire sans blesser Amélia ? Si elle apprenait pour son mari, déjà que ça n'allait pas très bien entre eux, ce serait la catastrophe. Il fallait vite régler cette situation, et la plus grande discrétion était nécessaire, c'était mieux.

L'abbé Émeric fut chaviré par ce que lui apprit Arnaud Lambert. Comment son fils, avec le poste qu'il occupait, avec l'éducation qu'il avait reçue, avait été capable d'une telle ignominie ? Comme sa femme devait souffrir.

– Elle ne le sait pas et ne le saura jamais. Du moins, je l'espère.

Arnaud Lambert leva le doigt et prévint :

– Et ne venez pas à la ferme avec des discours de repentir ou autres paroles de ce genre, vous auriez affaire à moi, dit-il au curé avec force. Personne ne doit savoir, ni au village ni chez moi !

Qu'il se rassure, lui, Pierre Émeric, il se garderait bien de fâcher un paroissien comme lui qui payait le denier du culte rubis sur l'ongle, et dont la famille lui prodiguait mille largesses tout au long de l'année. Il trouverait une solution, il avait déjà sa petite idée.

– J'écris ce jour à une connaissance, et je passerai vous voir très rapidement pour vous apporter sa réponse.

– Monsieur le curé, comprenez que ça presse. Si l'affaire pouvait être conclue d'ici à samedi, ce serait parfait.

Et il ajouta cette phrase sur le ton de la confidence au curé qui, mains jointes, leva les yeux au ciel :

– Ils se rencontrent le dimanche tantôt, si vous voyez ce que je veux dire.

Il voyait très bien.

Il se signa.

* *
*

La Peugeot 402 arriva devant un grand portail de la rue Paul-Louis-Lande à Bordeaux. Arnaud Lambert descendit et frappa à l'aide du marteau fixé sur la petite porte de bois. Elle s'ouvrit et une fille de la Miséricorde apparut. Louise Maleyran et sa fille descendirent de la voiture, suivirent sœur Marie de l'Évangile. La porte se referma sur une Antoinette livide. Pendant tout le voyage, elle avait déversé silencieusement un torrent de larmes. Sa mère portait un petit balluchon dans lequel elle avait mis une robe, deux tabliers et du petit linge. La sœur emmena Antoinette vers sa chambre : une petite cellule avec une table, une chaise et deux étagères. Sa mère l'embrassa et repartit en la laissant pleurer. En montant dans la voiture, Arnaud Lambert sortit une enveloppe de sa poche, la lui donna.

– Comme ça, on est quittes, dit-il.

– Et pour la pension ? demanda Louise.

– Mon notaire fera le nécessaire tous les mois.

La 402 ronronna et repartit vers le village.

* *
*

André arriva à Lagune Vieille en milieu d'après-midi. Il attendait ces rendez-vous avec une réelle impatience. Le ciel était magnifique, d'un bleu éclatant. L'eau de la lagune brillait et mille étincelles de lumière éclataient à la surface. Il s'assit sur le banc et attendit. Antoinette allait sans doute arriver d'un instant à l'autre. Il se demandait toujours pourquoi il était tombé amoureux de cette fille. Tout les opposait, mais qu'ils étaient si bien ensemble. Il n'oublierait jamais que c'était grâce à elle qu'il avait compris ses erreurs vis-à-vis de Lucie. Et puis cette tendresse, cette simplicité, ce naturel le subjuguaient, il aimait tout chez elle. L'avenir ? Il ne se posait plus de question. À chaque jour son instant de bonheur, il serait toujours temps d'y réfléchir plus tard.

Le temps passa et André ne vit pas venir Antoinette. Au bout d'une bonne heure, il se résolut à partir. Il fit un détour et passa devant chez les Maleyran sans voir personne.

Le soir, au cours du repas toujours aussi silencieux, son père avait l'air détendu. Il engagea même la conversation. Sur le temps qui était beau. Sur la récolte de gemme qui s'annonçait très belle.

– Dis-moi, André, je me trompe ou tu as l'air tout chose ?

Non, il n'était pas tout chose.

– Alors si tout va bien, tant mieux, tu me rassures.

Le dimanche suivant, André, ne voyant toujours pas Antoinette, comprit que quelque chose s'était passé. Il se rendit chez la Louise.

– Si tu viens pour le prix de la pièce de pins qui me reste, j'ai déjà vu avec ton père.

Non, ce n'était pas du tout ça. Il venait prendre des nouvelles d'Antoinette, ça faisait plusieurs jours qu'il ne l'avait pas vue. La Louise joua la surprise.

– Tu la voyais donc si souvent que ça ?

Il sentit un piège. Non, pas souvent, mais de temps en temps, et ils avaient sympathisé. Il aimait bien parler avec elle. La Louise sourit. Puisqu'il voulait des nouvelles de sa fille, ce qui la flattait, elle allait lui en donner.

– L'Antoinette va bien, du moins je pense, ça fait deux semaines que je l'ai pas vue.

André ne comprenait pas.

– Tu sais, je vends ma dernière pièce de pins à ton père, l'argent rentre mal, les ménages ou les services que je rends par-ci, par-là ne rapportent pas beaucoup. Petit-Pierre boit presque toute sa paie, et aucun travail au pays ne pouvait convenir à ma simplette. Tu sais que c'est comme ça qu'on l'appelle ?

Il savait. C'était faux, elle ne l'était pas.

– Tu ne la connaissais pas bien. Elle faisait n'importe quoi et n'avait pas deux doigts de jugeote.

Elle l'observa, vit à son air qu'il n'était pas d'accord. Elle eut presque de la peine. Ces deux-là s'aimaient ? Un comble ! Mais bon, ce qui était fait était fait.

– Alors, grâce à monsieur le curé, un bien brave homme, je l'ai placée chez des religieuses, loin d'ici, en ville. Elle rendra quelques services et, en contrepartie, sera nourrie et logée.

Elle ajouta avec un sourire malicieux :

– Si ça se trouve, un jour, elle prendra peut-être le voile !

Elle tourna les talons en éclatant de rire, laissant André pantois devant le portail. Il comprit le contentement de son père l'autre soir. Sans aucun doute, il était l'instigateur de ce départ.

Il se jura de lui faire payer un jour. Pour l'instant, il était bien obligé de se taire et de ne parler de ça à personne, sous prétexte d'étaler sa vie privée au grand jour.

XV

En ce mois de juillet 1940, le soleil était écrasant. Les mules avaient du mal à avancer sur les chemins de sable, fuyant plus qu'à l'ordinaire. Eugène Coulant criait contre son attelage, pour le faire avancer, et les pauvres bêtes, Martin et Chouan[1], harcelées par des essaims de mouches et les cris du muletier, semblaient épuisées. Eugène maudissait les événements qui lui avaient fait reprendre du service, alors que depuis l'âge de soixante-cinq ans il se contentait de se louer de temps en temps à divers propriétaires, de cultiver son grand jardin et de traire ses deux vaches. Depuis mars 1940, Eugène avait repris du service pour transporter les barriques de résine vers la distillerie de la commune voisine. Henri Lusseyran, le muletier habituel, était parti à la guerre depuis septembre 1939. Comme tous les jeunes de la commune, il devait revenir vite, la ligne Maginot empêcherait les Allemands de passer la frontière. Hélas, le rêve se brisa vite et l'ennemi, contournant la ligne, avait provoqué la déroute des armées. Quant aux soldats, pour l'instant, bien que Pétain ait signé l'arrêt des combats, aucun d'eux n'était rentré au pays, la plupart restant prisonniers en Allemagne. Pour com-

1. Martin et Chouan sont les noms que les muletiers donnent aux mules. Martin est celle de droite et Chouan celle de gauche.

bien de temps ? Personne ne savait, alors il avait fallu s'organiser pour vivre, et presque survivre. Quand on avait appris avec stupéfaction que l'ennemi était rentré dans Paris en juin en se promenant presque, tous s'étaient dit qu'il serait bientôt ici et effectivement, depuis le 1er juillet, Bordeaux était occupé. Il était probable que, bientôt, on allait les voir débarquer dans le village. L'avenir n'était pas rose du tout. Pourtant, ici, au milieu de la pinède qui entourait les *airials* et les champs où pacageait le bétail, la vie était douce, paisible. Le puits artésien donnait satisfaction, on y remplissait des cantines de cette eau qui venait, disait-on, du Massif central et à laquelle on était près de donner des qualités médicinales. Il remplissait le lavoir régulièrement et comblait ainsi les femmes qui avaient de l'eau impeccable pour rincer le linge. L'école s'était agrandie d'une classe et l'électrification du bourg allait bon train. Il y avait le téléphone à la mairie, ainsi que chez plusieurs personnes du village comme chez René Puijassous, le pharmacien venu des Landes, de chez qui on pouvait appeler le docteur du village voisin, en attendant qu'un médecin vienne s'installer dans la commune. Le fils Lambert était un bon maire et, avec l'instituteur, ils faisaient une bonne équipe. Par contre, le vieux Lambert râlait toujours et trouvait toujours quelque chose à redire, mais plus personne n'y prêtait attention. Et voilà que cette fichue guerre était arrivée !

Bon sang, quelle folie ! pensait Eugène. Trop vieux pour être mobilisé, il avait vécu le dernier conflit, et les souvenirs de 14-18 hantaient toujours sa mémoire. Il se disait que la guerre, c'était une belle saloperie. Comme en 1914, les femmes avaient remplacé leurs maris aux durs travaux des champs et de la forêt, mais, par contre, les résiniers manquaient, les femmes ne maniaient pas les hapchots avec autant de dextérité. Et qu'allait-il se passer si les Allemands débarquaient dans la commune ? On rapportait qu'ils s'installaient partout en conquérants, et même qu'ils poussaient les gens hors de chez eux pour prendre leur place !

Réflexion faite, lui, Eugène Coulant, admirateur du Pétain de la Grande Guerre, se demandait si le Maréchal avait bien toute sa tête. Enfin, quand même, comment avait-il pu accepter de signer la reddition des troupes françaises, dans le fameux wagon de la clairière de Rethondes, là même où il avait reçu la capitulation des armées allemandes en 1918 ! Quel revers ! Quelle insulte !

Il parlait peu de ses états d'âme, gardait ses réflexions pour lui, tout le pays vénérant le Maréchal, il valait mieux faire profil bas. Seuls quelques poilus avaient en tête le souvenir de cet homme que tout le monde admirait, faisant fusiller des soldats français pour l'exemple, parce que en 1917, ne voulant plus se battre comme des bêtes, ils voulaient faire la grève de la guerre. Le temps avait effacé trop facilement ce que tout le monde voulait oublier, mais lui se souvenait.

Eugène avait fini par s'arracher du sable et avançait au pas lent de ses mules qui semblaient soulagées d'avoir vaincu le piège du sable mouvant. En arrivant au village, il s'arrêta sur la place de la mairie, attacha l'attelage à l'anneau fixé dans le mur du *Café des Platanes*. En buvant une fillette de vin blanc pour se rafraîchir un peu, il glanerait peut-être une information ou deux sur cette fichue guerre.

En entrant, l'ombre de la pièce contrastant avec le soleil du dehors le noya dans l'obscurité. Il se frotta les yeux, commanda son vin blanc.

– On dirait que tu as soif, Eugène.

Il se retourna, vit, attablés, Arnaud Lambert et Georges Cazaux. Il les salua d'un geste de la main.

Oui, il avait soif, et la route jusqu'à la distillerie n'était pas très ombragée, il préférait se ménager.

– À mon âge et avec cette chaleur, il faut faire attention à soi, sinon on a vite attrapé un coup de sang.

Son âge, lui rétorqua Arnaud Lambert, il le connaissait bien, puisqu'ils avaient presque le même et avaient été à l'école ensemble.

– Tu as toujours été d'un naturel prudent, Eugène. Même pendant nos jeux d'enfants, quand on se bagarrait, déjà, tu faisais attention à toi. Faudrait bien que ça continue.

Eugène le regarda, étonné. Que signifiaient ces mots dans la bouche de l'ancien maire ? Il voulut en avoir le cœur net.

– Je dois comprendre quoi ?

Arnaud Lambert sourit, prit son verre, le porta à ses lèvres et finit par dire que des bruits de conversation lui étaient parvenus.

– Des bruits ?

Oui, il se disait dans le village qu'Eugène avait tendance à critiquer le Maréchal, ce n'était pas de bon ton.

– Tu lui préfères peut-être ce général qui s'est enfui pour Londres pendant que nos soldats sont prisonniers en Allemagne, alors que le Maréchal sacrifie sa vie pour le pays ?

Et Arnaud Lambert d'expliquer que toute cette situation était le résultat, depuis plusieurs années, d'un laisser-aller total, d'un manque absolu de discipline de la part de tous.

– Toutes ces réformes ont tué le pays, les Français ont perdu le sens du devoir, du travail. On n'a que ce qu'on mérite, comme dans cette commune, ajouta-t-il avec colère, un instituteur anarchiste et un maire bon à rien. Ils ne savent que dépenser. On donne, on donne encore, on donne toujours. Quand je pense qu'ils ont créé une commission d'aide aux familles nécessiteuses pour payer les médicaments de certains ou financer les études pour les enfants des autres ! De mon temps, on travaillait d'abord, on économisait et on se payait les choses quand on pouvait.

Il martela fortement que ce pays avait besoin d'ordre !

Eugène répliqua sèchement :

– C'est plus facile d'économiser et de se payer des choses quand on a reçu de la propriété en héritage, mais pour celui qui doit se contenter d'un maigre salaire, c'est plus compliqué.

Il sentit que Lambert allait rugir. Déjà, pendant les récréations, avec d'autres fils de propriétaires, ils jouaient les riches et se battaient contre les pauvres, en se moquant d'eux sans cesse pour un accroc au tablier, pour un bouton qui manquait, pour des sabots troués. Les enfants imitaient leurs parents même dans la cour de l'école. Eugène n'avait jamais voté pour sa liste et savait l'homme rancunier et méprisant. Il se dit que, si un jour prochain la commune était occupée, il faudrait se méfier de lui. Aujourd'hui, il allait se permettre de le moucher, chose qu'il n'avait jamais osé faire et qu'il attendait depuis longtemps. Il vida son verre tranquillement, le posa sur le comptoir, s'essuya les lèvres d'un revers de manche, remit son béret d'aplomb, puis se tourna vers les deux comparses, dont l'un s'était contenté d'approuver les propos de l'autre d'un hochement de tête permanent, à croire que la maladie du tremblement l'avait contaminé.

– Tu vois, Lambert, si je pouvais passer en Angleterre avec mon attelage de mules, je le ferais rien que pour t'emmerder. J'espère seulement qu'un jour les événements te donneront tort, et que tu fermeras ta grande gueule. À la revoyure.

– Pour la revoyure, si c'est nécessaire, compte sur moi ! éructa Arnaud Lambert, toujours approuvé par le mouvement de tête permanent de son ancien premier adjoint.

* *
*

Le soleil brillait toujours le dimanche suivant. Tant mieux, les enfants du catéchisme faisaient leur communion solennelle, la fête est toujours plus belle avec le soleil. Après la messe du matin, c'était l'heure des vêpres. Les hommes au visage rougi par le vin, et certaines mères au visage rougi par les larmes d'émotion, à cause de leurs maris prisonniers de guerre, appréciaient la fraîcheur de l'église. Elle était un havre de tendresse au cœur de la chaleur, de la peine des femmes et de la joie des enfants, héros de cette journée. Tandis que le curé chantait les litanies, on entendit des bruits de moteur inhabituels, qui tournaient autour de la place de l'église. Ce bruit passé, la petite porte d'entrée s'ouvrit en grinçant, et une dizaine d'Allemands en tenue de combat entrèrent, se mirent au fond. Mitraillettes en bandoulière, ils ôtèrent leurs casques, firent le signe de la croix, tandis qu'un gradé vint au milieu de l'allée centrale, s'approcha de l'autel, s'arrêta à quelques mètres, salua et repartit. L'abbé Émeric stoppa son chant et un silence total se fit. Les soldats regardèrent l'assemblée, puis regagnèrent la sortie en silence.

Le chant des litanies reprit, plus timide, la cérémonie se poursuivit. Les gens n'étaient plus au recueillement. Cette arrivée, dont on parlait, qu'on espérait lointaine, voire inexistante, était bel et bien là. Dans cet après-midi de fête des enfants, la guerre venait d'entrer de plain-pied dans le village. Les femmes, dont les maris étaient prisonniers en Allemagne derrière les barbelés, se mirent à sangloter. Les vainqueurs étaient devant elles, et elles ne pouvaient rien dire, rien faire.

André Lambert fut averti très vite de leur arrivée. À la nouvelle, son estomac se noua. Il se rendit sur la place aussitôt. En 39, ayant plus de quarante ans et deux filles, il n'avait pas été mobilisé et avait espéré ne jamais revoir un uniforme allemand, et voilà qu'ils étaient dans sa commune. En tant que premier magistrat, il devait se rendre compte de ce qui se passait.

Des camions, des voitures militaires, des motos stationnaient devant le *Café du Commerce*. Les voir le ramena dans les tranchées quelque vingt ans en arrière, et un frisson parcourut tout son corps. Il entra. Devant le comptoir, un homme à la stature imposante buvait un verre d'eau. Quand il le vit, le patron s'adressa à l'homme :

– Tenez, voilà monsieur le maire.

L'homme ne se retourna même pas et André sentit dans cette attitude un véritable mépris. L'officier dit avec un fort accent :

– Monsieur le maire, je suis le major Heinrich Kempff, je vais laisser dans votre commune une centaine de soldats. Il me faut pour ce soir des logements corrects pour eux et leur encadrement. Il faut aussi une salle pour la cantine et les cuisines. Il faudra aussi des victuailles et une maison pour installer le commandement : moi-même.

Il daigna se retourner :

– Je vous laisse le choix, ou vous faites, ou je choisis moi-même. Vous préférez quoi ?

André répondit qu'il allait réunir son conseil, aviser la population et qu'ils allaient essayer de trouver des solutions.

– Essayer, reprit l'officier en riant, vous avez de l'humour, monsieur le maire, je vous conseille vivement de réussir. Pour cela, je vous laisse, disons… trois heures.

André fit la moue, expliqua que le temps imparti était…

L'officier le coupa :

– Vous avez raison, monsieur le maire, ça ne convient pas. Il est 17 heures en France, et 18 heures à Berlin. Je marche à l'heure de mon pays, donc que tout soit prêt dans deux heures, soit 20 heures en Allemagne.

Il quitta le comptoir et rejoignit ses troupes, laissant André interloqué.

André se rendit à la mairie. Il réalisa la gravité de la situation. Tout tourna dans sa tête. Maintenant que l'ennemi était là, il imagina les pires choses. Il pensa à ses filles. Andréa était à l'abri ici chez lui, mais Lucie ? Comment allait-elle vivre cela ? Était-elle en sécurité chez le notaire ? Il devait aussi y avoir des soldats. Il pensa également à Antoinette. Il n'avait jamais élucidé le mystère de sa disparition et avait beaucoup souffert de cette séparation. Chercher une fille dans un couvent de la région était impensable de la part de quelqu'un étranger à la famille, encore plus d'un homme. Les portes ne se seraient jamais ouvertes à ses questions. Depuis toutes ces années, rien ne lui avait permis d'apprendre quoi que ce soit. Aucune confidence de Louise, aucun mot échappé de la bouche de Petit-Pierre, même les soirs de beuverie. Dans le village, la disparition de la simplette n'avait intéressé personne, tous pensaient qu'elle était partie vivre sa naïveté sous d'autres cieux. Arnaud Lambert n'avait jamais fait aucune allusion à quoi que ce soit, pourtant André était toujours persuadé qu'il était responsable de ce départ mais, sans preuve, que dire ? Quant au curé, pas un mot. Alors si le quotidien avait fini par reprendre le dessus, André ne l'avait jamais oubliée et aujourd'hui, curieusement, il aurait aimé l'avoir à ses côtés. Était-elle à l'abri dans cette France du désordre ? Une ombre passa dans ses yeux. Il s'assit, tête entre les mains. Il était à deux doigts de fondre en larmes quand des bruits lui parvinrent. Le bouche à oreille avait fonctionné, les gens, inquiets, venaient aux nouvelles. Les conversations étaient animées et il fallut du temps au maire pour se faire entendre.

– Un peu de silence ! Écoutez-moi. Les Allemands m'ont demandé de réquisitionner des chambres dans le village pour une centaine de personnes, un logement pour le chef du détachement et un endroit qui servira de cantine à la troupe, tout ça pour un temps indéterminé. Resteront-ils dans la commune ? Je n'en sais rien. Nous avons deux heures pour régler ce problème.

Ce fut le brouhaha total. Le maire essaya de dresser une liste de maisons pour la donner au major, mais personne n'avait de chambre libre. Personne ne voulait ouvrir sa maison à l'ennemi. C'est alors qu'un véhicule militaire s'approcha, précédé par deux motards casqués. Ils arrêtèrent les motos et, armés de mitraillettes qu'ils pointèrent vers ceux qui étaient restés sur la place, encadrèrent la porte de la mairie, tandis que le major descendait de son véhicule. Il pénétra dans la salle. Tous, sous les cris gutturaux des soldats, se reculèrent pour le laisser passer.

– Monsieur le maire, je vois que vous avez du mal à trouver. J'ai repéré la pharmacie, ce grand logement me convient parfaitement.

– Il faut demander au pharmacien s'il accepte.

Le major éclata de rire.

– S'il accepte ? Décidément, vous confirmez votre humour. Attention, je vais finir par ne plus l'apprécier. Enfin, monsieur le maire, soyez réaliste, vous oubliez que nous sommes les vainqueurs et que vous devez obéir, sinon – il fit le geste avec le bras de tirer sur le public qui recula d'un pas – tacatac tacatac. Simple, non ? Alors ?

Au bout d'une demi-heure, des chambres furent trouvées, des maisons réquisitionnées, des victuailles réunies, et la salle des fêtes ouverte pour la cantine. De toute façon, elle ne servirait sans doute pas de sitôt pour faire la fête. « Seulement le jour de leur départ », pensa André.

– Demain, à 8 heures, lui ordonna le major, je veux vous voir dans mon bureau chez le pharmacien. Ah, j'allais oublier, à partir de ce soir, couvre-feu à 20 heures. Et attention aux récalcitrants.

Il claqua des talons, leva le bras droit.

– *Heil Hitler !*

Et il s'éloigna.

Un silence lugubre s'était installé dans la mairie. Les familles obligées d'accueillir les soldats étaient terrorisées. Comment allaient-ils se comporter ? Comment allait-on vivre les jours à venir ? Cette fois, cette guerre que l'on croyait loin était arrivée dans la commune et, en plus, le jour de la première communion. Ce soir qui devait être un soir de paix fut un soir de tristesse.

Dès le lendemain, le quotidien changea. Personne n'osa plus venir au bourg. Tous restaient cloîtrés, se faisant les plus discrets possible. La vie ralentit dans le village où l'heure de Berlin avait été instaurée. Les rues étaient sans cesse sillonnées par des militaires en armes. Le boulanger comprit pourtant que cette augmentation de population allait servir ses intérêts, le boucher et l'épicier aussi.

Estelle, de sa boutique, ne vit passer, les jours suivants, que des gens au visage fermé qui se dépêchaient ou des soldats qui patrouillaient. Elle ne put empêcher une larme de couler sur sa joue ridée.

Si, au début de leur arrivée dans le village, les occupants restaient entre eux, ils finirent par fréquenter les bars. Le major Kempff se rendit vite compte que le *Café des Platanes* était fréquenté par des gens qui acceptaient leur présence, du moins en apparence, tandis que les échos qu'il avait venant du *Café du Commerce* étaient différents. On y parlait beaucoup, on y était fort en gueule mais, lorsqu'un Allemand entrait, le silence s'installait. Il se dit que si une quelconque forme de résistance existait un jour elle commencerait là. Il décida d'y faire un tour. Laissant son escorte devant la porte, il entra et commanda un verre de vin rouge.

– Du bon, s'il vous plaît, monsieur Paul.

Paul fut surpris que le major l'appelle par son nom. Il lui servit un rouge. Le major le goûta, fit la grimace.

– Je crois que vous vous êtes trompé de bouteille, vous n'avez pas mieux ?

Paul s'excusa. Les approvisionnements devenaient rares et le bon vin manquait.

– Pourtant, le Médoc proche a d'excellents crus et, au *Café des Platanes*, le patron en sert de très bons. Si je n'étais pas de bonne humeur, je croirais presque à un sabotage gustatif, monsieur Paul, dit-il en riant.

Monsieur Paul arbora un sourire coincé.

– Nous resterons ici sans doute quelque temps, poursuivit le major, il serait bon que nous collaborions plutôt que de nous combattre, même par bouteille interposée.

Et, brusquement, il haussa le ton :

– La prochaine fois que je viens, je souhaite qu'il y ait de bonnes bouteilles. *Ja ?*

D'un signe de tête tremblant, le patron fit signe que oui.

Claquant des talons, il leva le bras, « *Heil Hitler* », et sortit.

Paul était blême. Les quelques clients s'étaient tus, éberlués par ce qu'ils venaient d'entendre. Tous savaient qu'aux *Platanes*, on leur servait du bon vin, tandis que la clientèle buvait de la piquette. Il faut dire qu'Arnaud Lambert, qui avait un parent en Médoc, approvisionnait le patron en bons crus. L'ancien maire avait vite vu dans cette occupation l'occasion de faire un peu de commerce. Le vin était fourni par son cousin ; le bois, c'était lui, et le gibier, il trouverait bien quelqu'un pour lui en procurer et faire plaisir au major. Il le trouvait sympathique par l'autorité naturelle qu'il dégageait.

– Si on avait été aussi travailleurs et obéissants qu'eux, on n'en serait pas là, affirmait-il sans arrêt, rejoignant ainsi le curé.

Dans ses sermons, il fustigeait ces hommes qui réclamaient toujours sans vouloir donner, allant jusqu'à déclarer :

– Nous sommes punis pour nos excès. Grâce aux occupants, nous allons redécouvrir l'ordre et l'obéissance que nous avons perdus. C'est à ces conditions que nous retrouverons notre dignité.

Ce dimanche-là, Georges Lacourty était ressorti écœuré de la messe et s'en était ouvert à Marc, le fils de l'instituteur, âgé de dix-huit ans comme lui. Tous savaient que la Résistance s'installait doucement. Ils décidèrent de ne pas rester comme ça, sans réagir. On n'allait quand même pas se laisser botter les fesses par l'occupant ni par le curé !

– Faudrait supprimer le vieux Lambert et sa clique, dit Marc en colère.

Marc faisait ses études à Bordeaux et, dans ce milieu, il savait que de jeunes étudiants s'étaient engagés dans la lutte clandestine, il trouverait bien une filière.

Quant à Georges, il avait entendu parler d'un embryon de maquis pas loin d'ici, dans le Médoc. Pour l'instant, rien de bien structuré, mais il se renseignerait.

XVI

LUCIE LAMBERT PÉDALAIT AVEC VIVACITÉ sur la route blanche, tout en se méfiant des cailloux. Avec ce vieux vélo, elle n'avait que des ennuis. Un jour, la chaîne sautait sans cesse, un autre jour, les pneus se dégonflaient et elle devait s'arrêter souvent pour actionner la pompe qui lui brûlait les doigts tellement elle y mettait d'énergie et, ce matin, elle avait trouvé le vélo crevé ! Heureusement que le notaire, son patron, avait des amis qui lui procuraient les petites choses qui commençaient à se faire rares, comme des rustines ou de la bonne colle. La pochette en cuir attachée sous la selle en était bien garnie. Elle avait pu réparer, mais elle était partie en retard à son rendez-vous. En y pensant, elle éclata de rire. Quelle histoire ! Qui aurait imaginé qu'un jour la mal-aimée vivrait quelque chose de passionnant ? Elle y prenait un vrai plaisir, pourtant ce côté passionnant ne devait pas lui faire perdre de vue sa dangerosité. Elle se rappelait le début de l'histoire, lorsque maître Figeroux lui avait demandé de porter un pli urgent dans une maison des environs. « C'est un acte notarié dont cet homme a un besoin urgent. » La curiosité de Lucie avait été éveillée, d'habitude les papiers de l'étude attendaient tranquillement qu'on vienne les chercher, les paysans aimant bien venir chez le notaire. Il connaissait toutes les familles, leurs histoires, leurs manies, ce qui les unissait, ce qui les divisait, il était devenu, de par son travail et aussi par sa personnalité avenante, le confident de tous. Cette fois-là, lorsqu'elle était arrivée à l'adresse indiquée, elle avait été assez surprise. La maison était à quelques kilomètres de celle de ses parents, en forêt, dans un hameau à mi-parcours entre l'étude et son village natal. Alors qu'elle croyait trouver une grosse ferme, ce n'était qu'une simple maison, entourée d'un jardin dans lequel une femme sarclait les mauvaises herbes, tandis que sur le pré voisin deux vaches paissaient tranquillement, qu'elle découvrit. Vu le décor, Lucie s'était interrogée sur l'importance des papiers qu'elle apportait.

– Pardon madame, je cherche Eugène Coulant, c'est ici ?

S'appuyant d'une main sur le manche de la pioche, la femme s'était redressée et frotté les reins.

– Et qui le demande ?

– C'est de la part de maître Figeroux.

La femme s'était tournée vers la forêt proche. D'un chemin, Lucie vit arriver un attelage de mules. Un homme faisait claquer le fouet.

– Martin, Chouan, allons, un peu de nerf, que diable !

– *Té, eh bé,* le voilà. Eugène, avait-elle crié, c'est pour toi !

Lucie s'était dirigée vers Eugène, qui avait paru surpris de la voir.

– C'est pour quoi, mademoiselle ?

Lucie avait expliqué qu'elle était clerc chez maître Figeroux et lui avait tendu une enveloppe qui contenait un acte, qui, selon le notaire, était urgent. Eugène avait hésité, puis était descendu de sa charrette, avait détaché les mules qui s'étaient dirigées vers l'abreuvoir.

– C'est pas vous d'habitude.

Ah, le notaire envoyait régulièrement des actes à cet homme ? C'était quoi cette histoire ? Eugène avait l'air méfiant et avait voulu en savoir davantage.

– Tu es qui, petite ?

Tiens, il l'avait appelée comme l'appelaient les enfants du notaire. « Amusant », se dit-elle. Le bonhomme lui était sympathique. Sans doute ronchon, mais sa grosse moustache grise devait cacher un sourire de grand-père gentil. Pas comme le sien. Il est vrai qu'elle le voyait si peu. Même lorsqu'il venait à l'étude, il refusait qu'elle s'occupe de ses papiers. « Ça ne la regarde pas », disait-il avec force.

– Je suis la fille d'André Lambert.

Eugène avait souri.

– Tiens, tiens, la mal-aimée ?

Elle avait souri à son tour.

– C'est ce qu'on dit au village. Je vous rassure : la famille de maître Figeroux m'aime beaucoup et, de temps en temps, je vais chez Melvina, elle est ma famille à elle toute seule.

Et son père ?

Parfois il venait la voir. Quant à sa mère, sa sœur et ses grands-parents, si elle les voyait quatre fois par an, c'était tout. Eugène savait que cette famille était bizarre, là, ça dépassait l'entendement. Il avait voulu pourtant savoir.

– Ton grand-père, tu le vois parfois ?

Rarement, avait-elle expliqué, et quand ils se rencontraient, bonjour, bonsoir, du bout des lèvres, c'était tout.

– Je suis mal aimée, vous l'avez dit vous-même.

Il s'était excusé, il n'aurait pas dû. Bon, alors, cet acte ?

Lucie avait ironisé :

– Il n'est pas très épais. D'habitude, un acte est fait de pas mal de pages.

En mettant le papier dans sa poche, il avait expliqué que ce n'était pas l'épaisseur du papier qui lui donnait de la valeur, c'est ce qu'il y avait écrit dessus.

Elle avait pouffé de rire.

– Alors celui-là n'est pas important, vous ne l'avez même pas lu.

Bon sang, que cette fille était roublarde. Elle avait le don de l'observation. Pourquoi le notaire l'avait choisie pour cette mission, certes simple, mais dangereuse ? Les Allemands circulaient sans cesse, et une fille seule à bicyclette était une proie facile pour eux. Il avait sorti le papier de sa poche et l'avait déplié. Lucie avait vu son visage s'éclairer à la lecture.

– À vous voir sourire, vous avez sans doute raison, ce petit papier est important, de plus, il semble que la nouvelle est bonne.

Et elle repartit. « Diable de fille ! » avait songé Eugène.

Au milieu de la nuit, Lucie avait cru entendre des bruits de moteurs d'avions qui passaient. Ils semblaient se diriger vers l'ouest, dans la direction de la grande lande. Les jours suivants, dans la salle d'attente de l'étude, certains parlant discrètement de prétendus parachutages qui avaient lieu depuis quelque temps dans la région, elle avait eu comme une intuition : et si c'était la bonne nouvelle annoncée dans l'acte ?

Elle en avait parlé au notaire, qui avait répondu qu'il l'ignorait. Connaissant son opinion, elle lui avait demandé si un jour il y aurait des résistants dans le coin. Hochant la tête, il avait répondu qu'il ne savait pas.

– Le jour où il y en aura, je les rejoindrai, avait-elle affirmé, parce qu'on ne va quand même pas se laisser faire par ces Boches sans rien dire !

Et elle avait ajouté avec force :

– Pétain est une femmelette qui a trahi son pays !

Abasourdi, le notaire avait changé de conversation, on ne parlait pas de ces choses-là, c'était dangereux. Quant au reste, si certains réseaux existaient, c'était sûrement dans la plus grande discrétion.

Et puis les choses avaient évolué. Un soir, elle était entrée dans le bureau de son patron et avait été ferme avec lui :

– Maître, des bruits courent. Il paraît qu'une certaine personne, qui se fait appeler Arsène, dirige un réseau, j'ai entendu des bribes de conversation dans la salle d'attente. Pourquoi Arsène ? Sans doute en référence au célèbre Arsène Lupin, qui ne se fait jamais prendre, j'imagine.

Il l'avait dévisagée, puis avait demandé :

– Et alors ?

– J'ai vu dans votre bibliothèque toute une collection d'Arsène Lupin. Je sais que vous avez une grande admiration pour ce personnage, alors j'ai pensé qu'il y avait peut-être un lien avec…

Maître Figeroux ne l'avait pas laissée terminer. Il lui avait demandé si elle voulait se rendre utile en portant des informations à certaines personnes du réseau Arsène. Elle avait sauté presque de joie. Il lui avait expliqué le danger si elle se faisait prendre.

– Dans un réseau, il est impératif que tu connaisses le moins de gens possible, tu comprends pourquoi ?

Elle comprenait. Elle accepta. Son rôle était simple, elle porterait des messages dans divers endroits. Parfois, elle les apprendrait par cœur, comme ça, si elle se faisait prendre, les Allemands ne trouveraient rien sur elle.

Un soir, elle avait été avec lui dans une grande lande. D'autres hommes s'y trouvaient. Peu après, un avion se fit entendre. Lorsqu'il passa au-dessus d'eux, les hommes allumèrent des torches. L'avion fit un second passage et, au troisième, elle vit s'ouvrir dans le ciel les corolles de plusieurs parachutes. L'avion disparu, les hommes cachèrent les parachutes, embarquèrent les conteneurs largués et disparurent. Lucie, ce soir-là, eut l'impression qu'elle participait vraiment à la libération de la France. Le soir, dans sa petite chambre, elle écoutait Radio Londres sur un vieux poste que lui avait donné son patron. Les messages la faisaient rire : « Tante Jeanne a froid aux pieds, je répète, tante Jeanne a froid aux pieds. Le chat a croqué le tigre, je répète, le chat a croqué le tigre. » Elle imaginait l'organisation fantastique qui dirigeait tout ça dans la plus parfaite clandestinité.

* *
*

Jamais Lucie n'aurait pensé que l'aventure la passionnerait autant et changerait ainsi sa vie. La transformation de la mal-aimée avait été totale. Qu'était devenue la petite fille craintive d'autrefois, de celle qui n'avait que les jupes de cette bonne Melvina pour s'y réfugier quand elle se faisait rabrouer par sa mère ? Elle avait longtemps souffert de ce manque d'affection. Si, chez maître Figeroux, elle avait trouvé une famille, ce n'était pas la sienne. L'amour qu'on lui dispensait était réel, mais différent de celui qui aurait dû venir de ses parents. Quoique cet amour elle l'ait imaginé, l'ait espéré, sans jamais en avoir ne serait-ce qu'une infime partie. Enfant, puis adolescente, elle avait eu du mal à imaginer son avenir. Elle s'était laissé guider sans savoir où l'amèneraient les choix des autres, n'osant jamais les contredire. Dans ces moments de doute, elle s'était vraiment sentie mal aimée. Depuis quelques mois, ce hasard, qui l'avait mise sur les chemins de la Résistance, l'avait transformée. Pour la première fois, on lui avait fait confiance, et pas pour de simples tâches quotidiennes, non, pour plus important. Et cet important-là, même s'il n'apparaissait pas immédiatement à ses yeux, était immense. Elle était, avec quelques autres, dans l'ombre, une araignée tissant une toile qui finirait un jour par prendre sa proie. Petite, elle se réfugiait parfois dans le grenier à foin au-dessus de l'écurie. L'odeur d'herbe sèche lui chatouillait les narines, la faisait éternuer et, l'hiver, la douce tiédeur des lieux la figeait de bonheur. Entre les bottes de foin, elle regardait les araignées tisser leurs toiles avec patience, profitant de chaque brin de paille, aussi ténu soit-il.

Une fois la figure géométrique achevée, l'arachnide se posait et, dans une immobilité parfaite, attendait sa proie. Lucie restait longtemps à regarder ainsi, attendant qu'une mouche ou un insecte imprudent vienne se faire prendre. Le réseau Arsène était comme ça. Les fils avaient été tissés avec précaution, sans savoir qui fabriquait vraiment le piège. Quelques-uns se connaissaient, mais toujours un intervalle séparait les petits groupes. La mal-aimée avait tout de l'araignée tissant sa toile et elle jubilait en imaginant la prise à venir.

* *
*

Il était presque midi lorsqu'elle arriva à la hauteur du gros chêne, au carrefour du Grand-Chemin, elle tourna à droite. Encore quelques kilomètres et, aussitôt traversé le ruisseau des Aygas, elle serait arrivée pour livrer son information. Hier soir, elle avait entendu le message que beaucoup attendaient avec impatience : « La limonade d'Albert est bonne, je répète, la limonade d'Albert est bonne. » C'était le signal du feu vert. Ce soir, il y aurait un nouveau largage d'armes, ces armes tant attendues par le maquis du coin. Elle ne connaissait pas la personne à qui elle devait confier le message, mais un code était convenu. Elle s'arrêta au point de rencontre, appuya son vélo contre une grande pile de bois. Presque aussitôt, un jeune homme sortit de derrière. Grand, cheveux bruns en bataille, habillé d'un pantalon de velours côtelé, d'une veste légère, il s'avança, mains dans les poches, un morceau de paille entre les dents. Elle le regarda, remarqua ses yeux, les trouva magnifiques. Joli sourire aussi.

– Bonjour mademoiselle, vous n'avez pas trop chaud dans ce coin perdu ?

– Un peu, je boirais volontiers une limonade, si j'en avais une.

– Il paraît que celle d'Albert est délicieuse, rétorqua le garçon.

– Oui, mais il n'en fait pas tous les jours.

Très bien, c'était l'homme qu'elle devait contacter. Il éclata de rire.

– Quand même, nous obliger à parler rafraîchissement avec un tel soleil, c'est inhumain.

Il se présenta :

– Moi, c'est Marc, et vous ? Enfin, je veux dire toi, parce que tu es très jeune comme moi, je peux ?

– Tu peux, moi, c'est Lucie, répondit-elle en rougissant.

Elle lui tendit une feuille de papier, il regarda, c'était pour cette nuit.

– Bon sang, il va falloir aller loin ce soir. C'est normal, il faut brouiller les pistes. Il paraît que le major Kempff nous a repérés. D'ailleurs, dans le village, ça chauffe, mon père m'a dit de me méfier, l'ennemi s'énerve.

Son père était du village ? Elle aussi. Elle était la fille du maire. Marc fut stupéfait :

– Le maire ? Mon père est son premier adjoint.

Incroyable. Ainsi, ils avaient été dans la même école.

– J'étais avec Mlle Labadesse. Nous n'étions séparés que par une palissade de bois.

– On ne te voit pas souvent au village ?

Non, elle expliqua qu'elle en était partie toute jeune, ses parents l'avaient placée chez le notaire du canton.

– Ah, je vois, c'est toi la mal...

Se rendant compte de sa bévue, il ne termina pas sa phrase. Lucie la termina pour lui :

– La mal-aimée, oui, dit-elle en riant. Je sais. D'ailleurs, qui ne le sait pas au village ? Au fait, mon village va bien ?

Il allait bien, à part que les Allemands rendaient la vie dure avec le couvre-feu. Certaines routes barrées gênaient pas mal de monde, comme toutes les tracasseries du quotidien. Le manque de produits indispensables se faisait durement sentir. Les familles qui abritaient des soldats souffraient davantage, une telle présence était difficile à supporter. Plus d'intimité dans les maisons, un vrai supplice. Enfin, tous n'étaient pas à plaindre, certains se débrouillaient bien avec l'ennemi, comme certains commerçants et quelques propriétaires.

– Je suppose que mon grand-père fricote avec eux, il a toujours aimé l'argent et vénère Pétain, fit remarquer Lucie.

Effectivement. Elle ne se trompait pas, il avait souhaité héberger d'ailleurs deux sous-officiers, et il ne manquait rien à leur table.

– Assez parlé d'eux, conclut Marc. Nous finirons par gagner cette fichue guerre et nous pourrons régler nos comptes.

Lucie pensait la même chose, à condition qu'ils continuent à échapper à la traque que les Allemands faisaient aux maquisards.

– Avec les armes que nous avons, nous vaincrons. Notre cache est presque sous leurs yeux, ils ne la verront pas. Eugène la surveille.

Lucie pensa à son visage, à sa grosse moustache. Elle l'avait bien vu, c'était un brave homme.

– Bon, ce n'est pas tout, dit Marc, je dois foncer prévenir les autres, on a du chemin à faire. À bientôt j'espère, Lucie. J'aimerais beaucoup te revoir. Quand je vais annoncer à mon père que je t'ai rencontrée, il va faire une de ces têtes !

– À cause de mon père ?

– Non, de ton grand-père.

Et il partit en éclatant de rire.

* *
*

Lucie trouva long le chemin du retour. Encore une heure et elle serait arrivée.

C'est au pont de la Jalle qu'elle frémit. De loin, elle avait remarqué un attroupement. Des soldats allemands faisaient barrage. Ils allaient poser des questions. Que faisait une fille seule sur cette route quasi déserte ? Qu'allait-elle dire ? raconter ? Elle eut plus chaud que lorsqu'elle pédalait. Elle pensa prendre un chemin de terre pour passer ailleurs, mais ils auraient pu croire à une fuite. Au stop guttural crié par un soldat, elle s'arrêta. Un gradé s'approcha. Fit silencieusement le tour du vélo, ouvrit la sacoche placée sous la selle, la vida par terre, puis demanda :

– Mademoiselle, papiers.

Elle sortit sa carte d'identité, posa le vélo par terre, se baissa pour ramasser les rustines, la colle et les clés, rangea le tout. Le gradé s'approcha.

– Mademoiselle Lambert ? Comme le maire du village voisin ? Comme son père aussi ?

Elle fit oui de la tête. Avec une petite voix, elle précisa :

– C'est mon père et mon grand-père.

Elle pensa que c'était sans doute la première fois que ce nom allait peut-être lui servir. Il lui demanda ce qu'elle faisait si loin de chez elle. Lucie expliqua qu'elle travaillait chez maître Figeroux, le notaire du canton, et qu'elle venait d'une ferme pour essayer de trouver de la nourriture, mais elle n'avait rien pu acheter. Le gradé éclata de rire :

– Demandez à votre grand-père, il a des réserves qu'il consomme avec le major Kempff et d'autres sous-officiers. Il mange à sa faim, lui. Allez, circulez mademoiselle, je ne voudrais pas ennuyer la petite-fille de l'ami de mon major.

Elle ne se le fit pas dire deux fois et partit à vive allure. Que son grand-père trafique avec l'occupant ne la surprenait pas, mais il faudrait encore plus se méfier, car elle savait qu'Eugène sortait des barriques de résine pour lui, et tout ça se passait à deux pas de la cache d'armes. Il faudrait peut-être changer d'endroit. Elle s'en ouvrit au notaire. Eugène n'était plus très jeune et, s'il était pris, il ne résisterait pas longtemps devant les méthodes de l'ennemi. Il ne fallait pas mettre le réseau Arsène en danger.

Marc avait réuni les hommes du réseau. Ils vivaient au milieu de la forêt depuis de longs mois dans des abris de fortune cachés par les hautes futaies. Ils rentraient de temps en temps chez eux, le soir, discrètement. Ils se ravitaillaient auprès des fermes des villages voisins, où ils n'étaient pas connus, donnant des bons de réquisition aux paysans en échange de viande, d'essence. En principe, cela leur serait payé après la guerre.

Marc ne leur parla pas de la fille Lambert. Qu'il ait reçu le message suffisait.

– Le parachutage se fait à vingt kilomètres au sud, dans la grande lande. Il faut partir tout de suite. Vous êtes prêts ? OK, on y va.

Marc prit le volant d'une voiture, tandis que Petit-Pierre prenait l'autre. Marc le connaissait bien. Il le savait bagarreur, hargneux et parfois inconscient. Il se serait jeté volontiers dans la gueule du loup et il fallait toute l'autorité de Marc, pourtant bien plus jeune que lui, mais fils de celui qui avait été son instituteur et copain de son père, le grand Gustave, pour le calmer un peu. Il faut dire qu'au maquis c'était l'inaction qui pesait le plus. En fait, leur seul travail était de récupérer les armes, de les cacher, de les garder jusqu'au moment où les troupes de libération en auraient besoin. Petit-Pierre travaillait la journée sur les routes de la commune. Personne ne se méfiait de lui. Il passait pour un teigneux et avait peu d'amis. Depuis qu'ils étaient là, plus de bal le soir, plus aucun amusement, et lui qui adorait les fêtes bien arrosées s'ennuyait ferme. Au village, certains soirs de beuverie, il avait eu des paroles contre l'occupant qui l'avaient fait remarquer :

– Le fils du grand Gustave file un mauvais coton, avait-on dit. S'il continue à parler n'importe comment, il ne finira pas dans son lit comme son père !

Un homme de passage l'avait accosté un soir, lui recommandant la prudence :

– Si vous voulez en découdre, venez me voir demain soir à la tombée de la nuit, au croisement de la route des Tronquats.

Depuis ce soir-là, il avait tenu sa langue et était passé discrètement dans la Résistance, en rejoignant le réseau Arsène. Il rêvait d'en découdre avec ces Allemands, qu'il ne supportait pas de voir au village.

Marc, lui, avait découvert le réseau grâce à un copain étudiant, lui-même dans un maquis vers le nord du département. Il avait été emballé par l'idée de ne pas rester sans rien faire, surtout quand d'autres se battaient. Son père avait essayé de l'en dissuader mais, dans le fond, s'il tremblait tous les jours pour son fils, il était fier de sa conduite. Lui-même, à la mairie, faisait tout ce qu'il pouvait pour atténuer les souffrances des habitants du village. Avec André et l'aide du maquis, ils avaient réussi à faire de faux tickets de ravitaillement et les distribuaient aux plus nécessiteux dans la plus grande discrétion. Ils avaient également pris en charge les frais de soins pour certaines familles, ce qui faisait hurler Arnaud Lambert :

– On n'a pas le droit de distribuer ainsi l'argent des impôts !

À Bordeaux, Marc avait été présenté au patron du réseau Arsène. Le courant était passé aussitôt entre eux. Au début, il avait assuré de petites missions de renseignements, comme les habitudes de ronde de l'ennemi. Ces choses simples lui paraissaient inutiles, mais il comprit vite leur importance. Il était très utile de tout savoir et le moindre détail servirait un jour. Puis, peu à peu, on lui avait confié des missions plus intéressantes, mais aussi plus dangereuses.

Les deux voitures rejoignirent le point de rendez-vous en utilisant les passes forestières, évitant le plus possible les routes souvent fréquentées par les Allemands.

Arrivés à temps, ils attendirent l'heure pour faire les signes à l'avion avec des lampes torches puissantes. Ensuite, ils iraient cacher les armes au lieu habituel.

Une heure après, l'aéronef tournait au-dessus d'eux, larguant quatre conteneurs d'armes et un conteneur d'argent. Arsène les récupérerait et les distribuerait aux divers mouvements qui constituaient le maquis. Il paierait certains achats qui ne pouvaient se faire par bons de réquisition. Il en garderait aussi pour les aviateurs dont les avions étaient abattus, que l'on faisait transiter par les Landes et les Pyrénées, afin qu'ils puissent passer la frontière et regagner l'Angleterre par l'Espagne. Bien qu'étant dans la clandestinité, il tenait une comptabilité précise, car il devait rendre des comptes à ses supérieurs.

Très vite, les hommes chargèrent les armes et l'argent dans les coffres de deux voitures. Après quelques kilomètres, Marc bifurqua et rejoignit le maquis par des passes qui longeaient le canal, tandis que Petit-Pierre prendrait de l'autre côté la piste de terre de la lande des moulins. À découvert sur deux bons kilomètres, c'était le point le plus dangereux. Par contre, on pouvait rouler vite, le chemin, large, était en bon état. Arrivé à la lisière des grands pins, il prendrait à gauche, contournerait le petit marais, passerait un petit bois de chêne et arriverait derrière la cabane de Lagune Vieille. Là, Eugène Coulant ferait le reste du travail.

XVII

LA FOIRE DU CANTON, depuis le début de la guerre, avait diminué de taille. Les marchands s'y faisaient rares et les chalands aussi. Pourtant, quelques irréductibles se rendaient toujours, à la date habituelle, sur la place de l'église. Vu les circonstances, cette attitude pouvait passer pour une forme de résistance. C'était sans doute à cause de cela que l'occupant patrouillait sans cesse dans les allées, mains sur la mitraillette, comme pour dire : « Nous tolérons, mais nous observons, attention ! » Il y avait, dans cette attitude, de quoi décourager les plus courageux, mais les jeunes se moquaient, du moins en apparence, de tout cela ; ils arboraient des sourires de fête et des cris de bonne humeur, se retrouvant devant les jeux d'adresse ou de loterie, tandis que quelques anciens discutaient autour des rares vaches qui meuglaient sur le foirail voisin. Les garçons se jetaient des défis devant le jeu de casse-boîtes où, entre eux, doucement, ils donnaient des noms aux cibles :

– Regarde, je vais démolir Hitler.

Et elles tombaient sous l'impact de la balle lancée avec force. Tous les politiques y passaient, de Pétain à Darlan, sans oublier le préfet Papon, qui, aux dires de certains, donnait volontiers à l'occupant les noms des Juifs de la région, qui disparaissaient rapidement.

Petit-Pierre s'en donnait à cœur joie :

– Et si on démolissait les salauds du coin ? Celui-là, c'est le vieux Lambert, ce salaud de collabo.

Il tira tellement fort que la planche de bois qui supportait les boîtes vibra.

– Putain, t'as vu ça ? Qu'est-ce que je lui ai mis !

– Avec un tel choc, ce soir, il devrait avoir mal à la tête, dit une voix derrière eux.

Ils se retournèrent vivement.

– Lucie ! s'exclama Marc.

Petit-Pierre fronça les sourcils, s'inquiéta. C'était qui ? Elle allait les dénoncer ?

– Cher ami, j'ai le plaisir de te présenter la petite-fille de celui que tu viens de démolir, dit Marc en éclatant de rire.

Petit-Pierre se figea, soudain inquiet.

– Allez, Marc, on s'en va.

Non. Il rassura son copain, Lucie ne répéterait rien à personne, il la connaissait. Par sécurité, il ne précisa pas qu'elle appartenait au réseau.

– Si tu es la petite-fille, alors t'es la fille du maire ?

– Oui, tu calcules bien, et tu peux ajouter comme tout le monde, la mal-aimée, déclara-t-elle en riant.

Il sourit, gêné. Demanda pardon pour le grand-père, il ne méritait pas mieux, dit-il en crachant par terre. À ce point ? Lucie voulut savoir d'où venait cette haine apparente. Marc les entraîna vers la buvette. Devant un verre, ils seraient mieux pour parler.

Une fois rafraîchi, Petit-Pierre raconta. Au village, Arnaud Lambert menait grande vie avec le major et les sous-officiers. Ils ne manquaient de rien, grâce à leur amitié avec le boucher. Tout le monde se serrait la ceinture, mais pas eux. À boire ou à manger, rien ne leur manquait. Le maire laissait faire ? Et que pouvait-il faire ? Son père le prenait pour un moins-que-rien.

– En plus, avec ce qu'il a fait à ma famille.

La curiosité de Lucie augmenta, qu'avait-il fait ? Petit-Pierre, comprenant que ses paroles avaient dépassé sa pensée, expliqua que c'était une histoire de propriété achetée par son grand-père pour une bouchée de pain, juste après la mort de son père le grand Gustave.

– Dis-moi, demanda Lucie, je suis partie du village, il y a quelques années, mais je me rappelle de ta sœur. Elle s'appelait comment déjà ?

Il répondit qu'au village on l'appelait la simplette.

– Décidément, dans cette commune, c'est une habitude de rebaptiser les gens, constata Marc, et mon père, quel nom on lui donne ?

Personne ne savait. Apparemment, aucun autre que l'instit. Lucie insista. C'est Marc qui rappela à Lucie que la fille en question s'appelait Antoinette. Petit-Pierre se leva brutalement. C'était l'heure, il fallait partir, sinon ils allaient rater Radio Londres.

– Pars si tu veux, moi, je reste encore un peu.

Marc resta seul avec Lucie. Commanda un rafraîchissement supplémentaire. Le silence s'installa doucement. « Il est vraiment beau », pensa Lucie en le regardant. « Elle est vraiment belle », pensa Marc. Dans cette quiétude, les yeux dans les yeux, il leur sembla qu'ils se parlaient. Une envie folle d'aimer s'était emparée d'eux. Comment, dans cette période troublée, deux jeunes pouvaient-ils penser à l'amour et envisager l'avenir avec sérénité ? Était-ce bien raisonnable ? La raison avait sans doute disparu le jour où la guerre était arrivée et, en cette période où la vie ne tenait qu'à un fil, l'amour ne pouvait pas être raisonné. Il paraissait à Marc violent. Fou. Fort. Désespéré mais nécessaire. Il devait lui avouer tout de suite. Un peu comme si leur avenir était mesuré et limité dans le temps, ce temps qu'il ne fallait pas perdre en attente inutile.

– J'ai une envie folle que cette occupation se termine, dit Marc. Tu sais pourquoi ?

– Oui, sans doute comme pour tout le monde, pour vivre en paix, tout simplement.

– Pas seulement, mais aussi pour pouvoir t'aimer librement. Je t'aime très fort depuis la première fois où je t'ai vue, dit-il en lui prenant la main. Aurons-nous du temps ?

Cette main, Lucie rêvait depuis longtemps de la toucher. De la caresser. D'établir un contact avec ce garçon qui l'avait troublée dès leur première rencontre. Elle n'osa pas lui dire qu'elle l'aimait, sa réserve naturelle l'en empêchait. Pourtant, elle sentait qu'il était l'homme de sa vie.

– Je voudrais tout partager avec toi, continua Marc, et que tu ne sois plus mal aimée.

Elle sourit avec tendresse.

Elle regarda sa montre, elle devait rentrer. Maître Figeroux la laissait libre, elle devait malgré tout respecter les habitudes de la maison. Marc la raccompagna vers l'étude. Un bosquet de bambous protégeait la maison du notaire des vents d'ouest. À l'abri des regards, Marc prit Lucie dans ses bras. Elle se blottit contre lui. Leurs bouches s'unirent intensément. L'espace d'un instant, il n'y eut plus de guerre. Plus de combats. Plus de peur, mais de l'amour, seulement de l'amour.

* *
*

Malgré l'excellent civet que lui servait Arnaud Lambert, le major Kempff était dans une colère noire. Il savait que des parachutages de munitions avaient lieu dans la lande voisine.

– Monsieur Lambert, si votre village devient un repaire de traîtres, je m'en prendrai à votre fils, le maire !

Arnaud Lambert ne répondit pas, lui versa un verre de moulis 1930. La colère du major s'envola. Il huma le vin avec ferveur. Remua le verre comme lui avait appris son hôte, huma de nouveau.

– Odeur de cassis, framboise.

Il lui trouva une belle robe et, le portant à ses lèvres, précisa aussi qu'il avait du corps, de la cuisse.

– C'est incroyable, monsieur Lambert, nous parlons du vin comme d'une jolie femme et nous nous extasions devant lui comme devant elle.

Le major goûtait avec un plaisir évident. La maison Lambert avait une de ces caves qui le régalaient à chacune de ses visites. La conversation revint très vite sur ces parachutages. Et c'était vrai que dans la région, certains soirs, on avait entendu des avions qui passaient à relativement basse altitude. Personne n'était dupe. On savait que les résistants commettaient quelques actions contre l'occupant, c'était plus loin en Nord-Médoc. Ici, il ne se passait rien.

– Dans notre commune, major, les gens sont calmes.

– Non monsieur, je sais qu'ils cachent des armes dans le coin et si j'attrape, je fusille ces terroristes.

Arnaud Lambert éclata de rire. Des terroristes dans le village ? Il connaissait bien tout le monde et, à part quelques exaltés qui avaient fini de travailler quand ils avaient fini de parler, c'était impossible.

– Peut-être, nous verrons. J'ai demandé à la mairie une liste de noms pour le S.T.O., Service du travail obligatoire, et seules douze personnes sont parties en Allemagne. Les autres ont disparu mys-té-rieu-se-ment ! Pourtant, des hommes entre vingt et cinquante ans, il y en a, non ? Fou trouvez ça normal ?

Effectivement, le major avait raison. La loi était la loi, et elle devait être respectée, Arnaud Lambert en convenait.

– Je vais faire mon enquête, répondit-il, et je vous tiendrai au courant.

Il se leva, revint avec une bouteille de champagne. Ils levèrent leur verre à la réussite du gouvernement du Maréchal, qui ne voulait, aux dires du vieux Lambert, que leur bonheur.

André entra à cet instant précis. Il savait que le major était l'invité régulier de son père et il se débrouillait toujours pour être absent. Les rapports qu'il avait avec l'occupant se limitaient aux convocations du major pour les plaintes contre telle ou telle situation des habitants, et ceux avec son père étaient nuls.

– Vous tombez bien, monsieur le maire, nous buvions au Maréchal.

Son père lui tendit un verre.

– Trinque avec nous, ça nous fera plaisir, proposa-t-il avec malice.

André n'avait pas soif et, pressé, il ne faisait que passer rapidement. Le major le prit par le bras, l'avertit que des bruits lui parvenaient affirmant que des terroristes pourraient bien se cacher dans le village et même faciliter des parachutages d'armes.

– Si j'apprends les noms, je fais fusiller devant la mairie. Aussi, autre chose, je serais bien content de voir vos hommes et vos femmes concernés répondre favorablement au S.T.O., monsieur le maire. Un de ces jours, je vais aller dans les maisons et réquisitionner. Compris ?

Le maire se détacha brusquement de la main du major, en lui disant qu'il avait fait ce qu'il devait faire et qu'il ne ferait rien d'autre.

– J'ai respecté la loi, major, je ne peux pas faire davantage.

Son père affirma que lorsqu'on voulait on pouvait faire davantage. André le fusilla du regard. Le major éclata de rire :

– Il faut toujours écouter son père, monsieur. Les anciens savent ce que c'est que l'obéissance, vous plus du tout. Résultat : nous devons fusiller pour faire comprendre.

André était blême. S'il avait pu se rebeller ! Il enviait les gens du maquis d'avoir osé, mais lui, en tant que maire, devait rester en poste pour veiller sur tous. Il savait que, dans certaines communes, les maires avaient été destitués et remplacés, sans élection, par des hommes à la solde de l'occupant et s'il avait démissionné, comme c'était arrivé ailleurs, le commandement allemand aurait désigné d'office un remplaçant. Ici, il en était sûr, c'est son père qui aurait retrouvé sa place de maire pour le plus grand malheur des habitants.

Parfois, il ne se reconnaissait pas. Comme il avait changé depuis qu'il s'était affranchi de l'autorité paternelle. Il en avait perdu sa vie de famille, mais il avait gagné en liberté d'esprit. Il le devait à Roger Berron et à l'instituteur. Seule ombre au tableau, la disparition d'Antoinette. Il pensait tellement à elle. Après cette fichue guerre qui finirait bien un jour, il se mettrait en devoir de la retrouver, et tant pis pour le scandale.

À propos des parachutages, dont lui avait parlé le major, il en parlerait à Yves Lagarde, il avait compris à demi-mot qu'il savait pas mal de choses sur le sujet. Il pourrait peut-être prévenir le maquis du danger que représentait de plus en plus le major.

Effectivement, l'instituteur savait. Pas grand-chose, seulement un nom.

– Je ne te demande pas qui ni où. Si tu peux leur dire de faire attention, fais-le, sinon un malheur pourrait se produire et le village aurait du mal à s'en remettre. Tu dois faire vite.

Demain matin, Yves Lagarde préviendrait celui qu'il pensait connaître. Il ne parla pas de son fils, il était à Bordeaux, et comme apparemment la situation était urgente, il fallait agir ici, sur place.

* *
*

Eugène Coulant fut étonné de voir arriver le premier adjoint. C'était plutôt rare de le voir au milieu des pins, il laissait ce travail au maire, se contentant de s'occuper des affaires courantes de la commune, hors forêt. Il donna un coup de fouet à son attelage, qui tira la charrette chargée de barriques de gemme.

– La récolte est bonne, Eugène ?

Ma foi, avec ce soleil, la résine coulait pas mal. Dommage que le manque de gemmeurs empêche une plus grande production. En attendant des jours meilleurs, il fallait se contenter de ce que l'on avait.

– Vous y croyez, Eugène, aux jours meilleurs ?

Il pensait que oui. Sans doute faudrait-il patienter encore un peu. Yves Lagarde ne savait pas comment engager la conversation. Il se doutait qu'Eugène rendait service au maquis, son fils lui avait laissé entendre qu'un vieux de la région les aidait, grâce aux barriques de résine.

– Des barriques de résine ?

Marc n'avait pas été plus loin dans ses explications. L'instituteur avait eu du mal à faire avouer à son fils qu'il faisait partie d'un réseau. Il connaissait sa fougue et, le milieu étudiant étant volontiers rebelle, il avait vite compris que son fils n'était pas resté les bras croisés. Lui-même, dès qu'il voyait quelque chose de particulier à la mairie, lui rapportait. Des choses simples, comme un complément de ravitaillement laissant entrevoir que des renforts arrivaient, pouvaient être utiles aux résistants. Quand Marc lui avait parlé d'un vieux et des barriques de résine, il avait aussitôt pensé à Eugène. Tout le monde au village connaissait sa haine contre l'occupant et, surtout, il avait été le seul à juger que le Maréchal était le pantin des Allemands. Yves Lagarde se gratta la gorge, décida d'être direct.

– Eugène, si vous connaissez des gens du maquis, informez-les que le major se doute où se trouve leur cache d'armes, et qu'il prépare une descente dès qu'il aura la certitude de l'endroit.

Eugène regarda l'instituteur froidement. Il donna un coup de fouet à son attelage qui s'ébranla d'un ferme coup de collier, laissant son interlocuteur sur le bord du chemin de terre, vélo à la main. Il se retourna quelques mètres plus loin, le regarda et, d'un geste de la main à son béret, lui fit un signe qu'Yves Lagarde interpréta comme un merci.

Eugène se rendit immédiatement à Lagune Vieille. C'est là qu'il cachait le matériel des parachutages. Il lui était livré par un certain Marc, Petit-Pierre et leurs amis, la nuit, dans le bois derrière chez lui, dans une grange délabrée. Là, jusqu'à l'aube, ils mettaient le tout dans des barriques qu'Eugène portait à la cabane de la lagune, à l'aide de son attelage à travers les chemins forestiers, tandis que les garçons repartaient chacun de son côté. Il lui était arrivé de rencontrer des patrouilles, mais elles n'allaient jamais jusqu'à la cache, l'endroit était trop isolé pour être intéressant. De plus, ce vieil homme, au béret crasseux, mal rasé et à l'air pas très net, n'avait rien d'un terroriste. À Lagune Vieille, Eugène cachait le tout dans un trou creusé dans le sable du fond de la cabane, où il avait mis une barrique avec le dessus découpé. Recouvert d'une toile dissimulée elle-même par des aiguilles de pin, on ne devinait rien : ni vu ni connu. De temps en temps, une équipe du Nord-Médoc venait prendre livraison, aucun autre mouvement ne troublait les lieux. Une fois ou deux, il y avait vu le maire, assis sur le banc, appuyé au mur de planches. Il avait attendu patiemment qu'il parte, se demandant bien, ce qu'il venait faire à cet endroit. Il y pensa maintenant, et si c'était lui qui avait parlé au major ? Eugène rejeta vite cette idée. André n'était pas comme son père. Il ne faisait pas bombance avec l'ennemi et était incapable de dénoncer qui que ce soit.

En arrivant près de la cabane, il laissa les mules se désaltérer à la lagune. Un peu d'eau fraîche leur ferait du bien. Après avoir regardé autour de lui si tout était normal, il entra, se dirigea vers le fond. Tout semblait en ordre. Les *grépins*[1] n'avaient pas été grattés, rien ne laissait deviner qu'une cache était dessous. Rassuré, il sortit et s'approcha de ses bêtes. C'est alors qu'une voix s'éleva. Surpris, il se retourna :

– Alors Coulant, tu viens faire boire ton bétail loin de chez toi ? Tu n'as plus d'eau à ton puits ?

Arnaud Lambert ! Comment était-il venu jusqu'ici ? Et pourquoi ? Eugène ne perdit pas son calme. Il répondit que son travail l'avait amené jusque-là et que, voyant l'eau, les mules avaient été attirées.

Arnaud Lambert se félicitait d'avoir suivi son ennemi de la cour de l'école, cet homme détestant Pétain. Il ne savait pas pourquoi, mais il avait le sentiment qu'il trempait dans cette histoire de parachutages. Depuis le jour où il lui avait dit que s'il avait pu il serait parti pour Londres, il se méfiait de lui. Depuis quelque temps, il essayait de le suivre, mais rien de spécial ne s'était produit, sauf aujourd'hui où il n'avait aucune raison d'être à cet endroit. Il s'étonna :

– Ton travail ? Le dépôt de barriques est pourtant loin, et les pins d'à côté ne sont pas gemmés.

Eugène sentit le piège se refermer. Il se dit que, si Lambert entrait dans la cabane, il trouverait vite ce que, sans doute, il devait chercher pour l'indiquer au major. Il fallait trouver une bonne réponse.

– Je vais t'avouer quelque chose, Lambert, mais ne dis rien. J'ai posé trois ou quatre nasses dans la lagune, tu sais qu'elle est poissonneuse et, tous les quatre ou cinq jours, je viens les relever. Ça améliore le quotidien. Voilà toute l'histoire. Maintenant, je m'en vais chercher les barriques pleines dans les pins de Gourdon. Allez, à la revoyure Lambert, et porte-toi bien.

1. Grépins : *aiguilles de pin en patois.*

Il valait mieux s'en aller. Il verrait ses contacts pour décider s'il fallait changer d'endroit.

Arnaud Lambert ne crut pas un mot de son explication. Pour ne pas éveiller les soupçons, il repartit. Il reviendrait seul. Plus tard.

– C'est ça, Eugène, à la revoyure.

Dès son repas terminé, plutôt que de faire sa sieste habituelle, Arnaud Lambert revint vers Lagune Vieille. Il entra dans la cabane. Imagina son fils occupé à caresser Antoinette.

– Quelle andouille, se dit-il, heureusement que je suis encore là pour réparer ses conneries !

À première vue, il n'y avait rien, l'endroit était vide. Pourtant, ce tas de *grépins* à l'intérieur l'interpella. Il regarda le toit, aucun trou assez important ne pouvait en laisser tomber une telle quantité, il avait donc fallu les apporter. Il les repoussa, creusa le sable avec ses mains et, après quelques minutes, vit une toile. Il la souleva, trouva la barrique, l'ouvrit et découvrit des pistolets, des paquets de munitions, des grenades. Il fouilla encore et, là, ses yeux brillèrent et un large sourire illumina son visage : un paquet rectangulaire attira son regard. Il déchira le papier qui l'entourait : de l'argent, des liasses de billets ! Sans hésiter une seconde, il s'en remplit les poches, en mit sur la poitrine entre la chemise et son tricot de corps, puis remit tout en ordre et sortit en sifflotant. Il avait maintenant deux choses importantes à faire : mettre cet argent à l'abri et aller voir le major Kempff.

XVIII

Marc et Lucie s'étaient retrouvés vers midi, place de la Bourse. Ils avaient déambulé dans le centre-ville et, en début d'après-midi, ils étaient montés dans la chambre d'étudiant de Marc sous les toits. La vue était superbe. On dominait la ville, le fleuve et, surtout, on oubliait tous les camions allemands et les soldats qui étaient dans chaque rue, dans chaque quartier. Lucie se sentit bien dans ce havre de paix. Marc la prit dans ses bras. Depuis leur premier baiser, ils s'étaient retrouvés plusieurs fois. Aujourd'hui, maître Figeroux avait envoyé Lucie au bureau des hypothèques, elle ne rentrerait que ce soir à l'étude. Elle avait accepté de monter dans son nid, comme il aimait dire, et elle découvrait un peu sa manière de vivre. Une vraie chambre de célibataire. Devant son air amusé en voyant le désordre, il s'était excusé de ne pas avoir fait un peu de ménage. Lui, fort d'habitude devant les autres, agissant souvent comme un chef, était devenu doux et tendre comme un agneau. Elle le trouva touchant. Il la prit doucement dans ses bras. Leurs bouches s'unirent avec passion. Le lit proche les accueillit. Avec beaucoup de douceur, de tendresse, de délicatesse, il lui fit l'amour. Elle découvrit un bonheur qu'elle ne soupçonnait pas. La vie, à cet instant, prit un autre tournant pour elle.

Les corps apaisés reposèrent en silence. Au bout d'un moment, Lucie, qui caressait les cheveux de Marc, se confia :

– Aujourd'hui, la mal-aimée va bien. Elle a trouvé le complément d'amour qui lui manquait depuis longtemps.

Marc sourit :

– Tant que ça ?

Oui. Toute petite, elle s'était rendu compte qu'on la laissait à l'écart. Ses parents et ses grands-parents s'occupaient de sa sœur, tandis qu'elle restait dans un coin. Les jouets ? Pour Andréa oui, pour elle beaucoup moins. Elle ne comprenait pas cette différence, alors, quand elle avait besoin d'affection, elle se réfugiait chez Melvina. Comme elle était douce. Comme elle était gentille avec elle. Elle lui avait donné une poupée si belle.

– Je l'ai gardée, elle est sur mon lit.

Un jour, elle avait fini par comprendre que, lorsqu'elle était née, toute la famille attendait un garçon. Ce n'était quand même pas de sa faute ! À partir de ce moment-là, elle avait décidé de quitter dès qu'elle pourrait ceux qui ne la désiraient pas. Aussi, lorsqu'on avait proposé à ses parents de la confier à maître Figeroux comme bonne à tout faire, elle avait prié toute la nuit pour qu'ils acceptent. Là, grâce à Marie, elle avait commencé des études. Ses parents ? Elle les voyait de temps en temps, mais ils ne lui manquaient pas. Par contre, elle leur en voulait beaucoup.

– Je n'avais pas le droit d'être aimée comme ma sœur ? C'est de ma faute si je ne suis pas un garçon ? Des parents qui ne comprennent pas ça et qui font passer en priorité des impératifs d'héritage ne sont pas dignes d'être des parents.

Et si elle avait été un garçon, sa sœur l'aurait détestée ? Vraiment, sa naissance était une erreur. Un jour, elle leur dirait tout ce qu'elle avait sur le cœur. Tout.

Marc était surpris de la violence des mots. Lucie la tendre se transformait en Lucie la féroce. Il découvrait chez elle une amertume énorme au fond de son être. Il réalisa combien elle avait souffert.

– Jamais ils ne t'ont dit quoi que ce soit ?

Si. Un jour, à l'étude, son père, qui avait appris le surnom qu'on lui donnait au village, était venu s'excuser.

– Depuis quelque temps, Melvina me racontait qu'il était différent. Pourquoi ? Elle ne savait pas.

À la maison, le climat était très tendu, et les élections avaient fini par détruire la famille.

– Mon père a eu un sacré courage de se présenter contre son père.

– Avec le concours du mien, dit Marc.

Elle savait aussi, comme Marc, que le vieux Lambert était un parfait collaborateur et qu'il était au mieux avec le major Kempff. Un jour, quand tout ça serait fini, il faudrait bien faire les comptes.

– Et surtout les régler, affirma Lucie.

– Allez, pas d'idée de vengeance, recommanda Marc en la serrant contre lui.

Lucie se sentit fondre. Comme elle l'aimait. Une envie forte de se donner de nouveau lui vrilla le ventre. Il la pénétra doucement. Elle eut un râle profond de plaisir qui la fit se soulever, entraînant Marc dans sa propre extase.

* *
*

Le brouillard couvrait la lande. L'avion aurait du mal à larguer les conteneurs. Il restait encore une heure à attendre. Petit-Pierre, avec deux autres hommes accroupis dans les hautes herbes, réfléchissait. Il était inquiet, Eugène lui avait raconté sa rencontre avec Arnaud Lambert à Lagune Vieille. Il faudrait rapidement changer de cachette, ça devenait très dangereux. Il connaissait le vieux Lambert et le savait capable de les trahir. La chouette hulula trois fois. Marc arrivait et donnait le signal. Ils répondirent de la même manière. Marc avait laissé la voiture plus loin, un bruissement d'herbes signala sa présence. Petit-Pierre lui raconta pour Eugène.

– Mon père paraissait inquiet ce soir. Il m'a demandé où j'allais, j'ai simplement répondu : « Comme d'habitude. » Et il m'a dit qu'il était bon, parfois, par prudence de changer ses habitudes. Il a ajouté : « J'ai rencontré Eugène. » Je n'ai pas répondu.

On verrait cette nuit. D'abord le parachutage, ensuite la livraison. Pour la cache, ils en parleraient avec Eugène, il avait sûrement son idée là-dessus.

Un instant plus tard, un ronronnement se fit entendre au loin, se rapprocha rapidement. Il sembla que le brouillard se dissipait un peu, le largage pourrait avoir lieu, les torches furent allumées. Tout se passa bien et l'avion repartit sans problème. Une fois les parachutes et les conteneurs rangés, Marc réunit rapidement les hommes.

– Nous allons au rendez-vous habituel, mais ce soir il va falloir être plus vigilants, nous avons peut-être été dénoncés.

Les questions fusèrent. Par quels salauds ? Il fallait les descendre sans réfléchir. Marc calma tout le monde.

– Petit-Pierre, tu prends le volant et tu fais comme d'habitude, je te suis à cinq cents mètres. Tu fais les signaux habituels des lampes torches pour dire que tout va bien. Si ça devait cafouiller, rendez-vous au point de repli prévu. OK ?

– OK pour tout, répondirent-ils un peu tendus.

Marc passait d'abord chez Eugène, laissant partir les autres qui arriveraient par un autre chemin jusqu'à la grange où étaient rangées les barriques. Les Allemands ne s'étaient jamais aventurés dans ces chemins de sable. Ici, il n'y avait jamais eu de combat, ils avaient lieu plus haut vers le nord. Le coin ne servait que de base arrière pour les munitions. Ce n'était peut-être pas aussi glorieux que de se battre, mais c'était une manière indispensable de participer, et aussi risquée.

Le brouillard, par endroits, se densifiait. Heureusement que l'avion avait été à l'heure, sinon le largage n'aurait pu avoir lieu. Avec cette brume, les Allemands resteraient chez eux cette nuit.

Au carrefour de Chemin-Profond, Petit-Pierre partit tout droit, tandis que Marc tournait à droite pour rejoindre la maison d'Eugène par une passe qui évitait la traversée du village. Arrivé devant la maison, il coupa le moteur. Il vit Eugène s'avancer presque en courant.

– Ne courez pas, Eugène, tout va bien.

Non, tout n'allait pas bien. Il était passé à Lagune Vieille en fin d'après-midi et avait constaté que la cache avait été ouverte.

– Il manque quelque chose ?

Les armes ne manquaient pas, par contre l'argent, lui, manquait.

– Qui ça ? demanda Marc.

– Ma main à couper que c'est le vieux Lambert, ce salaud. Mais, si c'est lui, il ne se sera pas contenté de voler, il aura aussi prévenu le major.

– Bon sang ! rugit Marc.

Sa phrase fut coupée par des tirs de mitraillette.

– Merde, ils se font canarder ! Faut y aller ! hurlèrent les hommes.

Les tirs avaient cessé. Que faire ? C'était sans doute trop tard.

– Putain, jura Eugène, j'espère que nos gars ont pu s'échapper !

– On ne peut pas y aller, dit Marc, il faut se rendre le plus vite possible au point de repli.

– Je viens avec vous, répondit Eugène.

Marc refusa. Il devait laisser faire les jeunes, c'était leur place. Il en avait assez fait. Demain, si l'endroit n'était pas envahi par les Boches, il irait voir s'il manquait quelque chose et rendrait compte.

Marc démarra en trombe. Pour aller au point de repli, il devait prendre la route vers le nord et traverser le village. Il fit rugir le moteur de sa Citroën traction avant noire, passa à vive allure sans voir d'agitation particulière. Une peur mêlée de colère l'avait envahi. Pourvu que l'équipe ne soit pas blessée !

Au bout de la piste gravée, il prit un chemin à gauche, s'enfonça dans la forêt. Il allait trouver un camp dans lequel séjournaient une vingtaine d'hommes venant tous du front du Médoc. Ils venaient ici prendre livraison d'armes, d'argent, se reposer quelques jours, soigner quelques blessures, ou parfois aider des prisonniers évadés à partir vers les Pyrénées et l'Espagne. En arrivant, il constata une agitation anormale pour cette heure. Il était minuit passé et, à part les gardes, tous, normalement, dormaient. Il aperçut la Citroën, mais ne vit pas son copain.

– Où sont-ils ?

Jean Gaillard s'approcha. Ils avaient été accrochés par une patrouille allemande qui semblait les attendre. Ils avaient riposté tout en continuant de rouler, mais lui avait été obligé de prendre le volant à la place de Petit-Pierre, touché.

– C'est grave ?

Jean Gaillard baissa la tête.

– Je crois que oui, il faudrait voir un toubib. Vite.

Marc fonça vers l'endroit ou était le blessé. Il avait perdu beaucoup de sang.

– Tu vas t'en sortir.

Il fit non de la tête. Fit signe à Marc de s'approcher. Lui parla à l'oreille.

– Non, répondit Marc, un docteur d'abord. Je vais le chercher.

Un homme s'approcha. Il était docteur, faisait partie du maquis et avait été appelé par le chef dès l'arrivée du blessé.

– Je l'ai ausculté à son arrivée. Il fait aussi une hémorragie interne, il en a pour deux, trois heures tout au plus. Il est au courant. Je ne sais pas ce qu'il te demande, mais fais-le si tu peux, et vite.

Marc prit sa tête entre ses mains et craqua, il fondit en larmes, des larmes alimentées par une colère énorme.

– Je vais faire la peau à ce salaud de vieux Lambert.

Il pensa à Lucie. C'était sûrement son grand-père qui avait dénoncé l'équipe. Il allait payer. En plus, le blessé exigeait qu'il aille chercher le maire, il devait à tout prix lui parler avant de mourir.

– Mais pourquoi ? hurla-t-il.

Pour toute réponse, il se contenta de sourire.

Une heure après, Marc revenait avec André Lambert. Il amenait dans un camp de résistants le père de celle qu'il aimait, qui appartenait elle-même au réseau qui venait, peut-être, d'être démantelé par la dénonciation de son grand-père ! Et Petit-Pierre, qu'avait-il donc d'important à révéler au maire avant de mourir ?

* *
*

Lorsque André sortit de la pièce, il était livide. Il partit s'asseoir sur un tronc d'arbre, plus loin, au bord d'un fossé. Il mit la tête entre ses mains. Il ne pouvait pas croire ce que Petit-Pierre lui avait murmuré. Murmuré, parce que ses forces l'abandonnaient. Pourtant, il était calme, détendu. La tête baissée, maintenant, André pleurait doucement. Ce garçon était un grand. Celui que tous avaient pris, y compris lui,

André, pour un minus, un pochard, un quelconque, était très grand. Le grand Gustave pouvait être fier de son fils. Il venait, aux yeux du maire, d'être deux fois un héros. Une fois pour avoir osé entrer en résistance, alors que d'autres attendaient tranquillement que la guerre cesse, et une deuxième fois pour l'avoir prévenu d'une chose qui allait obligatoirement changer sa vie : il lui avait appris que sa sœur Antoinette avait été envoyée de force en ville, par Arnaud Lambert, avec mission à sa famille de n'en rien dire à personne. Dans un souffle, il lui avait appris :

– Ton père connaissait le secret de ma sœur pour vos rendez-vous à la cabane de Lagune Vieille.

André avait explosé :

– Et alors, ce n'était pas une raison pour la faire partir !

Petit-Pierre avait souri faiblement et avait ajouté :

– Elle est partie chez les sœurs, loin du village, pour accoucher de ton enfant, André. C'est un garçon.

André avait cru défaillir. La nouvelle l'avait assommé. Antoinette l'avait fait père d'un fils. Tout tournait dans sa tête.

– Tu devais savoir la vérité, André, tu feras ce que tu voudras. Une dernière chose, Lucie, ta fille, est une chic fille. Elle a du cran.

Ses yeux s'étaient brouillés. Il avait appelé une dernière fois sa mère et son bras, posé sur sa poitrine, était tombé sur le côté. Son visage était serein.

André partit au village. C'était à lui d'annoncer la nouvelle à Louise. Quand elle le vit, son fils n'étant pas rentré au petit matin, elle comprit.

– Il lui est arrivé quelque chose.

André fit oui de la tête. Des larmes coulaient sur ses joues. Louise poussa un hurlement de douleur.

– Pardon Louise, pardon pour tout. Petit-Pierre m'a dit pour Antoinette. Tu viens de perdre un fils, et moi, le même jour, j'apprends que j'en ai un.

À son arrivée à la mairie, André comprit que le village était en ébullition. Yves Lagarde l'attendait. Tôt ce matin, les Allemands avaient tiré sur des résistants vers Lagune Vieille, qui avaient réussi à s'enfuir. Par contre, ils avaient ramené Eugène Coulant à la Kommandantur et on ne donnait pas cher de sa peau. En plus, le major Kempff cherchait le maire partout depuis un bon moment, et maintenant il l'attendait dans son bureau, et vociférait. Quand il vit André, il hurla encore plus fort :

– Monsieur le maire, la sécurité dans votre commune n'est plus assurée ! Vos administrés sont des terroristes ! Nous avons arrêté un certain Eugène, il est interrogé par mes soldats et le feldwebel Muller et, nul doute, il parlera. J'ai aussi des soldats blessés. Je vous préviens, monsieur le maire, s'ils meurent, je fusille dix otages par soldat mort ! Compris ?

Le maire avait bien compris. Le major parti, il s'enferma avec son premier adjoint dans le bureau. Il connaissait cette cache ? Non, mais il savait, comme beaucoup, qu'un réseau existait dans le coin.

– Mon fils m'en a glissé un mot, mais la discrétion est telle que je ne connais pas de noms de résistants. Après que tu m'as rapporté les propos du major à ton père, j'ai eu peur. Je suis allé en forêt pour voir Eugène. Par déduction, j'avais pensé à lui.

Il n'était pas le seul, puisque le major l'avait fait arrêter.

– Eugène, dit André, je suis sûr que c'est mon père qui l'a dénoncé. Il n'a pas caché sa haine du pouvoir actuel. Je te promets que celui-là, il paiera cher tout ce qu'il m'a fait.

Yves Lagarde le regarda, surpris.

– Il t'a fait tant que ça ?

André ne pouvait rien révéler, mais un jour la vérité éclaterait au grand jour.

– Ce jour-là, ce sera la grande lessive dans la famille Lambert.

En fin de matinée, une voiture emmena Eugène à Bordeaux, il y serait interrogé, tandis qu'une autre ramenait Petit-Pierre chez sa mère. Dans l'après-midi, Marc se rendit chez son père. Il tomba dans ses bras en pleurant.

– Tu te rends compte, dit son père, ça aurait pu être toi. Ta mère serait morte de chagrin.

À ce moment-là, Yves Lagarde vit une jeune fille descendre de la voiture qui avait amené son fils. Elle hésita et s'avança. Marc lui prit la main, la présenta à son père :

– Papa, voici Lucie Lambert, la fille du maire. Après la guerre, nous allons nous marier.

L'instituteur fut abasourdi. Il se doutait bien que son fils avait une copine, mais la fille du maire ? Et se marier ?

– Elle fait partie de nos amis, si tu vois ce que je veux dire.

Il voyait très bien. Il vit surtout le danger que ça représentait, mais quelque part, il ressentit une immense fierté. Son fils était dans la Résistance et son amie aussi. Ces jeunes avaient un culot monstre ! Un courage incroyable, ou alors une parfaite inconscience du danger.

– Sans doute, répondit Marc, mais tu verras qu'un jour tout ça finira par payer.

Pour l'instant, les parachutages étaient compromis. Il fallait d'abord recréer une cache.

– Celle de Lagune Vieille a été pillée.

– On vous a pris des armes ?

Des armes non, mais de l'argent oui. Et seulement de l'argent. Yves Lagarde ne put s'empêcher de penser au vieux Lambert. Les paroles du major, la visite d'André pour le prévenir, le pillage, l'attaque des résistants, tout ramenait ces événements à la conversation entre le major et André, devant son père. Et sa petite-fille qui voulait se marier avec son fils ! Quelle ironie !

Yves Lagarde regarda Lucie.

– C'est vous qui travaillez chez maître Figeroux ? On ne vous voit pas souvent au village.

Exact. Mais elle n'avait pas grand-chose à y faire.

– Alors ils ne savent pas que vous et mon fils… ?

Non, personne ne savait, mais elle se passerait de leur accord et, si le mariage se précisait, elle attendrait sa majorité pour n'avoir rien à leur demander.

Pour l'instant, l'urgent était d'aider Louise Maleyran.

– Et sa sœur, demanda soudain Lucie, il avait bien une sœur, tu te souviens, Marc, il nous en a parlé.

Effectivement, mais du jour au lendemain, elle avait disparu on ne sait où, et personne n'avait de ses nouvelles. Il faut dire que la Louise ne se répandait pas en bavardage, le grand Gustave avait fait le vide autour de la famille et son fils n'aimait pas parler de ces choses-là.

– Et Louise sera bien trop éprouvée pour indiquer où elle se trouve.

* *
*

On enterra Petit-Pierre dans un coin du cimetière, simplement. La messe fut vite célébrée car le curé n'aimait pas les terroristes, il prit quand même le temps de dire que la désobéissance n'était pas un péché mortel, mais qu'elle pouvait entraîner la mort, ce qui blessa encore plus Louise. Estelle, de son magasin, vit peu de monde suivre le cortège, sans doute la peur de l'occupant qui aurait peut-être pris les présents pour des sympathisants de la Résistance. Marc et Lucie eux-mêmes, par prudence, n'y avaient pas assisté, pour leur plus grande peine. Le lendemain soir, discrètement, ils vinrent avec quelques autres déposer une gerbe sur la tombe fraîche et y plantèrent un drapeau tricolore.

XIX

APRÈS LES OBSÈQUES, André était rentré chez lui rapidement. Petit-Pierre enterré, il allait pouvoir s'expliquer avec son père. Jusqu'à présent, il avait gardé son calme, maintenant c'était fini, il allait exploser.

Il entra dans la maison en appelant d'une voix forte :

– Arnaud Lambert, où es-tu ? Viens, j'ai deux mots à te dire.

Les femmes, sentant le danger au ton de la voix, s'étaient prudemment éclipsées. Elles ne supportaient plus l'ambiance pourrie de cette maison. Les deux hommes se détestaient à un point qu'elles ne pouvaient plus prendre parti ni pour l'un ni pour l'autre sans risquer de déclencher d'énormes colères. Les repas se faisaient par épisodes, chacun évitant soigneusement l'autre. La famille semblait éclatée. Amélia ne savait plus que penser de son mari. Entre eux, le désert de silence s'agrandissait chaque jour. De temps en temps, elle l'avait appris par son beau-père, André voyait Lucie et paraissait s'entendre avec elle. Cette nouvelle avait mis Andréa en colère. Ne serait-elle plus en odeur de sainteté ? Pourtant, dans cette maison, un jour, elle prendrait le relais des anciens. Son grand-père lui confiait déjà des astuces, lui donnait des conseils et avait même défini, avec elle, le portrait du mari idéal. Il le fallait vaillant, souple au commandement, et surtout il ne faudrait jamais qu'il oublie que la patronne c'était elle. On ne lui demandait rien d'autre que de travailler. L'amour ? « Foutaise, avait-il dit, il ne sert à rien. » Andréa n'avait pas osé lui avouer que Régis, le fils Aymat, lui plaisait, et qu'il lui avait même volé un ou deux baisers à la dernière fête. Elle pensait souvent à lui et, chaque fois que leurs regards se croisaient, sentait confusément du plaisir. Peut-être un jour oserait-il ? Depuis quelque temps, elle ne le voyait plus. Peut-être avait-il une fiancée ailleurs ? À cette idée, le chagrin l'envahissait.

– La vie, avait poursuivi le grand-père, c'est travailler, amasser des biens et faire des enfants pour perpétuer la tâche commencée par les ancêtres.

Andréa s'était inquiétée, logiquement, son père hériterait avant elle. Oui, mais la part de sa mère pourrait lui revenir directement.

– Et Lucie ? avait-elle demandé.

Aucun problème, avec un peu d'argent, l'affaire serait réglée.

– Elle est devenue une fille de la ville, la terre, elle s'en moque, elle préférera porter des souliers fins que des sabots. Crois-moi, tu es la seule qui mérite dans cette maison.

Il lui avait même donné une recommandation qui l'avait un peu troublée : elle devait se méfier de son père, il n'était pas l'homme honnête que l'on imaginait.

– Moi-même, je ne croyais pas mon fils capable de faire certaines choses.

Il avait ajouté sur un ton de reproche :

– Il est la honte de la famille.

Andréa s'était confiée à sa mère. Elle aussi se demandait ce que signifiaient ces paroles. Peut-être à cause de la mairie ? Sans doute, se disait-elle pour se rassurer, parce que André, bien que le mariage ait été arrangé, elle l'avait aimé et, au fond d'elle-même, elle l'aimait encore. Et tout ça à cause de cette petite peste de Lucie ! En plus, alors qu'on la consacrait à être une éternelle bonniche, voilà qu'elle allait être clerc de notaire, un comble ! Si ça se trouve, elle connaissait tout des affaires des Lambert, alors que ça ne la regardait pas !

Dans la cuisine, André criait toujours autant, ajoutant des injures à sa colère :

– Arnaud Lambert, nom de Dieu ! Montre-toi si tu as du courage !

Arnaud Lambert parut dans l'encadrement de la porte.

– Pourquoi tu gueules comme ça ? C'est ainsi que tu appelles ton père ?

André se rua sur lui, il ne broncha pas. Du coup, il freina son geste. Depuis trois jours qu'il savait la vérité sur Antoinette, il s'était répété maintes fois la manière de s'expliquer. La manière forte, il n'y avait que la manière forte, avait-il décidé. Maintenant, devant le vieux, comme il l'appelait parfois, une forme de respect l'en empêchait, toutefois, en aucun cas il ne devait faiblir. Il le regarda droit dans les yeux.

– Tu as raison, je ne devrais pas t'appeler comme ça. Tu mérites mieux. Aujourd'hui, je sais beaucoup de choses sur ta conduite et je t'ai trouvé un nom qui te va comme un gant : Judas.

Arnaud Lambert blêmit. Serra les poings. Il eut une envie folle de gifler son fils. Il se maîtrisa, il valait mieux contourner l'obstacle.

– Si tu veux parler de l'accident de Petit-Pierre, je n'y suis pour rien.

« Un accident ? » rugit André, une embuscade oui, parce que quelqu'un avait signalé l'endroit au major, il ne pouvait pas en être autrement. C'était un crime, rien d'autre. Arnaud Lambert fit l'étonné. Il n'avait rien dit de précis au major, seulement qu'il avait remarqué des mouvements autour de la cabane de Lagune Vieille qui lui avaient paru bizarres. Il ne pensait pas que ça finirait de la sorte. Et Eugène, lui demanda André, il s'était vengé de lui parce qu'il était pour de Gaulle ? En ce moment, le vent tournait et le major risquait un jour d'avoir chaud aux fesses, il n'avait qu'à bien se tenir.

– Bon, c'est tout ?

– Oh non, ce n'est pas tout ! L'endroit a été visité, il ne manquait pas d'armes, seulement de l'argent. Curieux non, tu n'as aucune idée ?

– Tu me traites de voleur ?

André ne répondit pas. Aucune preuve n'existait contre son père. Il faudrait un hasard extraordinaire pour retrouver le voleur de ces fonds destinés à armer ceux qui allaient sauver le pays. Parce qu'ils allaient le sauver, maintenant tout le monde le pensait. L'espérait. Le souhaitait.

– Alors, puisque tu n'as pas de preuves, je m'en vais, à moins qu'il y ait autre chose ?

André s'approcha de lui. Le regarda droit dans les yeux.

– Oui, il y a autre chose et tu le sais très bien. Qu'est devenue Antoinette Maleyran ?

Germaine et Amélia écoutaient la dispute depuis la pièce à côté. Au nom d'Antoinette, elles se regardèrent, surprises que ce nom soit cité. Quel rapport avec la Résistance ? À cause de la mort de son frère ?

À la question, Arnaud Lambert avait froncé les sourcils, André devina qu'il dominait sa colère. Pourtant, il fit l'innocent :

– Explique-moi pourquoi je devrais savoir où est passée la fille de Louise ? Va plutôt lui demander à elle.

– Tu es sûr que tu ne sais pas ? J'attends !...

Son père fit un pas vers son fils. La colère, la haine même, se lisait sur son visage. À son regard, André sut tout ce qu'il pensait de lui.

– Tu veux vraiment étaler ta vie privée au grand jour, mon fils ? Tu crois qu'un maire peut se permettre ce luxe ? Au fait, ta femme sait ?... Ah, pas encore. Tu vois, je ne lui ai pas dit, j'espérais que tu le ferais. Tu n'en as pas eu le courage ?

Germaine et sa belle-fille ne comprenaient plus ce qui se passait, c'est à ce moment qu'André les appela :

– Je sais que vous écoutez derrière la porte. Amélia, viens, il faut que tu entendes en face ce que je vais déclarer.

Elle entra. La panique s'emparait d'elle. Jamais elle n'avait vu son mari dans un état pareil. Les disputes précédentes n'avaient jamais été aussi fortes, André laissant toujours le dernier mot à son père. Aujourd'hui, sa détermination lui fit peur.

– Antoinette a disparu depuis fin 36 et, avant de mourir, Petit-Pierre, par bribes, m'a informé que mon père l'avait envoyée, avec l'accord de sa mère et un peu d'argent, chez les sœurs à Bordeaux.

Arnaud Lambert dit fielleusement à son fils :

– Tu ne donnes pas la raison pour laquelle j'ai fait disparaître cette fille ?

André afficha un grand sourire.

– Oh si ! Antoinette était ma maîtresse. Elle était enceinte, je ne le savais pas. Quand mon cher père l'a appris, je ne sais comment, il a fait disparaître la fille et l'enfant. C'est tout, l'histoire s'arrête là.

– Je l'ai fait pour sauver ta réputation, hurla-t-il, et celle de la famille !

Amélia était atterrée. Tout tournait dans sa tête. Elle tomba sur une chaise, manqua tourner de l'œil. Son mari avec cette fille, celle dont tout le monde riait au village ! Si ça se savait, c'en était fait de leur réputation. Elle entendait déjà les commentaires des femmes du lavoir : « Le maire fait sa femme cocue avec la simplette du village. » À partir de là, toutes se feraient un malin plaisir à imaginer pourquoi, comment et les éclats de rire résonneraient dans toute la commune. Heureusement que son beau-père avait agi vite et bien. Elle finit par laisser échapper un flot de paroles :

– Ton père n'est pas comme toi, il pense à l'honneur de la famille ! Comment tu as pu me tromper avec cette... cette...

André la coupa :

– Cette simplette, dis-le, cette simplette. Amélia, cette fille a fait de moi un homme. Tu sais pourquoi ? Elle m'a aimé avec son cœur, sans penser à un quelconque intérêt. Elle m'a ouvert les yeux sur moi-même. Sans le savoir et sans le vouloir, elle m'a permis de mieux me connaître, de devenir libre de mes actes. Elle m'a également ouvert les yeux sur ma fille, que tous, au village, appellent la mal-aimée. Vous le saviez ? Grâce à Antoinette, j'ai retrouvé Lucie et j'ai commencé à l'aimer comme elle aurait dû l'être depuis toujours. Grâce à Antoinette, j'ai retrouvé le plaisir d'aimer, ce dont tu me privais depuis longtemps, Amélia, et elle m'a donné un bonheur que j'ignorais jusqu'à ce que Petit-Pierre me l'annonce : elle m'a donné un fils !

Un silence épais s'abattit sur eux. Tout était trop dur à avaler. Chacun se réfugia dans un mutisme qui allait sûrement durer longtemps. Leur vie se ferma comme on ferme les volets d'une maison après un décès, en attendant qu'elle ait fait son deuil. Une longue nuit commençait. Seul André était libéré de tout. À cet instant, le garde champêtre arriva en trombe : un soldat allemand blessé dans l'embuscade était mort, le major Kempff attendait le maire de toute urgence à la mairie pour qu'il lui livre dix otages du village.

* *
*

Le maire hurlait contre le major. Il n'y avait aucune raison qu'il donne les noms de dix personnes pour venger le soldat mort. Il entra en résistance.

– Est-ce que moi, je vous demande dix soldats pour la mort d'un habitant de ce village ?

Le maire crut que le major allait le gifler. Il hurlait. Avait-il oublié qui était le vainqueur ? Avait-il oublié que cet homme était un terroriste ? Qu'il n'avait pas hésité, avec ses comparses, à tirer sur des Allemands ?

– Je veux dix noms avant demain, monsieur le maire, sinon je réunis le village et je choisis moi-même !

André répondit fermement :

– Lâchez Eugène et nous verrons ce que nous pourrons faire.

Eugène ? Mais voyons, il n'en était pas question. On ne lâchait pas un homme qui osait dire du mal du Maréchal.

André réalisa aussitôt d'où le major tenait ces informations. Il partit immédiatement chez lui, se rua de nouveau sur son père :

– J'ai compris que c'est toi qui as parlé d'Eugène au major en lui signalant que, n'aimant pas le Maréchal, il était un terroriste potentiel. Pour les mouvements autour de Lagune Vieille, c'est toi aussi, il t'avait suffi de pister Eugène et son attelage. En l'indiquant, tu es devenu le complice des assassins de Petit-Pierre. C'est simple, tu vas expliquer à cet imbécile de Boche qu'il doit se calmer. Je ne lui donnerai aucun nom pour les otages. Pour le convaincre, tu as deux arguments : le premier, dans peu de temps, cette guerre, il va la perdre ; le second, s'il aime l'argent, donne-lui celui que tu as volé dans la cabane. Je ne me trompe pas, c'est bien toi ? Comme ça, il pourra s'acheter un nouvel avenir. Et malin comme tu es, grâce à cette action, tu pourras même faire croire que tu n'as pas été un collabo ! Tu as jusqu'à demain pour réfléchir. Salut.

Et il s'éloigna.

Arnaud Lambert ne savait plus que penser. Il se sentait un peu dépassé par la situation. Celle-ci prenait un tournant qu'il n'avait pas prévu. Étant au courant que la Résistance et les Alliés s'organisaient de plus en plus, cette guerre, inévitablement, allait cesser. L'occupant quitterait le pays et, ce jour-là, malheur à ceux qui l'auraient aidé, même un peu. Ce serait la chasse aux collabos. Il n'avait pas vraiment aidé les Allemands et avait même le sentiment que, dans le village, ça s'était plutôt bien passé. Certes, ils avaient fait de bons repas, alors que d'autres ne mangeaient pas à leur faim, c'était tout, on ne pouvait rien lui reprocher d'autre. Si c'était le cas, il pourrait toujours répliquer qu'il invitait le major à sa table pour le rendre moins mauvais envers la population. Quant aux accusations de son fils, il n'y avait aucune preuve et il n'y en aurait jamais. Pourquoi donc se mêlerait-il de cette affaire ? Ah, s'il avait eu des responsabilités en tant que maire, c'eût été autre chose. Les gens du village lui avaient préféré son fils ! Eh bien, qu'ils assument leur choix !

* *
*

Le village était en émoi. Tous attendaient les noms des otages avec inquiétude. Ils avaient appris que le maire refuserait de les nommer et que dans ce cas-là le major les désignerait au hasard. Dès qu'il avait été mis au courant par André, Yves Lagarde avait pris le train de midi pour Bordeaux. À la gare Saint-Louis, le tramway numéro 7 l'avait emmené en centre-ville. De là, il s'était rendu dans le quartier Saint-Michel, dans un bar où son fils avait ses habitudes. Il le trouva en compagnie de deux autres étudiants. Sa présence l'étonna.

– Papa, qu'est-ce qu'il t'arrive ? Tu as l'air bien soucieux.

Son père expliqua ce qui se passait au village. La mort du soldat allemand. La décision du maire de ne pas donner de liste d'otages au major.

– André a été voir son père et lui a donné l'ordre de convaincre le major d'annuler sa demande.

Il ne savait pas ce que le vieux ferait. Il y avait urgence. Marc réfléchit un instant. Prit ses copains à part. Revint vers son père. Le rassura. Il pouvait partir tranquille, cette nuit, les gars du réseau feraient en sorte qu'Arnaud Lambert aille persuader le major.

– Vous n'allez pas faire de bêtises au moins ?

Marc sourit. À ce niveau de l'action, le mot « bêtise » était bien puéril et ils n'étaient plus des enfants.

À ce moment-là, Lucie entra dans le bar.

– Ah, dit un copain de Marc, corvée d'hypothèque ?

– Eh oui, répondit-elle en souriant, et cette corvée n'a pas que des inconvénients, n'est-ce pas Marc ?

Elle l'embrassa, salua Yves Lagarde, demanda des nouvelles du village. Marc la prit par les épaules, l'amena dans le fond de la salle, lui raconta tout. Au bout d'un moment, elle se leva, déterminée : ce soir, elle irait avec eux. Non, ce n'était pas la place d'une fille. Il y avait du danger.

– Les Allemands sont plutôt nerveux, prévint Yves Lagarde, ça peut être dangereux.

Marc le rassura. Ils n'allaient pas attaquer l'ennemi, seulement convaincre Arnaud Lambert de dénouer cette affaire d'otages, grâce à ses « relations privilégiées ». Rien d'autre.

Rien d'autre, c'était déjà énorme comme mission. Si le vieux Lambert reconnaissait quelques résistants et s'il bavardait, ça pourrait être très dangereux. Marc rassura son père, il ne verrait pas leurs visages. Pour Lucie, il fut ferme, l'opération se ferait sans elle.

Elle insista, dit qu'elle connaissait parfaitement les lieux et que son aide pourrait s'avérer précieuse. De plus, la maison de sa nounou, Melvina, pouvait, si ça devait mal tourner, servir de base arrière pour se cacher. Elle n'ouvrirait qu'à elle, et à personne d'autre. Marc finit par se laisser convaincre, puis, se tournant vers son père, ajouta avec un air de résignation amusée :

– Elle sait ce qu'elle veut, elle arrive toujours à ses fins. Une vraie Lambert !

* *
*

La voiture resta à une distance suffisante de chez les Lambert pour ne pas éveiller les soupçons. Quatre hommes en descendirent, se dirigèrent vers la grange du fond en se fondant dans la nuit. Là, ils attendirent. Au bout d'un moment, ils virent sortir Arnaud. Lucie avait dit vrai :

– Je sais que tous les soirs, après avoir dîné, mon grand-père sort et va vérifier si les granges sont bien fermées. D'après Melvina, il prétend que les maquisards sont des voleurs, alors il prend ses précautions.

Cette remarque avait mis Marc et ses amis en colère. Eux, des voleurs, alors qu'ils se rebellaient contre l'occupant ? Ils se doutaient qu'il y avait des excès, que certains profitaient de la guerre pour régler leurs comptes personnels, mais la très grande majorité était constituée d'hommes droits et honnêtes qui avaient sacrifié leur vie privée en prenant des risques énormes pour que cette occupation cesse au plus vite. Que dire alors des collabos qui, pour la plupart, avaient été recrutés chez les truands notoires, ils étaient honnêtes ceux-là ?

Arnaud Lambert s'avança vers la grange, se retourna, écouta autour de lui les bruits de la nuit. Elle était calme. Le dernier croissant de lune donnait une pâle lueur qui permettait, une fois les yeux habitués, de se diriger sans trop de problème. Il arriva devant le parc à cochons, vérifia que le gros verrou était bien cadenassé, puis s'approcha de la grande grange. Il ouvrit la porte, regarda à l'intérieur avec une torche électrique, se recula et referma. C'est à ce moment-là que Marc et ses complices lui tombèrent dessus. Il n'eut pas le temps de crier, la cagoule qu'ils lui mirent sur la tête l'en empêcha. Il fut traîné jusqu'à la voiture, qui démarra doucement.

Quelques kilomètres plus loin, ils lui enlevèrent sa cagoule, il distingua quatre ombres autour de lui. Il hurla :

– Bande de voyous ! Vous allez me le payer cher, nom de Dieu ! Relâchez-moi tout de suite.

Une gifle brutale le calma.

– On se tait, Lambert. On n'aime pas les collabos, alors tu fermes ta gueule et tu nous écoutes, compris ?

Ils le redressèrent brutalement. Dans la pénombre, il reconnut Lagune Vieille. « Décidément, ce lieu est maudit », pensa-t-il. Ils l'approchèrent de la lagune, lui détachèrent les poignets qu'il se frotta, lui tendirent une pelle.

– Allez Lambert, creuse ta tombe, tu vas payer pour toutes tes saloperies.

Il se rebiffa, voulut s'échapper, mais fut vite rattrapé. Sous la menace, il prit la pelle et commença à creuser. Marc n'aimait pas ce qu'il faisait. Il est des circonstances où les choses sont comme ça, pas belles du tout, seul comptait le résultat. L'essentiel. Il sentit qu'Arnaud Lambert tremblait. De colère ? De peur ? Il ne savait pas. Si Lucie voyait son grand-père, elle aurait mal.

Puisqu'elle avait voulu participer à l'opération, Marc avait donné une autre mission à Lucie, délicate et importante. C'est d'elle que dépendait le succès de cette nuit.

Régis Aymat appartenait au réseau Arsène. Un bon petit gars qui travaillait dans la petite ferme de son père. Comme beaucoup, il avait rejoint la Résistance au moment du S.T.O. Un jour de cafard, il s'était confié à Marc. Il était amoureux d'Andréa, la fille du maire, et il avait bien compris qu'il ne serait jamais accepté par la famille, d'un autre rang que la sienne. Pourtant, il avait cru comprendre qu'il ne lui était pas indifférent. Quand leurs regards s'étaient croisés, il avait décelé une forme de complicité qui ne demandait qu'à éclore. Chaque fois qu'il avait pu, il s'était trouvé sur son chemin, à la quête d'un sourire, d'une parole gentille. L'attitude d'Andréa avait conforté ses attentes et l'espoir de l'épouser avait fait son chemin. Bof, ça ne se ferait sans doute jamais. Sa peine avait touché Marc. Il avait oublié ces confidences jusqu'à hier. En échafaudant un plan pour la mission de ce soir, il avait songé aussitôt à Régis. Il lui proposerait un objectif précis, qui serait la clé de la réussite de l'opération. S'il aimait cette fille, il devait tenter sa chance, ça servirait la Résistance. C'est dans ce plan qu'entrerait aussi Lucie.

Régis avait été surpris. Comment une histoire d'amour qui existait à peine servirait la Résistance ? Et Andréa, comment réagirait-elle ? Marc lui avait affirmé que ça allait être un véritable test. Après ce soir, il saurait si cette fille l'aimait vraiment comme il le croyait. Régis avait fini par accepter.

Ce même soir, dès qu'Arnaud Lambert aurait été transporté à Lagune Vieille, il devait frapper à la fenêtre de la chambre d'Andréa.

– Mais je ne sais pas où elle est.

– Lucie le sait, elle te montrera.

Aussitôt la voiture disparue dans le chemin de terre, Régis cogna doucement à la fenêtre que lui avait indiquée Lucie, restée dans un autre véhicule caché dans la forêt proche.

Après avoir frappé deux ou trois fois, il entendit Andréa demander faiblement ce qui se passait.

– C'est moi, Andréa. Régis. Régis Aymat.

Andréa fut surprise. Régis ? À cette heure-ci ? Et pourquoi ? Elle fut troublée. Réfléchit un instant. Elle ne pouvait pas ouvrir à un homme, la nuit. Si sa mère entendait ou encore pire son grand-père, Régis risquait gros et elle aussi. D'autant que la conjoncture actuelle n'était pas au beau fixe et que son grand-père était de très mauvaise humeur. Il continua de l'appeler doucement. Lui aussi était troublé, partagé entre cet amour qu'il éprouvait pour elle et cette mission qu'on lui avait confiée. Si on découvrait son rôle, il se dit que c'était le plus sûr moyen de ne jamais être admis par la famille. Marc avait trouvé les phrases qu'il fallait pour le convaincre. Il insista :

– Andréa, s'il te plaît, ouvre. J'ai quelque chose de très important à t'annoncer.

Derrière la fenêtre, le silence régnait toujours. Il n'hésita plus et décida de jouer le tout pour le tout.

– Andréa, je vais sans doute partir pour le S.T.O. On me cherche de plus en plus et je voudrais bien te voir avant de m'en aller, parce que… – il se tut un instant –… parce que je t'aime.

Derrière le volet, Andréa laissa couler une larme de bonheur. Elle aussi l'aimait. Le S.T.O. allait lui ravir son amoureux. Reviendrait-il ? On entendait tellement de choses sur tout ça ! Elle se décida rapidement, jeta une veste sur ses épaules, ouvrit la fenêtre et l'enjamba. Aussitôt, il la prit maladroitement dans ses bras et l'embrassa. Il l'entraîna vers la voiture.

– Régis, on est fous de faire ça.

– Pas du tout, Andréa, dit une voix derrière elle, il ne faut pas refuser l'amour quand il frappe à la porte.

Andréa se retourna vivement et vit sa sœur. Elle eut un mouvement de panique. Régis lui prit les mains, la rassura. Ce n'était pas un piège, il l'aimait vraiment, il était recherché, c'était vrai aussi. Lucie était émue de voir sa sœur. Depuis le temps ! Elle ne lui en voulait pas. Elle n'y était pour rien et avait été un pion, comme elle, dans cette famille. Ses paroles à son égard furent gentilles, aimables.

– Andréa, nos parents nous ont élevées l'une contre l'autre. Pourquoi ? À cause des principes de grand-père. Il fallait un garçon pour continuer la tradition familiale. Si tu réfléchis bien, à ta naissance comme à la mienne, ils ont été déçus, c'est pour ça qu'ils ont souhaité avoir un autre enfant. Donc tu as été un peu comme moi, un obstacle à leurs projets. Nous sommes sœurs, Andréa, et j'ai besoin de toi pour mon équilibre.

Ces phrases sonnaient bizarrement à l'oreille d'Andréa. Elle leur trouvait une logique terrible. Ainsi, sa naissance aussi aurait déçu ses parents ? Elle pensait aussi aux paroles de son grand-père concernant le garçon qu'elle épouserait. Elle savait que voulant tout régenter il n'accepterait jamais Régis. Il n'avait aucun bien, si modeste soit-il, pourtant elle l'aimait, deux choses incompatibles pour Arnaud Lambert. Elle se sentit prisonnière d'un projet familial. Elle eut un sursaut : quand même, la famille c'était important, non ?

– Oh oui, répondit Lucie, si tu savais comme elle m'a manqué cette famille qui me mettait à l'écart de tout. Cette famille qui m'a envoyée loin d'ici comme pour me punir, comme pour se débarrasser de moi. Et, curieusement, c'est loin d'ici que j'ai trouvé mon bonheur. Mon équilibre. Un jour, Andréa, la mal-aimée leur montrera sa personnalité. Je suis forte parce qu'ils m'ont forgée dans leur indifférence. Heureusement, papa s'est rendu compte de tout ça il y a longtemps. Il me l'a confié.

Son père. À la maison, on ne lui disait pas du bien de lui. Lucie s'étonna. Andréa se lâcha :

– Grand-père m'a expliqué que papa n'était pas l'homme qu'on croyait et qu'il n'était pas honnête.

Lucie gronda presque. Lui parla du comportement du grand-père, ce qu'on lui reprochait, ce qui se passait cette nuit. Les raisons de sa présence en ces lieux.

– Nous avons besoin de toi, Andréa, grâce à toi, nous allons peut-être éviter des morts.

Des morts ? Elle frémit. Comment ça ? Simplement en acceptant de rester avec eux jusqu'à demain midi. Régis se fit tendre.

– S'il te plaît, j'aimerais tellement que tu restes un peu avec moi.

Elle baissa la tête, réfléchit un moment.

Oui, elle voulait bien rester.

XX

ARNAUD LAMBERT AVAIT LE MARCHÉ EN MAIN : il devait convaincre le major Kempff, par tous les moyens, de renoncer à désigner des otages. Ces dernières heures avaient été un vrai supplice. Les voyous ! L'obliger à creuser sa tombe. Il convenait qu'il avait eu très peur, ces jeunes semblaient tellement déterminés. Pendant un bon moment, il avait cru sa dernière heure arrivée. Comment avait-il pu se laisser berner ainsi ? Quelqu'un connaissait ses habitudes, ce n'était pas un hasard s'ils l'avaient attendu au moment où il fermait sa grange comme tous les soirs, donc un proche l'avait trahi. Il avait pensé à André. Sans preuve. Le coup de massue, il l'avait pris lorsqu'il crut que ces fichus maquisards le relâcheraient contre de l'argent. Si c'était ce qu'ils cherchaient, il en avait et il pouvait leur en donner un bon paquet. Il les avait sentis hésitants et avait pensé que l'argent, dans n'importe quelle situation, restait le nerf de la guerre, surtout pour eux qui paraissaient jeunes et en avaient sans doute besoin.

– Ce serait une belle somme ? avait demandé celui qui semblait être le chef.

– Assez belle, avait-il répondu.

Il lui avait alors rétorqué :

– Un plein conteneur, par exemple ?

Il avait compris la trahison totale et crut entendre les reproches de son fils. Il avait hurlé que ce n'étaient que des ragots qui circulaient dans le village, rien d'autre.

– Et combien donneriez-vous pour avoir la vie sauve ?

Ces misérables avaient donc l'intention de le tuer ? Pas forcément, avait répondu l'un d'eux et il avait ajouté que, pourtant, ça lui ferait bien plaisir.

– J'aimerais beaucoup, parce que vous n'avez peut-être pas tué des gens, mais à cause de vous, de vos saloperies de fréquentations, dix otages vont être désignés et sans doute exécutés.

Et c'était sans parler d'Eugène Coulant dont on n'avait plus de nouvelles. La vie des autres, il s'en foutait, non ? Arnaud Lambert se fâcha, il respectait tout le monde. Ils disaient n'importe quoi.

– Nous savons que ce n'est pas ton coup d'essai, mon vieux, dit l'un d'eux. La vie, tu l'as ôtée à ta petite-fille Lucie. Tu sais, la mal-aimée ?

Bon Dieu, qu'est-ce que c'était que cette histoire, elle n'était pas morte, qu'il sache ?

– Si, avait continué son agresseur, elle est morte le jour de sa naissance, quand sa famille l'a mise à l'écart parce qu'elle n'était pas le garçon attendu. Pour votre fierté, il fallait que le nom des Lambert perdure. Ensuite, vous l'avez placée comme bonniche loin de sa famille. Elle avait la peste ?

Arnaud Lambert s'énerva. Cette fille avait des parents, c'étaient eux les responsables, pas lui.

– Si ça vous intéresse tant que ça, allez leur demander des comptes à eux, pas à moi.

Les hommes éclatèrent de rire. Des comptes à André, son fils ? Il avait rarement commandé à la maison, tous savaient que depuis toujours les décisions étaient prises par lui, le patriarche de la famille, y compris le mariage de son fils !

– Vous n'êtes pas un père de famille, vous êtes un tyran ! Heureusement, André a compris ce que vous valez et il a fini par se débarrasser de votre autorité. Allez, continuez de creuser, la fin arrive !

Le ton déterminé de l'homme lui avait fait peur. Il savait tout de lui. Comment pourrait-il sortir vivant de cette histoire ? Jamais il ne s'était senti aussi impuissant devant une situation critique. Lucie avait donc tant souffert ? Comment cet homme savait tout ça ? Et quel rapport avec le major ? Les otages ? Chaque pelletée de terre l'enfonçait davantage dans son désarroi. Lui, le vieux briscard, sentit monter des larmes qu'il ne voulut pas attribuer à la peur. À l'idée de sa famille brisée peut-être ? Il ne savait plus qu'une chose, il souhaitait que tout ça finisse vite.

Marc ne se réjouissait pas de ce spectacle et le trouvait dégradant, mais la vie des otages nécessitait cette mise en scène douloureuse. Si le vieux ne craquait pas, il serait bien embarrassé. Quelle horreur cette guerre ! Comment allaient se retrouver les hommes après ça ? Comment vivraient-ils ensemble et oublieraient ce qui s'était passé ? Comment le village sortirait de toutes ces années d'occupation, de misère, de faim ? Comment géreraient-ils l'explosion de la liberté retrouvée qui finirait bien par arriver ?

Arnaud Lambert finit par demander s'ils attendaient quelque chose de lui.

– Peut-être.

Il eut de nouveau un peu d'espoir. Le trou ne servait peut-être qu'à lui faire peur.

– Vous allez rencontrer le major Kempff. C'est votre ami, non ?

Il ne répondit pas.

– Vous lui direz qu'il ne doit pas désigner d'otages. Il sait que tout le monde attend le débarquement comme le Messie, et ça signifie que ce jour-là la guerre sera terminée, et la vengeance sera sans doute terrible. S'il est arrêté par la Résistance, cette action penchera en sa faveur. De toute façon, dix fusillés ne remplaceront pas son soldat mort. Nous aussi, nous avons perdu Petit-Pierre à cause d'un traître qui a indiqué la cachette des armes au major. Ce traître a également volé l'argent du maquis. Alors si par hasard cet argent pouvait décider Kempff à renoncer à sa liste d'otages, ce vol aurait servi la Résistance et surtout la survie du village.

Marc, le visage toujours cagoulé, s'approcha d'Arnaud Lambert.

– Et vous deviendriez, en quelque sorte, un héros, vous comprenez ?

Oh oui, il comprenait ! Ces imbéciles étaient en train de faire de lui le sauveur de la commune à la place de son fils, bien sûr qu'il était d'accord. De toute façon, si le major ne voulait pas, il sortirait vivant de cette affaire, alors peu importe si, une fois libéré, il n'allait même pas le voir !

– Une petite précision, dit Marc, au cas où vous auriez des envies de ne pas rencontrer le major, je vous informe que votre petite-fille Andréa est entre nos mains depuis cette nuit et qu'elle ne sera libérée que vers midi, heure à laquelle le major fera connaître sa décision que nous espérons positive. Sinon Andréa en subira les conséquences.

Arnaud Lambert rugit presque. Ils n'avaient pas le droit de faire ça.

– Vous, les maquisards, hurla-t-il, vous êtes tous des salopards !

Une énorme gifle le jeta à terre.

Les hommes le mirent dans la voiture et, un moment plus tard, le jetèrent littéralement derrière sa grange.

– Pensez à votre mission, monsieur Lambert, dit Marc ironiquement, et pensez surtout à Andréa.

* *
*

Les deux sœurs avaient eu le temps de discuter. Andréa découvrait celle qu'elle connaissait à peine. La petite fille qu'elle avait connue s'était transformée en jeune fille. Elle aussi, lui avait dit Lucie, était devenue très jolie et avoir coupé ses nattes lui avait fait quitter son enfance.

– Pas étonnant que Régis soit tombé amoureux de toi.

Au fil des heures, elles avaient éprouvé un réel plaisir à se retrouver. Cette nuit agréable du début juin se faisait complice de ces retrouvailles un peu particulières. Andréa avait été surprise de l'engagement de sa sœur. Elle aussi, ces soldats allemands dans le village la dérangeaient. Elle n'en parlait jamais. Lorsqu'elle avait vu l'arrogance du major Kempff quand il déjeunait avec son grand-père, elle l'avait détesté. Et puis, dans le village, ces fêtes qui avaient été supprimées, ces jeunes garçons qui disparaissaient à cause du S.T.O., tout cela pesait lourdement sur le quotidien. Les hommes manquaient au travail et les femmes trimaient toujours plus. Contrairement à beaucoup de gens du village, pour se ravitailler, les Lambert n'avaient pas manqué de grand-chose. Elle ne connaissait de la Résistance que ce qu'en disait son grand-père et ce n'était pas du bien, loin de là.

– Si un jour il apprend pour toi, il te détestera encore davantage.

Ce n'était pas grave. Lucie s'en moquait. Depuis longtemps, elle était habituée à décider seule de son avenir et elle avait une revanche à prendre. Si le grand-père savait, tant mieux, il enragerait davantage, c'était un commencement de vengeance. Andréa découvrait forte une sœur qu'elle imaginait fragile. Elle l'envia presque, elle qui ne faisait rien sans l'accord de sa famille. À ce propos, à la ferme, ils allaient se demander où elle était passée. Elle devrait impérativement rentrer avant 8 heures. Quand Lucie lui annonça que c'était impossible, elle se rebella :

– Je suis votre prisonnière ? Et moi qui pensais que c'était juste une escapade d'amoureux, dit-elle en colère.

En souriant, Lucie lui prit les mains. Elle avait droit à des explications supplémentaires, elle allait les lui donner. Elle lui raconta tout. Les soupçons qui pesaient sur le grand-père, son kidnapping cette nuit pour le décider à intervenir auprès du major afin qu'il change d'avis sur les otages.

– Pour l'obliger à faire cette démarche, il fallait trouver un moyen de pression et nous avons pensé, sachant que tu étais avec nous, qu'il ferait ce qu'on lui demande pour te protéger.

– Je suis donc une otage, c'est bien ça ?

Régis se sentait très mal. Lucie baissa les yeux, réfléchit un instant.

– Oui, Andréa, en quelque sorte et maintenant, j'en conviens, ce que nous faisons n'est pas très joli.

Elle avoua sa honte, tenta de se justifier en disant que c'était la seule chose à laquelle ils avaient pensé avec Marc pour faire fléchir le grand-père. Ils avaient joué leur va-tout. Qu'elle ne s'inquiète pas, ils ne feraient de mal à personne, ni à lui, encore moins à elle.

Lucie prit alors sa décision. Elle n'allait pas plaire à Marc et elle pouvait faire capoter l'affaire, tant pis, sa conscience l'exigeait. Il n'était pas question que sa sœur soit leur otage. Elle l'avait retrouvée ce soir avec plaisir, Régis l'aimait, ç'avait été, quoi qu'elle en pense, une excellente nuit.

– Andréa, je suis entrée dans la Résistance parce que je l'ai bien voulu, je l'ai décidé toute seule. Je ne vois pas pourquoi j'obligerais les autres à le faire, surtout ma sœur. Alors maintenant, j'ai bien réfléchi, on ne va pas te garder. Je te demande pardon. Tu es libre, tu peux partir.

Un silence pesant s'installa. Andréa regarda Régis, il paraissait désespéré, tellement triste qu'elle en eut de la peine. Elle lui prit les mains, lui demanda avec tendresse :

– Tu m'aimes vraiment, Régis ?

Il avait la voix nouée et répondit oui par hochement de tête. Ses yeux s'embuèrent. Il arriva à parler. Il regrettait ce qui s'était passé ce soir, mais en même temps il était drôlement content, parce que autrement il n'aurait peut-être jamais osé lui parler.

– Heureusement que ta sœur m'a convaincu.

Puis il commença une phrase, s'arrêta, bégaya un peu, et finit par déclarer :

– Andréa, je voudrais qu'on se marie, tu veux bien ?

Avec sa sœur, elles éclatèrent de rire. Il fut gêné, se dit qu'il avait fait une belle bourde et que le moment était mal choisi pour ce genre de demande. Elle allait dire non !

– Hier soir en me couchant, je ne pensais pas que dans la nuit on me demanderait en mariage, confia Andréa avec tendresse.

Régis fit un mouvement gauche des épaules, comme pour s'excuser.

– Malgré les circonstances, Régis, je veux bien.

Lucie applaudit.

– Chut, la coupa Régis gêné, on va nous entendre.

Andréa embrassa sa sœur et lui demanda qui était ce Marc dont elle avait parlé. Quand elle apprit qu'il était le fils de l'instituteur, elle dit que les maris qu'elles avaient choisis n'allaient pas combler de joie le grand-père.

– Étant donné que mon père refuse de collaborer avec le major et que ma sœur est résistante, je vais suivre leur exemple : je reste, on verra bien la suite.

* *
*

Une fois rentré chez lui, Arnaud Lambert vérifia si Andréa était dans sa chambre. Le lit était défait, vide, la fenêtre légèrement entrouverte. Les maquisards ne l'avaient pas trompé, elle était à leur merci. Il pesta contre eux, regarda la pendule, bientôt 8 heures, arracha la feuille de son éphéméride qui afficha mardi 6 juin. Il n'oublierait jamais cette date ! Qu'allait-il faire ? Se précipiter à la Kommandantur ? Non, il devait rester lui-même et vaquer à ses occupations, le bétail n'attendait pas. Ensuite, il irait voir le major Kempff.

Ce matin-là, à l'aube après avoir relâché le vieux Lambert, Marc avait appris que la seconde partie du message tant attendue pour signaler le débarquement était passée la veille au soir, 5 juin, sur l'antenne de Radio Londres : « Blessent mon cœur d'une langueur monotone », faisant suite à la première partie entendue le 4 juin : « Les sanglots longs des violons ». Le débarquement, en toute logique, devait avoir lieu depuis l'aube. Il se dit que le major Kempff avait le choix : soit comprendre que c'en était fini pour eux, ou bien accentuer la lutte. Il devait trouver Lucie. Tant pis, il fallait laisser partir Andréa, ne pas la mêler à cette histoire. S'il y avait un jour des dégâts, autant la protéger en la laissant hors de tout ça. Il vit la voiture sous les chênes, s'arrêta, bondit vers elle. En le voyant, Lucie descendit, inquiète.

– Un problème ?

Pas du tout, au contraire, le débarquement avait sans doute commencé cette nuit, donc la Résistance allait s'organiser vers le Nord-Médoc avec le groupe Charly. Des combats violents allaient sans doute avoir lieu. Il ne fallait pas mêler sa sœur à tout ça. Moins elle en saurait et moins elle courrait de risques.

Andréa sortit de la voiture.

– Trop tard, je sais et je reste, j'en prends la responsabilité.

Marc fut abasourdi, les deux sœurs avaient du tempérament mais, après avoir passé de longues heures avec leur grand-père, ça ne l'étonnait pas, c'était un trait de famille. Encore fallait-il l'employer à bon escient. Pour l'instant, il fallait vite se séparer. Avec ces événements, les Allemands risquaient d'être nerveux. Marc irait voir son père à l'école, il savait peut-être quelque chose. Andréa et Lucie devaient rester cachées et se rendraient chez Louise Maleyran, elle les hébergerait sans problème. Régis et les autres rejoindraient le maquis dans la lande de Brach. Dès que Marc aurait des nouvelles du major, il aviserait avec Arsène.

À l'école, tout était calme. Yves Lagarde fut soulagé de voir son fils. Marc raconta sa nuit. Il fallait maintenant surveiller la Kommandantur proche, espionner les mouvements et observer si Arnaud Lambert rendait visite au major.

Toute la matinée, les allées et venues s'étaient intensifiées de façon importante. Marc, caché à l'étage, muni de jumelles, guettait tout changement de comportement. Alors qu'il lui semblait que les troupes se rassemblaient, il vit arriver Arnaud Lambert à la maison du pharmacien où était le bureau du major. Le poisson avait mordu, il ne restait plus qu'à attendre.

Le major eut une colère énorme. Jamais il n'avait accueilli de la sorte l'ancien maire, au contraire, il était prévenant, car il appréciait cet admirateur de Pétain et de l'ordre, qu'à ses yeux il incarnait.

– Alors, cher monsieur Lambert, hurla-t-il, vous êtes venu vous moquer de moi ? Vous payer ma tête, comme vous dites ?

Arnaud Lambert fit les yeux ronds, il ne comprenait rien à ce discours.

– Vraiment, monsieur Lambert ? Vous allez me faire croire que vous n'êtes pas au courant ?

Le vieux expliqua que la seule chose dont il était au courant était que le major attendait le début de l'après-midi pour désigner des otages, c'était tout. Et il venait pour ça ? Oui, s'il pouvait user d'une quelconque influence, si le major avait un peu d'estime pour lui, il aurait aimé qu'aucun otage ne soit désigné dans sa commune, qui, somme toute, s'était tenue tranquille.

– Votre commune, dites-vous ? Mais ce n'est pas plutôt la commune de votre fils qui est maire ?

C'est vrai, les jeunes étaient parfois maladroits et lui, qui avait l'habitude de négocier depuis longtemps avec l'administration, le préfet, les autorités, pensait qu'il pouvait être utile à ce village qui était un peu à lui.

– Ma famille l'administre depuis tellement longtemps, major, que je crois, naïvement sans doute, qu'il est à moi.

Le major bondit :

– Et ces gens qui sont à vous ne vous ont pas annoncé la grande nouvelle ? Vous ne savez pas que le débarquement a commencé ce matin en Normandie, monsieur l'ancien maire ?

Il vit sur le visage effaré de son interlocuteur qu'il ne savait rien. Il enfonça le clou. Il pensait que justement c'était le moment idéal pour désigner des otages, c'était le seul moyen d'empêcher cette folie de débarquement qui était vouée à l'échec.

– Nous devons montrer que nous sommes les plus forts, Lambert, les plus forts, n'est-ce pas ?

Arnaud Lambert ne répondit pas, pensa que, si le major disait vrai, les résistants allaient s'organiser encore plus et qu'avec la volonté qu'il avait décelée chez eux ils finiraient par gagner avec l'aide des Alliés. C'était le moment de commencer à changer de camp. Comment faire pour éviter la colère du major et sauver sa petite-fille de ces fous furieux qui la détenaient ? Il devait tenter le tout pour le tout.

– Major, supposons votre information bonne, vous savez que ce débarquement va encourager les résistants à agir. Ils vont vous harceler sans cesse et pour arriver à quel résultat ? Ils auront des pertes, vous aussi. Ne croyez-vous pas qu'il vaudrait mieux montrer votre bonne volonté en ne désignant pas d'otages ? Si un jour vous deviez être en danger, cette action serait portée à votre crédit. Cette guerre finira un jour, autant la terminer en vie et préparer l'avenir.

Le major ne répondit pas. Tête entre les mains, il réfléchissait. Ce vieux était un sacré roublard et tournait sa veste avec un talent fou. Lui qui avait fait copain-copain avec les occupants durant toute la guerre, s'il accédait à ses désirs, quand la population apprendrait qu'il avait évité la désignation d'otages, il passerait pour un héros. Plus personne ne lui reprocherait sa conduite. Mais lui, le major Kempff, qu'avait-il à gagner dans cette histoire ? Il savait bien que les Alliés iraient jusqu'au bout. Il savait aussi que les victoires des troupes allemandes se faisaient de plus en plus rares. Il savait que sur le front russe c'était la catastrophe, qu'en Afrique Rommel avait échoué.

– Alors, demanda Arnaud Lambert, vous décidez quoi ?

À cet instant, un soldat frappa et entra, une dépêche à la main. Le major la lut et la jeta vivement sur son bureau. Plissant les yeux, il regarda Arnaud Lambert.

– Monsieur Lambert, l'ordre que je viens de recevoir va vous satisfaire. Ma petite garnison quitte votre village aujourd'hui même. Je monte vers le Nord-Médoc, vers Soulac. Cette poche de résistance va sans doute nous donner du fil à retordre, il faut y être plus nombreux. Je n'ai donc pas le temps de désigner des otages. Vous avez gagné une bataille, monsieur le futur maire, mais vous n'avez pas encore gagné la guerre.

Le futur maire ? Et pourquoi donc ?

– Pourquoi ? Parce que vous n'aimez pas perdre et que bientôt vous tenterez de nouveau votre chance. Je me trompe ?

Non, il ne se trompait pas, il avait envie d'en découdre, surtout après l'épisode de ce matin. Il allait montrer à ces jeunes que le vieux n'était pas encore pourri. Il sortit tout joyeux de cette entrevue.

Devant la mairie, il croisa André et Yves Lagarde. Il s'approcha d'eux sans dire bonjour.

– Vous pourrez signaler à la Résistance, car vous la connaissez, je suppose, non ?

Ils ne bronchèrent pas. Il continua :

– Vous pourrez donc leur signaler que j'ai décidé le major : il ne désignera aucun otage.

Et il partit, sous le regard médusé des deux hommes. Au bout de quelques mètres, il se retourna.

– Ah, j'oubliais, le major et ses troupes quittent la commune pour rejoindre la pointe du Médoc. Eh oui, c'est encore la guerre !

Il continua son chemin en sifflotant. Yves et André eurent une forte envie de lui casser la gueule !

XXI

ARNAUD LAMBERT N'AVAIT SIFFLOTÉ que le temps de se moquer, mais il lui tardait de rentrer à la ferme pour vérifier si Andréa était bien rentrée. Est-ce que les résistants avaient tenu leur promesse ? Il la chercha en vain, sa mère et sa grand-mère étaient très inquiètes, elles ne l'avaient pas vue de la matinée. Il criait sa colère lorsqu'il vit une voiture arriver dans la cour. Il se précipita, suivi de sa femme et de sa belle-fille, et vit Andréa descendre en souriant.

– Ça va grand-père ?

Maintenant qu'elle était là, oui, ça allait mieux.

– Ces salauds ne t'ont pas maltraitée ? Je les tuerais.

Non, ils avaient même été très gentils, et elle avait passé avec eux une soirée et une nuit tout à fait agréables, et surtout instructives.

– J'ai appris des choses très intéressantes, et je t'ai même amené un de mes geôliers.

Sous le regard ébahi du grand-père, Lucie descendit de la voiture, tout sourire. Il eut un moment de recul, il n'en croyait pas ses yeux. Ce n'était quand même pas elle qui avait kidnappé Andréa.

– Comme tu y vas, grand-père, personne ne m'a kidnappée,

je les ai suivis volontairement et, après avoir compris ce qui se passait, j'ai décidé de rester avec eux, alors qu'ils voulaient me relâcher bien avant l'heure. Et je crois que j'ai bien fait, nous sommes passés par le village et nous avons appris la bonne nouvelle.

Arnaud Lambert était prêt à exploser. Il le sentait bien, tout le monde s'était payé sa tête. Ils allaient voir ce qu'ils allaient voir, sa vengeance allait être terrible. Ils allaient se rendre compte que le vieux n'était pas encore moisi !

– Je vais de ce pas dire au major Kempff le traquenard dans lequel je suis tombé, il va poursuivre ces voyous.

Lucie l'avertit. Trop tard, la rumeur s'était répandue dans tout le village en un clin d'œil : il se disait qu'Arnaud Lambert avait réussi à décider le major de ne pas désigner d'otages.

– Je crois que tu seras fêté comme un héros.

Il sentit le piège se refermer sur lui. Le mot « héros » le troubla, lui fit en un clin d'œil imaginer la suite. Il y aurait sans doute bientôt des élections municipales, aucune n'avait eu lieu durant toute la guerre. Il décida qu'il serait candidat contre son fils et l'instituteur ! Il allait leur montrer ce que c'était que de se frotter à lui, car c'était pour lui une évidence, il le cria fort, ils étaient à l'origine de sa séquestration.

– Pas du tout, ils ne le savaient même pas. Il faudra bien un jour que tu comprennes que tu ne diriges pas tout, et que tout le monde n'a pas l'esprit tordu comme toi, lui fit remarquer Lucie d'un ton sec.

Il leva la main, comme pour la gifler. Elle ne recula pas, se dressa un peu plus.

– Je te signale que la mal-aimée est majeure depuis un an, qu'elle dit ce qu'elle pense, qu'elle fait ce qu'elle veut et qu'elle ne te doit rien du tout. Vous m'avez éloignée de cette demeure, mais quoi que vous fassiez j'y serai toujours chez moi.

Elle se tourna vers sa sœur.

– Même ma mère ne s'est pas approchée pour m'embrasser, tu vois que je ne t'ai pas menti, Andréa, ils sont horribles.

Andréa se précipita vers elle et lui tomba dans les bras en pleurant. Lucie monta dans la voiture, qui démarra aussitôt.

– Qui conduit ? demanda le grand-père.

– Marc, le fils de l'instituteur. Ils vont se marier.

Arnaud Lambert manqua s'étrangler.

* *
*

Depuis ces jours derniers, André ressassait sans cesse dans sa tête ce qu'il avait appris : il avait un fils. Il devait avoir maintenant dans les sept ou huit ans. Son émotion était à son comble. Depuis tout ce temps où il croyait avoir oublié Antoinette, il comprit qu'il n'en était rien. Un besoin énorme de la revoir l'avait saisi depuis qu'il savait. La commune était libre depuis hier, il eut envie de revoir les lieux de leurs rencontres, de leurs amours.

Lagune Vieille était toujours aussi belle, aussi calme. Une paix totale y régnait. En voyant un trou devant la cabane, il sourit, imagina son père en train de creuser, sans doute crevant de peur comme lui avait raconté Marc. Il entra et vit du désordre. Il imagina Eugène occupé à cacher les armes. Aujourd'hui, le village était inquiet pour lui. Quitterait-il la prison du fort du Hâ rapidement ? Dans quel état de santé reviendrait-il ? Quelle leçon il donnait par sa conduite, à ceux qui n'avaient rien osé. Il pensa aussi au courage de ces jeunes qui s'étaient battus et qui continuaient à se battre dans le Nord-Médoc contre l'occupant avec un courage total. Comment allait-on se remettre de tout ça ? Dans sa commune, André, pendant toute cette période, avait essayé de rendre la vie plus facile à tous, y était-il parvenu ? Parfois oui, parfois non. Sans doute y aurait-il des élections rapidement, il l'espérait. Cette charge lui avait beaucoup pesé, et il ne voulait plus l'assumer. Mais la raison qui le poussait à prendre cette décision était ailleurs : il souhaitait revoir Antoinette, peut-être la décider de revenir au village. Si elle acceptait, il faudrait qu'il assume ce choix. Divorcer ? Vivre une double vie ? Comment serait-il jugé ? Comment réagirait sa famille ? Parce qu'il avait quand même une famille. S'il ne s'inquiétait pas pour Lucie, ce que pouvait penser Andréa le préoccupait. Aujourd'hui, il aimait ses filles d'une façon égale, mais il ne leur avait jamais vraiment témoigné. À la campagne, on garde ses sentiments pour soi. On ne dit pas à ses enfants qu'on les aime, parce qu'on pense qu'ils le voient. Qu'ils le devinent. Alors le quotidien se déroule sans que ces sentiments soient avancés. « Dommage », se dit-il.

Il s'assit sur le banc devant la cabane. Ferma les yeux. Alors, l'image d'Antoinette le submergea, le caressa, lui donna une onde de tendresse, de bonheur lointain, qui mouilla ses yeux. Il l'imagina, souriant à un petit garçon qui gambadait entre ses jambes. Il se leva d'un mouvement brusque : il devait revoir rapidement Antoinette.

* *
*

Avant de regagner son lieu de travail, Lucie passa chez Melvina. Elle avait tant de choses à lui raconter. D'abord Marc. Le fils de l'instituteur l'aimait, ensuite le maquis, maintenant qu'on commençait à voir le bout du tunnel, elle pouvait lui dire sans rien dévoiler sur les autres, puis ses retrouvailles avec Andréa et sa rencontre avec son grand-père. Elle n'en revint pas qu'une fille, d'apparence fragile, ait un caractère aussi fort et déterminé.

– Tu vois ma Mel, en un rien de temps j'ai tout appris de ma famille, comme le comportement de mon grand-père, mais j'ai surtout retrouvé ma sœur. Tu sais qu'elle est amoureuse de Régis Aymat ?

Melvina éclata de rire.

– Connaissant ton grand-père, le drôle n'est pas près d'entrer dans la famille.

Le grand-père n'avait rien à voir avec les choix de ses petites-filles. Et avant le grand-père, il y avait le père, non ? Oui, mais le père n'avait jamais décidé, et ce serait dur pour lui de faire admettre ce garçon.

– Andréa m'a confié qu'elle avait été choquée par les paroles de grand-père, lorsqu'il lui a dit que papa n'était pas l'homme respectable que l'on croyait. C'est quoi ces histoires ?

Melvina hocha la tête. Depuis les élections, tous savaient qu'entre père et fils rien n'était comme avant, et il n'avait jamais accepté ce qu'il avait appelé la trahison du sang. Alors fallait-il le croire ? Elle ne savait pas.

– De toute façon, ton grand-père n'a rien à dire côté honnêteté, il a profité de la faiblesse de Louise Maleyran, la veuve de son éternel adversaire, à la mort de celui-ci.

– Profiter ?

Il lui avait acheté les pièces de pins à un prix dérisoire, aidé en cela par le curé qui lui avait conseillé de vendre. Son fils ne s'en occuperait certainement pas et Lambert lui donnerait l'argent sans problème. Il avait même trouvé une place de cantonnier à Petit-Pierre.

– Incroyable ! Le père Émeric s'est mêlé de ça ?

Celui-là, comme prêcheur de bonne parole, alors qu'il manigançait avec Arnaud Lambert, il se posait là.

– Il a dû être récompensé, parce que Marie Bergeon, sa bonne, a annoncé à Estelle qu'il allait acheter deux ou trois statues pour son église, grâce à un don récent d'un paroissien. Et le paroissien en question, toujours d'après Marie, ressemblerait fortement au père Lambert ! Remarque qu'il lui devait bien ça, avec l'achat du terrain de la Pesseleyre, il a fait une excellente affaire.

En y réfléchissant bien, ce remerciement arrivait bien tard, la vente avait eu lieu il y a longtemps. Lucie se tapa le front.

Comprit aussitôt. L'argent, c'était sûrement celui volé à la Résistance, mais il fallait absolument qu'elle soit sûre d'elle. Elle verrait avec Marc pour monter une opération au presbytère. Si on trouvait le magot, ce serait facile à prouver, les billets étaient neufs. Et cet argent, ils sauraient quoi en faire. Louise Maleyran méritait bien une aide, d'abord pour avoir perdu son fils qui lui ramenait un peu d'argent tous les mois, ensuite, pour la dédommager des ventes au rabais qu'elle avait concédées à son grand-père. Le reste retournerait vers la Résistance. Si elle y parvenait, Lucie rétablirait un équilibre raisonnable.

Marc se fit une joie à l'idée de cambrioler le presbytère. Il se rappelait des propos inacceptables du sermon de l'abbé Émeric que lui avait rapporté Georges Lacourty, peu de temps après l'installation des Allemands dans la commune.

– Gonflé le curé, après de telles paroles, de profiter de l'argent de la Résistance !

Elle dut calmer Marc, qui était prêt à monter une véritable expédition commando contre l'ennemi juré de son père. Il fallut toute la diplomatie et la persuasion de Lucie pour lui faire admettre que le père Émeric était quand même le curé du village et, en tant que tel, respectable.

– Quoi ? Respectable avec de l'argent volé qui était censé aider à sauver notre liberté ?

– Tu as raison, mais il ne le sait pas. Ce don, il doit le croire venir de la générosité de mon grand-père.

Celui-là, il faudrait le calmer un jour, il était trop malfaisant. Pour l'instant, le curé, ensuite ils verraient. Leur plan fut vite établi. Ils s'en chargeraient tous les deux et fouilleraient les lieux. Il ne devait pas y avoir une multitude de cachettes, d'autant qu'il ne devait pas sentir l'utilité de se méfier. Qui voudrait du mal à un brave curé ? Au fond d'elle-même, ce projet dérangeait Lucie, ils allaient se transformer en voleurs, mais elle pensa à la détresse de la mère de Petit-Pierre. En quelques années, elle avait perdu son mari, sa fille et, maintenant, le seul fils qui lui restait venait d'être tué. Elle allait vivre comment ? Des ménages ? D'un peu de jardin ? D'une pauvre vache sans beaucoup de lait ? Non, elle ne méritait pas cette misère qui l'attendait. Cette idée déculpabilisa complètement Lucie.

Petite bonne femme au chignon gris, à la démarche un peu chaotique, s'aidant d'une canne pour marcher, Marie Bergeon, la bonne du curé, allait rendre visite à sa sœur, à la sortie du bourg, tous les dimanches après-midi, son petit panier d'osier rempli de fleurs qu'elle avait coupées dans le jardin, où elles poussaient dans un désordre gracieux. Elle trottinait jusqu'après le cimetière, elle s'y arrêterait au retour, pour fleurir la tombe de ses parents. Elle occupait cette place chez l'abbé Émeric depuis plus de vingt ans, et savait tout de lui. Sa discrétion était parfaite, mais chez Estelle, où elle s'arrêtait parfois, elle se laissait aller à certaines confidences que la vieille commerçante recueillait avec un plaisir non dissimulé. C'est comme ça que Melvina avait eu connaissance de ce don, destiné à l'achat de statues.

En tout début d'après-midi, le curé faisait une bonne sieste, puis, vers 16 heures, partait à l'église préparer les vêpres. De retour de chez sa sœur, Marie s'y arrêterait, puis irait faire chauffer la soupe pour le repas du soir. Ce rituel était tellement régulier que Marc et Lucie avaient deux bonnes heures pour fouiller tranquillement les lieux, mais, avant, il fallait essayer d'imaginer l'endroit où l'argent était déposé.

Une fois le curé parti vers l'église, Marc et Lucie, cachés derrière la grande haie de troènes, entrèrent dans le presbytère en prenant la clé placée sous le même pot de fleurs depuis des années. Le petit bureau du curé fut fouillé de fond en comble. Ils prirent la précaution de remettre en place tout ce qu'ils dérangeaient. Rien dans les rayonnages de la bibliothèque, rien dans les tiroirs. Les chambres furent visitées, sans succès, de même la cuisine et le petit débarras. Où se cachait le trésor de guerre du curé ? Et si c'était faux ? Et si Marie avait mal compris ? Elle commençait à être dure d'oreille, c'était possible. Alors que Marc doutait, Lucie ne s'avouait pas vaincue, Melvina savait ce qu'elle disait, et tout concordait trop bien pour que ce soit faux. Ce projet subit d'acheter des statues n'était pas venu sans raison, l'argent devait être quelque part. C'est vrai que les statues, l'abbé Émeric les aimait. Dans son église, il avait mis celle de saint Vincent, de saint Jacques de Compostelle, de la Vierge de Lourdes, de sainte Bernadette, d'un Jésus montrant son cœur, sans oublier un calvaire qui trônait face à la chaire en bois sculpté. Toutes les stèles de l'édifice en avaient une. « S'il a le projet de rajouter d'autres saints, pensa Lucie, il devra faire faire des stèles par le maçon du village. »

Soudain, elle poussa un cri :

– Je sais où est l'argent !

Marc la regarda curieusement. Comme ça, d'un coup ? Elle avait eu une vision ? Non, mais une idée venait de lui traverser l'esprit : le curé s'était fait fabriquer un petit oratoire contre la haie, dans une niche de verdure, et avait installé sur un socle de pierre un saint que l'on vénérait encore et à qui on demandait des grâces. Elle dit presque avec ferveur :

– Saint Antoine de Padoue, vous qui faites trouver tout, faites-moi trouver ce que j'ai perdu.

Et elle se dirigea vers la niche de verdure, dans laquelle la statue de saint Antoine recevait les prières du curé. Marc, incrédule, l'avait suivie sans conviction. Elle lui montra le socle du doigt. Il se glissa derrière et constata qu'il était creux. À l'intérieur, une boîte en fer-blanc y était cachée. Il la sortit, l'ouvrit, des liasses de billets tout neufs y étaient rangées. Il s'étonna :

– Mais comment as-tu pensé à ça ?

Lucie souriait, heureuse.

– En jouant, entre deux cours de catéchisme, on avait trouvé cette cachette, et nous cachions des objets pour s'amuser. Le curé nous grondait en nous disant que saint Antoine allait nous punir.

Elle se tourna vers le saint.

– Merci saint Antoine d'avoir exaucé ma prière. L'argent va servir à quelqu'un qui le mérite.

Quand ils quittèrent le presbytère, les cloches sonnaient la fin des vêpres.

Louise Maleyran n'en crut pas ses yeux. Non, elle ne pouvait pas accepter cet argent. D'abord, d'où venait cette somme ? Elle ne voulait pas être mêlée de près ou de loin à une quelconque escroquerie. Il fallut toute la patience de Lucie pour lui expliquer qu'il venait de la Résistance, que celle-ci lui devait bien, qu'elle avait l'autorisation du chef du réseau Arsène et que ce n'était rien en comparaison de la perte de son fils, mais cette affaire devait rester à tout jamais entre eux. La méfiance ne quittait pas Louise. Qui étaient vraiment ces deux jeunes qui venaient lui apporter ce cadeau ?

– Je suis le fils d'Yves Lagarde et Lucie est la fille d'André Lambert.

Elle la regarda fixement et Lucie crut déceler dans ce regard non pas de la haine, mais quelque chose de curieux, d'indéfinissable. Sûr, Louise n'aimait pas les Lambert. Elle osa :

– C'est aussi pour que vous me pardonniez d'avoir un grand-père qui vous a un peu volé.

Louise sourit.

– C'est vous qu'au pays on appelait la mal-aimée ? Va savoir pourquoi, je n'aimais pas ça. Les gens sont méchants avec la misère des autres. Ma fille, la pauvre, on l'appelait la simplette.

Louise laissa couler une larme sur son visage fatigué. Lucie sentit sur cette femme broyée par le chagrin une lassitude totale.

– Il vous reste votre fille, on dit qu'elle est partie, mais peut-être qu'un jour elle reviendra pour meubler vos vieux jours ?

Louise fixa Lucie d'un air étrange. D'un regard profond. Intense.

– Ma fille, seul votre père peut la faire revenir. Personne d'autre.

Elle se leva, mit l'argent dans une poche de son tablier.

Sur le chemin du retour, Lucie ne comprenait pas les dernières paroles de Louise. Son père pouvait faire revenir sa fille ? Parce qu'il était maire ? Et pour quoi d'autre ? questionna Marc. Oui, pour quoi d'autre ? Vint à la mémoire de Lucie la phrase que son grand-père avait formulée à Andréa : « Ton père n'est pas l'homme honnête que tu crois. »

Que tout ça était compliqué. Embrouillé. Enfin, peu importe, ce soir, elle s'endormirait avec le sentiment du devoir accompli. Elle remercia encore saint Antoine de l'avoir aidée dans sa démarche.

Pendant ce temps, l'abbé Pierre Émeric était désespéré : ce soir, avant le dîner, en allant faire ses dévotions devant la statue, il n'avait pas trouvé sa boîte en fer-blanc. Il se sentit trahi par le saint et refréna l'envie énorme qu'il eut de le briser à coups de bâton. Il pensa que c'était un coup des résistants.

À la grande surprise de Marie, il ne toucha pas à l'assiette de soupe de légumes qu'elle avait placée devant lui et partit dans sa chambre sans dire un mot.

Demain, il irait voir Arnaud Lambert.

XXII

ESTELLE ÉTAIT MÉDUSÉE. Louise Maleyran sortait de son magasin, elle venait de s'acheter une robe, deux tabliers de cuisine et une toile cirée pour couvrir la table. Elle avait payé avec des billets neufs qui craquaient sous les doigts. Elle ne roulait pas sur l'or et ce genre de dépense était inhabituel.

Le matin même, Estelle avait vu le curé partir à bicyclette à vive allure dans la direction de la ferme des Lambert. Sortant de chez le boulanger, Marie Bergeon, arrivée peu après, lui avait appris une nouvelle incroyable : hier soir, pendant les vêpres, l'argent donné pour acheter les statues avait disparu de sa cachette. Quelqu'un était entré dans le presbytère ? Non, le curé n'avait pas caché le magot à l'intérieur.

– Et où donc ?

Dans un souffle, sur le ton de la confidence, Marie avait répondu :

– Dans le socle creux de saint Antoine.

Estelle trouva l'idée stupide. Tous les jeunes du village connaissaient la cachette, certains y dissimulaient leurs premières cigarettes, qu'ils fumaient à l'abri des regards, derrière la grande haie.

Pierre Émeric était parti chez Arnaud Lambert pour le mettre au courant ? Il aurait mieux fait d'aller à la mairie, le maire aurait alerté les gendarmes. Et maintenant voilà que Louise dépensait ses sous, alors que tous savaient qu'elle en avait peu. Y aurait-il un lien entre ce vol et cet achat ? Non. La Louise était ce qu'elle était, mais incapable d'une malhonnêteté de la sorte. Estelle se posait toutes ces questions lorsqu'un remue-ménage inhabituel agita la place du village. Une Citroën noire s'arrêta devant la mairie, deux hommes en descendirent, ouvrirent la porte arrière et aidèrent une personne à sortir du véhicule. André Lambert et Yves Lagarde s'étaient hâtés, semblaient accueillir l'homme avec joie. Estelle s'approcha, comme tous ceux qui passaient à ce moment-là. Elle reconnut Eugène Coulant. Le visage tuméfié, des traces sanguinolentes sur les joues, la chemise déchirée, il tenait à peine debout. On devinait aisément qu'il avait été maltraité. Il fut amené à la mairie, tandis que le maire envoyait un employé prévenir sa femme de son retour. Elle vivait dans l'angoisse depuis ces jours derniers, au cours desquels l'histoire du village s'était précipitée. Les Allemands avaient évacué les lieux depuis deux jours, mais personne n'osait encore manifester, le Médoc était proche, l'ennemi encore à proximité et les représailles toujours possibles. Eugène s'assit lourdement. André lui donna un verre d'eau qu'il but avec avidité. Il regarda autour de lui, comprit que tous attendaient qu'il raconte ce qu'il avait vécu.

Après l'avoir malmené durant deux ou trois jours, il ne savait plus trop, n'ayant rien trouvé contre lui, ses bourreaux l'avaient conduit au fort du Hâ. Hier soir, il avait été ramené dans les locaux de la Gestapo au Bouscat, où l'interrogatoire avait recommencé. L'officier qui l'interrogeait avait en main un rapport.

– Vous avez de la chance. Avant de partir de votre village, le major Kempff, devant le manque de preuves, n'a pas désigné d'otages et il ne pense pas qu'un homme âgé comme vous puisse être résistant. Nous n'avons aucune preuve. Allez-vous-en vite avant que je change d'idée ! avait-il hurlé.

Livré à lui-même, Eugène s'était traîné dans les rues du Bouscat, avait atterri vers Bruges, le long de la voie ferrée. Il s'était dit qu'un train le ramènerait chez lui, il connaissait la plupart des cheminots. Puis deux amis, alertés par l'employé de la gare, l'avaient raccompagné à la mairie du village.

– J'ai eu de la chance. Et ici, que s'est-il passé ?

André lui raconta pour Petit-Pierre. Pour l'argent volé aussi. Eugène rugit, ils avaient été dénoncés et n'avaient aucun doute, il savait par qui.

– C'est ton père qui nous a trahis, André, il a aidé les Boches durant toute l'Occupation. Il doit rendre des comptes !

Alertés les uns par les autres, peu à peu les gens s'étaient rassemblés devant la mairie. La population n'était plus effrayée par l'occupant, elle se sentait forte et avait envie de vengeance. La colère emmagasinée durant quatre ans était énorme. Le maire sentit que des débordements allaient avoir lieu. Il demanda à tous de se calmer, malgré cela, le ton monta sans cesse. Quelques meneurs échauffèrent ce qui était devenu une foule compacte. La place était remplie comme un jour de foire, à ceci près que la rage remplaçait la bonne humeur. Des cris fusaient.

– Qu'on aille chercher ceux qui ont fait bombance avec l'ennemi ! Que ceux qui ont festoyé se montrent au grand jour, on va les déculotter pour voir leurs fesses grasses !

– Nous allons les juger !

Des groupes se formèrent avec des objectifs précis. D'abord il fallait amener en place publique les deux bouchers, l'épicier et le patron du *Café des Platanes*. Les bouchers, après s'être mis de côté les meilleurs morceaux, avaient vendu leur viande à prix d'or et l'épicier avait fait pareil avec l'huile, le café, le beurre, le fromage et toute une liste de produits indispensables au quotidien. Ils seraient jugés. Autre objectif, aller chercher

Arnaud Lambert. Il n'avait rien vendu, mais s'était rendu coupable d'intelligence avec l'ennemi. Personne ne parla du curé, on le respectait et tous, sachant qu'il s'était fait voler, trouvèrent la punition suffisante. Par contre, les frigos des bouchers furent vidés et le stock d'huile et de café de l'épicier fut mis à mal. Toutes ces denrées furent distribuées gratuitement, malgré les plaintes des commerçants qui juraient haut et fort de leur honnêteté.

Une heure après, la salle de la mairie étant trop petite pour ce beau monde, les accusés furent conduits à la salle des fêtes. On dénonça leur complaisance avec l'ennemi, on les gifla, on les insulta. Les gens se déchaînaient. Marc et Lucie assistaient de loin à ce spectacle qu'ils trouvèrent dégradant.

– Regarde-les, dit Marc, aujourd'hui ils ont le courage qu'ils auraient dû avoir bien avant. C'est fou ce que la peur empêche d'agir. Pourtant, dans le maquis, nous aurions eu besoin d'eux.

Un bruit de voix plus fort leur parvint, un groupe amenait Arnaud Lambert.

– Voilà le traître, dit un homme, il a fricoté avec les Boches. Il faut le punir sévèrement, son meilleur ami c'était le major Kempff.

Arnaud Lambert le regarda fermement, sans broncher. Malgré le climat tendu de la situation, il émanait de lui une force totale et une forme de respect s'instaurait. On n'aimait pas le vieux, mais il représentait quand même quelque chose dans ce village. Un silence curieux se fit et Arnaud Lambert se tourna vers son accusateur :

– Tu l'as dit, je m'entendais bien avec le major, et heureusement pour le village. Pendant qu'il était avec moi, il ne furetait pas dans les rues de la commune et dans vos petites histoires de trafic ou de marché noir.

Le brouhaha reprit de plus belle. « Il se fout de nous », criaient les uns. « Il nous insulte », disaient les autres. Qui voudrait croire que le village avait bénéficié de cette entente ? Il pouvait le prouver ?

– Parfaitement. Vous savez que votre maire n'a pas voulu donner de noms pour les otages que réclamait le major et qu'ils allaient être désignés d'office. Peut-être toi qui m'accuses, tu aurais été sur la liste et fusillé à l'heure qu'il est. Et toi, et toi, et toi, répéta-t-il en montrant du doigt les uns et les autres. Alors vous ne vous demandez pas qui est venu le voir pour l'en dissuader ? Eh bien, c'est moi !

Il se tourna vers son fils.

– Je mens ?

Non, il ne mentait pas ; avec son premier adjoint, ils l'avaient rencontré alors qu'il sortait de la Kommandantur.

– Le major m'a écouté et a compris que c'était inutile de faire davantage de dégâts et il m'a promis de ne rien faire contre les gens du village, qui, somme toute, ne l'avaient jamais vraiment ennuyé. Voilà comment ça s'est passé et pas autrement !

Il ne précisa pas que le major venait d'apprendre que le débarquement avait eu lieu et qu'il devait quitter le village précipitamment, mais qui, à part lui, était au courant de cela ?

– Et l'argent, cria un autre, où est l'argent ?

L'argent ? Arnaud Lambert ne savait pas de quoi il parlait. Il n'était pas au courant. Marc eut du mal à garder son calme, il s'avança.

– Monsieur Lambert, vous me reconnaissez ? Non ? C'est normal, lorsque vous m'avez vu à Lagune Vieille, j'étais cagoulé.

Le vieux Lambert pâlit. Qui était ce petit salaud qui l'interpellait ?

– Je suis Marc Lagarde, le fils de l'instituteur.

Le public écoutait avec intérêt.

– Monsieur Lambert, j'étais avec Petit-Pierre dans la Résistance, pendant que vous vous gaviez avec le major Kempff et que d'autres ne mangeaient pas à leur faim. Avec lui et d'autres jeunes, on se battait pour retrouver une liberté perdue et j'ai vu mourir Petit-Pierre parce qu'un salaud nous avait trahis. C'est sans doute à cause de ce même salaud qu'Eugène a été fait prisonnier et a été torturé.

Arnaud Lambert hurla :

– Des voyous, vous n'êtes que des voyous qui avez désobéi à l'ordre établi par la République, en volant ici et là des voitures, de la nourriture, du bétail, en échange de bons qui ne seront jamais honorés ! Cette espèce de tribunal que vous venez d'instaurer n'a aucune valeur. Je connais les lois mieux que vous ! Vous allez me lâcher parce que vous n'êtes pas des juges, juste une bande de vauriens.

Marc rétorqua violemment :

– Je suis d'accord avec vous sur une seule chose. Nous avons désobéi et nous l'avons fait pour rester libres. Nous avons bien fait, l'ennemi est presque parti, alors gardez vos leçons, Lambert ! Une dernière chose, l'argent qui était dans la cabane, où est-il maintenant ?

Arnaud Lambert ne répondit pas. Marc continua :

– Je vais vous le dire. De la cabane, il est arrivé chez l'abbé Émeric, non pas par l'opération du Saint-Esprit, mais certainement par vous, monsieur Lambert, pour acheter des statues. Une manière comme une autre de libérer votre conscience, non ? Eh bien, figurez-vous que cet argent a été dérobé au curé qui l'avait caché, vous savez où ?... dans le socle creux de saint Antoine !

L'éclat de rire fut général. Piètre cachette connue de tous !

– Que monsieur le curé se rassure, il a été redistribué à quelqu'un qui en avait bien plus besoin que l'église de statues. Par contre, Lambert, votre nom n'apparaîtra pas comme généreux donateur sur leurs socles, comme on fait d'habitude.

Lucie était médusée par la force de caractère de son grand-père. C'était un roc. Si elle n'avait aucune sympathie pour ce qu'il avait fait, elle était obligée de reconnaître la force de l'homme. Le pire, c'est qu'elle ressentait cette force comme une hérédité. Son engagement dans la Résistance en était la preuve. Elle avait du respect pour ce grand-père qui ne l'avait jamais aimée.

Yves Lagarde était un père heureux. Son fils le comblait d'aise et disait ce qu'il n'avait jamais osé lancer au vieux Lambert. André se demandait avec inquiétude comment allait se terminer cette journée. Ces affrontements le laminaient. Il détestait cette violence qui menaçait d'exploser à tout instant. Cette guerre semblait vouloir se terminer, une autre n'allait quand même pas commencer dans le village. Il comprit pourtant que rien ne serait plus comme avant, les gens avaient dévoilé leur vrai visage. Les uns en se révoltant, les autres en se résignant, d'autres en se mettant en colère trop tard. Qui pouvait juger ? Pas lui en tout cas. Pour l'instant, il devait prendre les choses en main et montrer qu'il était le maître des lieux. Il éleva la voix :

– Chers amis, écoutez-moi tous. Je suis désolé, mais mon père a raison, nous ne sommes pas un tribunal, nous ne sommes pas des juges. S'il faut, ce temps-là viendra. Dans l'attente de ce jour, ne nous mettons pas dans l'illégalité. Je promets de faire toute la clarté sur ces événements. Pour l'instant, fêtons plutôt le retour d'Eugène. La commune offre un verre au *Café du Commerce.*

Tout le monde s'y précipita.

Tandis que les commerçants rentraient vite chez eux pour s'y enfermer à double tour, Arnaud Lambert, calme retrouvé, traversa la salle au moment où Lucie prenait Marc par la main. Il s'arrêta net devant eux.

– C'est donc vous qui êtes mêlés à ça ? Toi aussi Lucie ?

La réponse fusa, cinglante :

– Oui, la mal-aimée a trouvé l'amour que sa famille lui a refusé chez ton ennemi juré et elle en est très heureuse.

Un moment plus tard, elle s'approcha de son père, elle avait besoin de comprendre.

– Papa, au sujet de sa fille Antoinette, Louise Maleyran nous a dit que toi seul pouvais la faire revenir au village. C'est vrai ?

André blêmit. Il ne savait que répondre. Comment avouer son amour pour Antoinette ? Avouer qu'elle lui avait donné un garçon ? Comment lui dire que son grand-père s'était débrouillé pour envoyer cette fille à Bordeaux à l'insu de tous ? Comment lui expliquer son manque de courage pour la chercher ? Comment pourrait-il la faire revenir au village, il était marié ? Que dirait sa femme ? Que dirait-on au village ? Toutes ces questions lui taraudaient l'esprit depuis longtemps. Il avait fini par mettre tout ça dans un coin de son esprit pour l'occulter et voilà que sa propre fille venait lui rappeler. S'il était hésitant sur tout, il était certain d'une chose, il aimait toujours Antoinette. Comment oublier les moments de bonheur à Lagune Vieille ? Comment oublier cette naïveté, cette pureté qui l'avait conquis et lui avait permis de retrouver vraiment sa fille Lucie ?

Lucie, devant le silence de son père, imagina tout un tas de raisons. Se dit que sa famille avait décidément des choses à cacher.

– Alors papa, c'est vrai ? Et si c'est vrai, pourquoi ?

Cette journée avait été riche en émotions, il répondit faiblement, les yeux mouillés de larmes :

– C'est vrai, Lucie, c'est vrai.

Elle perçut l'émotion qu'il dégageait, en fut troublée. Quel mystère allait-elle encore découvrir ?

– Fais-le, papa. Au moins pour sa mère, elle n'a plus qu'elle.

Comment pourrait-il ? Il ne savait pas où elle était. Qui le savait ? Peut-être deux personnes, lui avoua-t-il, son grand-père et le curé. Lucie explosa :

– Encore eux sur notre chemin ?

André regarda sa fille avec amour. Il enviait la force qu'il découvrait en elle. Quelle erreur de ne pas l'avoir aimée avant ! Il se rendait compte qu'en fait elle était le garçon de la famille. Andréa était gentille, adorable, mais n'avait pas cette force qu'avait sa sœur. Il se décida :

– Lucie, je vais tout te raconter.

Une heure après, ils étaient assis sur le banc devant la cabane de Lagune Vieille. Le soleil baissait à l'horizon et laissait passer une lumière diaphane à travers la cime des pins. Elle annonçait le beau temps du lendemain. Ces soirées de fin de printemps étaient douces, déjà certains effluves annonçaient l'été tout proche. De l'autre côté de la lagune, des oiseaux piaillaient devant l'indifférence totale d'un héron, patient devant le miroir d'eau, dans l'attente d'un poisson imprudent qui le paierait de son existence. « La vie est ainsi faite, de lumière, de joie, de rires, de patience, d'erreurs, de silence, de paix aussi », pensa Lucie.

Le récit de son père l'avait bouleversée et chagrinée tout à la fois. Elle comprenait pourquoi son grand-père avait parlé ainsi de lui à sa sœur. Elle comprenait aussi qu'elle devait à Antoinette ce rapprochement filial. Comment était cette fille qu'on appelait la simplette ? Elle serait contente de la connaître. Lucie savait que sa mère était au courant de l'existence du petit garçon, le ménage n'allait-il pas exploser ? Malgré tout, une joie sourde l'envahissait : elle avait un petit frère et une certitude se faisait jour en elle : il ne pouvait pas rester sans père. Elle prit les mains de son père dans les siennes.

– Papa, je vais trouver où se cache Antoinette.

Il l'embrassa, mêlant ses larmes aux siennes.

Andréa fut d'accord avec Lucie, ce garçon devait avoir un père. La famille tremblait sur ses bases depuis longtemps, alors, un jour ou l'autre, il faudrait bien que ça explose. Lucie ne savait rien de tout cela. Lorsqu'elle venait chez Melvina, celle-ci la protégeait de tous ces événements. Elle découvrit avec effarement ces drames familiaux. Andréa, maintenant, souhaitait vivre tranquillement, loin de ce rôle de « chef » programmé pour elle par la tradition. Elle avait envie de vivre une vie simple, heureuse avec Régis. Elle comprenait qu'elle aurait du mal à le faire accepter. Pour l'instant, l'urgent était de savoir où était Antoinette, savoir si elle y était toujours. Avec sa sœur, elles iraient voir l'abbé Pierre Émeric.

Le curé fut plutôt surpris. Il fit mine d'ignorer ce dont elles parlaient. Antoinette ? Oui, il s'en souvenait, c'était loin tout ça. Lucie n'y alla pas par quatre chemins :

– Ne faites pas l'innocent, monsieur le curé, nous savons très bien le rôle joué par notre grand-père et il n'a pu avoir ce genre d'adresse sans vous.

– Enfin, votre grand-père est un homme respectable. Il n'aurait pas...

Lucie lui coupa la parole sèchement :

– Respectable ? Tiens donc. Vous ignorez sans doute la provenance de l'argent qu'il vous a donné ? Parce que c'était lui, hein ? Personne n'est venu vous expliquer ?

Non, il ne savait rien. Lucie lui raconta tout. La provenance des billets, cachés dans un coin de la cabane de Lagune Vieille et qui lui avaient été donnés si généreusement.

– Ce don à l'Église, monsieur le curé, c'était en quelque sorte pour laver sa conscience. Le vol n'étant pas dans ses habitudes, s'il l'a fait, c'est uniquement pour pénaliser les gens du maquis, rien d'autre.

Pierre Émeric ne reconnaissait pas la petite fille sage qu'il avait connue au catéchisme. Celle qu'il avait devant lui était sûre d'elle, forte comme le grand-père. « Elle a le même caractère », pensa-t-il.

– Lucie, je ne te reconnais pas. Qui ou quoi t'a rendue comme ça ?

Sans doute le manque d'amour de ses parents, parce qu'elle n'était pas le garçon attendu. Il le savait bien, à l'époque, des messes avaient été payées pour ça, Melvina lui avait dit.

– Alors, cette adresse ?

Il comprit qu'elles ne partiraient pas avant de connaître cette fichue adresse. Il lâcha dans un soupir :

– Elle a été amenée chez les filles de la Miséricorde, rue Paul-Louis-Lande à Bordeaux.

– Priez pour qu'elle y soit toujours, monsieur le curé.

Elles claquèrent la porte du presbytère.

Le soir, Andréa communiqua discrètement l'adresse à son père. Il ne dormit pas de la nuit. Irait-il la voir ? Qu'allait-il lui dire ? Qu'allait-il lui promettre ? Quel avenir pouvait-il lui proposer ? Il se posa la question de savoir s'il avait envie de la revoir. À cette pensée, il se remémora la période où ils avaient été heureux ensemble. Il pensa au jour où Antoinette lui avait déclaré qu'il serait son secret. À tous ces souvenirs, tout son être la réclama, tout son être lui rappela le désir qu'il avait toujours d'elle.

Il prendrait le train pour Bordeaux rapidement.

XXIII

Si une partie du Médoc était libérée, Bordeaux était toujours occupé. Il y avait des Allemands dans toutes les rues et ils paraissaient très agités. Les nouvelles du débarquement étaient mauvaises pour eux, pour preuve leur départ de certaines villes afin de remonter vers les côtes. André savait par son premier adjoint que le pont de pierre et celui des chemins de fer, ainsi que les monuments avaient été minés et que les résistants cherchaient le moyen d'éviter cette destruction ignoble. Yves Lagarde avait été mis au courant par son fils, Marc s'investissant de plus en plus. Il était parti pour le front du Médoc, où les résistants étaient en nombre insuffisant et pas assez organisés pour lutter contre une armée allemande structurée et décidée à aller jusqu'au bout, y compris le sacrifice ultime. Les Forces françaises libres avaient réalisé leur faiblesse et des hommes de poids avaient pour mission d'organiser ces volontaires afin de libérer la pointe du Médoc. Une importante garnison allemande l'occupait encore, ainsi que Royan, sur l'autre rive, tenant l'estuaire en tenaille. Lucie avait vu partir Marc et connaissait le risque. Il avait une telle volonté de se battre qu'elle n'aurait jamais pu l'en dissuader. Régis était parti lui aussi, et les deux sœurs tremblaient pour ceux qu'elles aimaient, ce qui avait eu pour conséquence de les rapprocher un peu plus encore. Du coup, elles essayaient de rattraper tout ce temps perdu à s'ignorer.

Le dimanche, Lucie venait au village et restait chez Melvina. La demeure de cette bonne Mel était son havre de paix. Elle lui avait raconté pour son père, Melvina était restée abasourdie, ne sachant que penser. Qu'allait faire André avec ce fils tombé du ciel, le reconnaître ? Quitter sa femme ? Un divorce serait très mal vu au pays. Beaucoup, au village, ne l'accepteraient pas. Qu'en pensait Lucie ? Elle avait du mal à trancher. Comment élever ce bout de chou de même pas dix ans sans briser autre chose ? Il n'avait rien demandé à personne et voilà qu'aujourd'hui, dans sa naïveté d'enfant, il allait devenir l'objet d'une affaire d'adultes qui allaient sans doute s'entre-déchirer.

* *
*

Depuis la gare Saint-Louis, le tram numéro 7 déposa André place Gambetta. Le bruit de la rue l'irrita, il se crispa un peu plus et son énervement grimpa d'un cran. Il remonta jusqu'à la cathédrale par la rue Porte-Dijeaux et la rue Vital-Carles, en direction de l'hôpital Saint-André, y passa devant, la rue Paul-Louis-Lande était à deux pas. Comment allait-il procéder ? Il ne savait pas. Un instant, il jugea sa démarche inutile. Revoir Antoinette allait avoir d'énormes conséquences. Elles lui faisaient peur. Il se réfugia dans la fraîcheur de l'église proche de Sainte-Eulalie. S'assit un moment, pour retarder une échéance redoutable et pourtant souhaitable. Il songea qu'à deux pas d'ici résidait la femme qu'il avait aimée et lui avait donné un fils. Comment Antoinette avait passé tout ce temps ? Avait-elle pensé à lui ? Était-elle toujours là ? Seule ? Avait-elle trouvé un papa nécessaire à son fils ? Il se leva, traversa la petite place derrière l'église, se trouva dans la rue. Il s'arrêta devant le numéro indiqué par le curé. Une chaîne avec une poignée pendait à une tige de fer fixée au mur. Il tira dessus, entendit un bruit de clocheton à l'intérieur. Au bout d'un moment qu'il trouva long, la porte s'ouvrit et une sœur lui demanda ce qu'il cherchait. Elle arborait un large sourire. André se découvrit, et, béret à la main, hésitant, finit par demander si Antoinette Maleyran était toujours dans la maison. Oui, elle était toujours là. Désirait-il la voir ?

– Ma foi, dit-il maladroitement.

– Pardon monsieur, qui la demande ?

– André Lambert.

Devant l'attitude de la sœur semblant attendre d'autres renseignements, il ajouta qu'il était le maire de son village. Il venait de la part de Louise Maleyran, sa mère. En fait, il n'avait rien dit à Louise, il pensa que ce sésame pouvait lui ouvrir les portes plus vite.

Ce fut le cas.

La sœur le fit entrer. Un petit jardin séparait le mur d'enceinte d'un grand bâtiment. Dans un recoin, il y avait un abri, sans doute l'endroit où un jardinier rangeait ses outils. À côté d'une petite haie de troènes, un banc de bois lui rappela celui de Lagune Vieille.

– Voulez-vous vous asseoir un instant ? proposa la sœur en lui montrant le banc. Je vais la chercher.

La sœur partit vers la grande porte sans se retourner.

André eut soudain l'envie de courir vers la sortie et de s'échapper. Quelle sottise cette démarche ! Il aurait dû agir autrement, envoyer sa mère ou le curé. Non. Tout bien réfléchi, l'un comme l'autre ne se seraient pas dérangés. C'était lui qui l'avait placée dans cette situation, il devait assumer. Il le devait à Antoinette.

La porte s'ouvrit lentement et la jeune femme apparut. André se leva, tournant son béret dans les mains. Son cœur battait à tout rompre. Antoinette descendit les quelques marches,

André s'approcha. Elle souriait. Ce sourire le ramena quelques années en arrière, le jour de leur première rencontre. Une très forte émotion l'étreignit. Devenue femme, il la trouva encore plus belle.

– André, dit-elle en souriant.

Malgré l'envie forte qu'il eut de la prendre dans ses bras, il n'osa pas. Il lui prit les mains, voulut les porter à ses lèvres, mais ne le fit pas non plus.

– Tu es enfin venu.

Ce « enfin » le libéra de son angoisse. Ils se dirigèrent vers le banc. Il n'avait toujours pas prononcé un mot, ceux qu'il avait à lui dire restaient bloqués dans sa gorge. Après un instant de silence, il lui demanda si elle allait bien, ce qu'elle faisait. Il s'étonna de leurs premières phrases. Elles étaient d'une totale banalité alors qu'ils avaient tant à se raconter. Ce n'était pas facile de meubler toutes ces années de silence.

– Antoinette, j'ai eu connaissance seulement il y a quelques jours de l'endroit où tu demeurais. J'ai su aussi que c'est mon père qui t'a amenée dans cette maison avec la complicité du curé et l'accord de ta mère. Je n'étais au courant de rien.

Elle se rappelait ce triste jour. La veille au soir, elle avait fait un maigre balluchon, et, tôt le matin, Arnaud Lambert l'avait conduite ici. C'était la première fois qu'elle montait en voiture et la première fois qu'elle sortait de la commune.

– J'ai compris que j'étais en train de te perdre, je ne pouvais rien faire. J'ai eu beaucoup de peine.

André jura qu'il n'était au courant de rien et qu'il avait cru qu'elle-même avait souhaité ce départ discret. Elle le regarda, déçue.

– Tu as pensé que j'avais brisé notre secret ?

Oh non, il n'avait pas pensé ça, seulement la situation n'était pas facile et peut-être que la fuite était une solution.

– Une solution à quoi ?

À une situation compliquée. Il était marié et elle avait sans doute pensé que leur amour n'aurait pas de suite. Non, Antoinette n'avait pas imaginé tout cela. Plus tard, ils auraient sûrement trouvé une solution acceptable pour tous. Elle s'était laissé guider par sa mère, c'était tout.

– Je ne connaissais pas les causes de ce départ et je ne le comprenais pas. J'ai longtemps espéré un retour, il ne s'est jamais produit.

Le temps était passé, les élections, la mairie, l'Occupation, toutes ces choses avaient meublé son temps, mais jamais remplacé cette absence.

– Et toi, que faisais-tu ?

Bien accueillie pas les sœurs, au début elle avait aidé aux tâches quotidiennes, et puis la mère supérieure lui avait appris à lire et à écrire.

– Tu sais, André, j'aime lire les romans. J'ai découvert Henry Bordeaux. Il parle des pauvres avec amour et respect. Parfois, dans certaines pages, je nous reconnaissais.

André l'écoutait avec plaisir. Elle n'était plus la jeune femme qu'il avait connue, elle était devenue une très belle femme. Ses cheveux tirés en arrière et coiffés en chignon lui donnaient fière allure, leur teinte fauve ravivait son visage un peu pâle. Ses mains étaient soignées.

– Plus tard, j'ai aidé à l'infirmerie. Un jour, des blessés sont arrivés en grand nombre à l'hôpital Saint-André situé à deux pas, et la mère supérieure, avec d'autres, nous a envoyées en renfort pour aider le personnel soignant qui était débordé.

Elle avait soigné, pansé, consolé des malades et ce n'était pas fini, le travail ne manquait pas. Les privations avaient entraîné d'autres maladies comme la très dévastatrice tuberculose. Ici, Antoinette se sentait utile. Et puis les Allemands n'avaient pas encore évacué Bordeaux, il risquait malheureusement d'y avoir encore des combats, des blessés.

– On dit que lorsqu'ils partiront ils veulent faire tout sauter en ville.

– On les en empêchera, la rassura André.

– Ah, dit-elle, la Résistance ?

Il fit oui de la tête.

Après un instant de silence, il sentit l'heure venue de la prévenir pour son frère.

– À propos de Résistance…

Il raconta tout. Le maquis, Eugène, Marc, Lucie, Petit-Pierre. Sa mort en héros.

– C'est Petit-Pierre qui m'a dit pour toi avant de nous quitter.

Elle pleurait doucement ce frère qu'elle n'avait plus revu depuis son départ, pas plus que sa mère. Celle-ci n'était jamais venue à Bordeaux. Comme elle devait se trouver seule maintenant. André poursuivit :

– Ton frère m'a appris aussi que…

Il lui prit les mains. La regarda droit dans ses yeux mouillés de larmes.

– Antoinette… c'est vrai que… tu m'as donné… un fils ?

S'abandonnant sur son épaule, elle fondit littéralement. Oui, c'était vrai, elle l'avait appelé Rémi.

– Je peux le voir ?

Antoinette se ressaisit. C'était bien qu'il soit venu, mais il ne fallait pas précipiter les choses. Elle ne pouvait pas aller chercher le petit garçon et lui dire : cet homme est ton papa. Depuis longtemps, il lui demandait qui était son père et, à chaque fois, elle lui disait qu'un jour il le connaîtrait, c'était un brave homme retenu par des obligations.

– Il fait la guerre ? lui avait demandé Rémi.

Non, enfin, elle ne savait pas. Il devait être patient, un jour il viendrait le chercher pour s'occuper de lui. C'étaient des mots d'attente, il fallait le préparer, on ne pouvait pas lui dire comme ça d'un coup. Et puis, quand il saurait, ce père qui apparaissait un matin ne repartirait-il pas le soir ? Le reverrait-on souvent ? Plus jamais ? Alors pourquoi ne pas attendre d'être certaine, avant de tout lui raconter ?

– André, je suis très heureuse de te voir, seulement je ne suis plus l'Antoinette qu'on appelait la simplette du village. Les épreuves que j'ai vécues et ce que j'ai vu de la vie, de la guerre, ont fait de moi quelqu'un d'autre. J'ai vu des misères à l'hôpital, du corps et de l'esprit. Mon cœur n'était plus habitué au bonheur. Il va me falloir réapprendre, il faut me laisser du temps.

Antoinette était plus sûre d'elle, plus mûre. Par contre, André sentit que sa bonté n'avait pas changé. Au contraire, elle s'était renforcée, bonifiée et il émanait d'elle une sensation de plénitude. Son regard doux calmait les angoisses. Malgré les éloignements, malgré ce qu'elle avait souffert de solitude, elle était sublime dans sa simplicité, elle était vraie de tout son être. Il perçut avec certitude ce qu'il avait craint d'avoir perdu : il l'aimait toujours comme un fou, comme au temps du secret. La peur l'envahit. Allait-il pouvoir l'aimer encore dans ce monde qui avait tant changé ? Elle avait raison, qu'avait-il à lui offrir ? À leur offrir ? Il ne savait pas.

Antoinette se leva, elle devait rejoindre son travail.

– Et mon fils ? osa-t-il demander.

Plus tard. Il reviendrait ? Oui, quand elle voudrait.

Il n'entendit plus les bruits de la rue, pas plus que les plaintes poussives du train qui le ramenait chez lui. Ces retrouvailles l'avaient transformé, étrange sentiment mêlé de joie et d'inquiétude. Restait maintenant à réfléchir comment résoudre cette situation épineuse. Il devait se sortir de ce chaos familial en essayant de ne blesser personne.

Ce serait difficile.

* *
*

Andréa était venue à la rencontre de son père ; sa mère avait fait un malaise qui avait inquiété Pierre Bos, le médecin du village. Depuis quelques jours, Amélia était très fatiguée. Une légère diarrhée, qu'elle pensait faire passer avec des tisanes d'anis étoilé, s'installait et, ce matin, une douleur vive dans l'abdomen lui avait arraché des cris. Lorsque Andréa était entrée dans la chambre, sa mère avait eu un étourdissement. Pierre Bos, appelé en urgence, avait ausculté la patiente sous toutes les coutures. Sa tension était faible, son pouls rapide, 38,5 de température, elle avait vomi trois ou quatre fois et avait très soif. Au toucher, son ventre tendu avait fait dire au médecin :

– Elle a un ventre de bois.

Après avoir réfléchi en silence un instant, il avait quitté la chambre et rejoint la salle à manger où Andréa avait préparé une bassine remplie d'eau chaude, un savon et une serviette. Tous attendaient son diagnostic. En se lavant les mains, il avait dit sur un ton inquiet que, si ce soir la température n'avait pas baissé et le ventre retrouvé un peu de son élasticité, il faudrait prendre la décision de l'hospitaliser. Germaine Lambert avait aussitôt fait un signe de croix. Pour elle, l'hospitalisation était synonyme de danger.

– On ne peut pas la soigner ici, docteur ? On fera attention à elle, soyez-en certain.

Il en était certain, mais si ce qu'il craignait s'avérait exact il faudrait peut-être qu'elle subisse une opération. Arnaud Lambert voulait plus de précisions de ce docteur. Il avait la réputation de ne jamais en donner beaucoup, ses patients devant lui faire confiance et rien d'autre, donc il n'en eut pas.

– Comment va-t-elle ce soir ? demanda André.

Pas fort, elle avait toujours ces douleurs dans le ventre, sa température n'avait pas baissé, la nuit risquait d'être longue.

Si les rapports entre André et sa femme étaient quasiment nuls, elle était quand même son épouse et la mère de ses filles, cette histoire l'inquiétait. Il en oublia Antoinette, et ce fut Andréa qui lui posa la question :

– Papa, tu as vu Antoinette ?

Oui, il l'avait vue, mais ce soir il y avait plus urgent. Il rentra vite chez lui et se rendit aussitôt au chevet d'Amélia. Elle lui fit un faible sourire, puis, penchant sa tête, ferma les yeux. André fut impressionné par son teint pâle. Lui touchant le front, il le trouva brûlant.

À l'étonnement de ses parents, il décida de passer la nuit auprès d'elle.

– C'est ma femme, non ?

– Il serait bien temps que tu t'en souviennes, rétorqua son père sèchement.

La nuit fut longue. Il s'assoupit plusieurs fois, se réveillant à chaque plainte de sa femme, lui donnant à boire, lui mouillant le front pour la rafraîchir. Pendant ces instants de court sommeil, il rêva. Il se vit à Lagune Vieille avec Antoinette, tandis qu'Amélia les regardait avec tristesse. Il fit un geste d'apaisement vers elle, elle disparut du rêve et, en se retournant, il ne vit plus Antoinette, seulement le grand Gustave qui le regardait d'un air narquois. Il se réveilla brusquement en sueur, but un verre d'eau, épongea le front d'Amélia. Songea alors à eux. Comment en étaient-ils arrivés là ? Il repensa à tout ce qui s'était passé depuis la naissance de Lucie. Il trouva ce rejet stupide. Ridicule. Quand allait-on cesser de souhaiter la naissance d'un garçon pour diriger une exploitation ? Il était persuadé qu'aujourd'hui les filles étaient tout aussi compétentes que certains hommes. Il suffisait, pour s'en convaincre, de voir la détermination et la hargne de Lucie. Cette fille était capable de remplacer n'importe quel chef de famille. Elle avait eu le cran que beaucoup d'hommes n'avaient pas eu, à commencer par lui, d'entrer dans la Résistance. Et quand cesserait-on aussi de marier à tout prix les hectares avant les amours ? Avec

Amélia, ils s'étaient aimés, c'était quand même ses parents qui avaient arrangé le mariage avec Valentine et Jean Ceyran.

Il prit la main moite de sa femme dans les siennes, comprit qu'il l'aimait encore. Sans doute d'un amour différent. Si ces stupides querelles familiales et l'autorité absurde de son père n'avaient pas existé, aurait-il eu ce penchant pour Antoinette ? Quand on est heureux chez soi, peut-être que ça n'arrive pas ? Ou que ça ne devrait pas arriver ? Leur quotidien se serait écoulé tranquillement alors que là ils avaient gâché dix ans de leur vie en s'éloignant l'un de l'autre. Et au milieu de tout ce gâchis, il y avait le petit Rémi. Il n'avait rien demandé, lui. Il n'avait été que le fruit du hasard et la conséquence de la mésentente d'un couple. Devait-il supporter le poids des erreurs des autres ? Non, pensa André, non. Il a droit à une vraie vie, entourée d'amour. Comment faire aujourd'hui ? Les larmes lui montèrent aux yeux. Il pleura sur la main d'Amélia, tandis qu'elle geignait doucement.

Au petit matin, Pierre Bos fut formel : Amélia était atteinte d'une péritonite infectieuse. Il décida de l'envoyer à l'hôpital Saint-André de Bordeaux.

XXIV

André Lambert faisait les cent pas dans le jardin de l'hôpital, il ressemblait à un cloître, et songea qu'autrefois, peut-être, c'en était un. L'endroit devait favoriser la méditation et apporter un peu de sérénité. André n'y parvint pas, son inquiétude et son désarroi étaient trop grands. La matinée allait s'achever et Amélia était toujours dans la salle d'opération. Le chirurgien n'avait pas caché la gravité de la situation. Une opération dans ces conditions était délicate, d'autant qu'il était trop tard pour qu'un traitement préopératoire puisse être fait. Il fallait intervenir de toute urgence, afin de neutraliser la cause, enlever l'appendice infecté pour éviter une infection généralisée, fatale à la malade.

Vers midi, il sortit boire un café dans un bistrot de la rue de Cursol. À deux pas d'ici, rue Paul-Louis-Lande, Antoinette devait déjeuner. Que la vie était curieuse, il était dans la joie avec elle hier matin et, ce matin, il était dans la peine avec son épouse, presque au même endroit. Il n'avait pas voulu qu'Andréa l'accompagne et avait préféré qu'elle prévienne Lucie de l'état de santé de sa mère. Arnaud Lambert, assommé par la brutalité de la situation, l'avait emmené au canton, chez le notaire. Pendant ce temps, à l'église, Germaine égrenait son chapelet et faisait brûler des cierges. Il tardait à tous de voir André qui ramènerait de meilleures nouvelles.

André attendait dans le couloir devant la salle commune. Le chirurgien vint vers lui. L'opération s'était bien passée, il y avait beaucoup d'infection et on saurait véritablement dans trois ou quatre jours si elle était vraiment sortie d'affaire. Elle allait être ramenée dans la salle d'ici une heure, il pourrait la voir un petit moment.

André trouva à Amélia un visage cireux. Elle n'était pas complètement réveillée et alignait des mots sans suite, incompréhensibles, en s'agitant beaucoup. André s'enquit auprès de l'infirmière de l'évolution prévisible. Il fallait être patient, répondit-elle, et espérer que la fièvre tombe, ce qui signifierait que l'infection régressait.

Dans cette salle où une dizaine de lits étaient alignés, séparés par un simple rideau, l'atmosphère était pesante. Des sueurs montèrent au front d'André. Il lutta et réussit à poser sa main sur celle de son épouse. Au toucher, elle frémit légèrement, puis sembla s'assoupir un instant. Il resta ainsi un long moment, tandis qu'un nombre incalculable d'images défilaient dans sa tête. L'infirmière s'approcha, l'heure des soins était arrivée, il devait partir. Il embrassa doucement Amélia sur le front qu'il trouva brûlant et quitta l'hôpital. Dans l'entrée, il se heurta à Antoinette. Le moment de surprise passé, il lui expliqua les raisons de sa présence et lui demanda ce qu'elle venait faire ici.

– Je te l'ai dit hier, plusieurs fois par semaine, j'aide les infirmières, elles sont toujours débordées. Nous sommes plusieurs à venir ainsi régulièrement pour les tâches simples du quotidien des malades. Comme ça, elles peuvent consacrer davantage de temps aux soins nécessaires.

Alors si ça se trouve, elle verrait Amélia ? Elle était dans la salle A.

Dans la salle A, Antoinette s'approcha des lits. Un classeur était accroché aux barreaux avec, à l'intérieur, le nom des malades, la feuille des soins à donner, les consignes des infirmières et le graphique de température. Elle connaissait Amélia mais, en dix ans, elle avait dû changer. Les opérés de la journée étaient regroupés vers la fenêtre. Elle s'approcha, n'eut pas besoin d'ouvrir de classeur, elle reconnut tout de suite Amélia Lambert. Malgré son teint blafard, elle la trouva jolie. Elle resta un moment devant elle, silencieuse, puis regarda la feuille de soins. Elle devait lui prendre la température. Elle appela doucement la malade.

– Madame, je dois vous prendre la température.

Amélia ouvrit les yeux, fit un mouvement de tête pour dire oui et les referma.

Antoinette lui plaça le thermomètre sous l'aisselle et attendit, vérifiant à la montre, qu'elle avait accrochée à sa blouse par une épingle, le temps écoulé. Deux bonnes minutes après, elle lut 38,2. Elle savait qu'il fallait ajouter 0,9 pour avoir la température exacte et inscrivit 39,1 sur le graphique. Sœur Marie-Madeleine arrivait.

– Alors ?

– Elle a une forte fièvre. Qu'en pensez-vous ?

La sœur secoua la tête. Elle venait de Toulouse où la congrégation des filles de la Charité, les sœurs à cornettes comme on les avait baptisées à cause de leur coiffe, avait fait d'elle une véritable infirmière. Elle était en poste dans cet hôpital depuis quelques années. Son diagnostic, réputé fiable, était respecté par tous les médecins.

– Ma fille, nous avons deux jours devant nous. On va faire le maximum pour la sauver. Il ne faut pas se cacher la vérité, si la température ne baisse pas, c'est que l'on n'arrive pas à juguler l'infection. Donc ses jours sont en danger.

Antoinette se tourna pour cacher une larme qui coulait sur sa joue, puis, se maîtrisant, elle demanda de s'occuper particulièrement de cette malade. C'était une femme de son village et elle voulait l'assister pleinement. Sœur Marie-Madeleine sourit.

– C'est bien, Antoinette, j'avais décelé chez vous un véritable don de soi, une réelle bonté pour les malades, vous confirmez mon diagnostic.

Son œil expert ayant vu les larmes d'Antoinette, elle termina par une boutade pour détendre l'atmosphère :

– Il est toujours bon, tout le monde ici vous le dira !

Elle quitta la salle, tandis qu'Antoinette passait un linge frais sur le front d'Amélia pour la soulager un peu.

Amélia eut une nuit agitée. Son sommeil fut entrecoupé de cauchemars provoqués par la fièvre. Au petit matin, elle semblait plus reposée, les restes de l'anesthésie s'éloignaient tout doucement. Antoinette était à ses côtés depuis la veille au soir. Maintenant, elle s'était assoupie légèrement et Amélia la regardait. Sentant inconsciemment un regard, elle se réveilla d'un coup.

– Bonjour, dit faiblement Amélia.

Antoinette s'excusa de s'être endormie. Lui demanda comment elle se sentait ce matin. Un sourire fatigué lui fit comprendre sa faiblesse. Elle réussit à demander ce qu'elle avait.

– On vous a enlevé l'appendice, il y avait une péritonite.

Amélia savait que c'était grave, comprenait le danger.

– Dites-moi la vérité, je vais m'en sortir ?

Antoinette répondit qu'elle n'était ni docteur ni infirmière, seulement fille de salle, et ne s'occupait que des tâches simples. Elle ne pouvait pas savoir, mais il n'y avait pas de raison qu'elle ne s'en sorte pas.

Pendant qu'elle parlait, Amélia la fixait intensément. Ce regard étonna Antoinette, l'impressionna. Que signifiait-il ? Les yeux de la malade semblaient s'enfoncer dans un visage terne et posaient comme un questionnement. Elle finit par dire :

– Il me semble vous connaître, je me trompe ?

Antoinette eut envie de se lever et de s'échapper. Si Amélia savait ce qui s'était passé entre elle et son mari, comment, malgré sa faiblesse, allait-elle réagir ? Devant le regard pressant d'Amélia, elle finit par répondre qu'elle était Antoinette, la fille du grand Gustave et de Louise Maleyran.

Amélia soupira, ferma les yeux desquels s'échappèrent des larmes. Antoinette lui serra la main, sentit que cette main se refusait à elle. À ce geste, elle comprit qu'Amélia savait. Une gêne terrible s'empara d'elle. Elle se leva doucement pour se retirer, comprenant l'impossibilité de poursuivre la tâche qu'elle s'était donnée. Amélia la retint.

– S'il vous plaît, restez.

Antoinette n'osait plus rien dire, tant elle trouvait cette situation difficile. Elle finit par déclarer qu'elle allait chercher le nécessaire pour lui faire un peu de toilette, il faudrait aussi prendre la température. Amélia lui adressa un faible sourire.

L'après-midi, quand André vint la voir, Amélia était toujours aussi fatiguée. Il s'assit près d'elle. Certains malades des box voisins se plaignaient, d'autres appelaient les infirmières. André supportait mal cette ambiance et les odeurs d'éther lui donnaient la nausée. Amélia ne parlait pas, elle semblait dormir ; il avait envie de sortir prendre l'air mais il devait être là si elle se réveillait, ce qu'elle fit quand un des malades cria plus fort et qu'une infirmière arriva rapidement pour le calmer.

– Comment te sens-tu ? demanda André en lui touchant le front.

– La fièvre ne descend pas, il faut attendre, dit-elle d'un air résigné.

La conversation pourrait la fatiguer, il préféra rester silencieux. Un moment plus tard, ce fut elle qui parla :

– C'est Antoinette Maleyran qui s'occupe de moi. Elle est très douce, très gentille.

Surpris, André ne répondit pas, il pensait qu'Antoinette verrait sa femme, mais ne pensait pas qu'elle lui donnerait des soins.

– Tu savais qu'elle travaillait là ?

Il fit oui de la tête. Quand la sonnerie de la fin des visites sonna, ils ne s'étaient plus rien dit. André se leva, posa un long baiser sur le front tiède de son épouse et partit sans se retourner. Il lui tardait d'être dehors pour pouvoir laisser couler le torrent de larmes qu'il avait en lui.

À l'heure des soins, Antoinette vint auprès d'Amélia.

– Mon mari est venu me voir, vous ne l'avez pas croisé ?

Non, elle ne l'avait pas vu. Elle eut l'envie de lui avouer qu'elle était désolée de cette situation. Qu'elle était tombée amoureuse d'André sans mesurer les conséquences. Elle ne demanderait rien à personne et continuerait la vie qui était la sienne depuis toutes ces années. Pour son fils, elle se débrouillerait toute seule ; il ne serait pas le premier à ne jamais connaître son père. Elle choisit de ne rien dire, elle ne le ferait que lorsque Amélia irait mieux. Pour l'instant, seule comptait sa guérison, surtout pas ses états d'âme.

Elle regarda le thermomètre. La température était encore haute. Sœur Marie-Madeleine, prévenue, força la dose d'antibiotiques, tout en ne cachant pas son inquiétude :

– Si demain matin la température n'est pas tombée, je ne sais pas ce qui va se passer.

Le chirurgien passant plus tard s'inquiéta. Amélia risquait gros. Faudrait-il réopérer ? Antoinette voulut en savoir plus, il ne lui cacha pas ses craintes de voir l'infection progresser.

– Elle est arrivée trop tard chez nous, mais lorsqu'on habite loin de la ville on peut difficilement aller plus vite. Sans compter que ces femmes de la campagne pensent qu'elles sont costauds et que rien de fâcheux ne peut leur arriver. Elles prennent des tisanes et attendent que ça passe !

Comprenant le danger, Antoinette demanda à passer la nuit auprès de la malade.

– Si son cas s'aggrave, j'appellerai aussitôt.

Sœur Marie-Madeleine donna sa permission :

– Le don de soi, Antoinette, le don de soi…

« Plutôt l'envie de réparer quelque chose », pensa Antoinette, mais ça ne regardait qu'elle.

Antoinette revint vers 21 heures. Bientôt les lumières diminueraient d'intensité pour favoriser le repos des patients. Au milieu des plaintes ne circuleraient plus que les ombres feutrées des infirmières de nuit rassurant l'un, donnant à boire à un autre. Antoinette disait que c'était le moment de vérité du malade. Il était encore plus seul et il lui tardait que le jour se lève, pour balayer l'inquiétude de la mort qui l'avait accompagné tout au long de la nuit. Il tenait, il s'accrochait et, souvent, les plus fragiles, fatigués par cet effort de survie, les forces relâchées, s'abandonnant, mouraient au petit matin, à l'heure où le jour commence à vivre.

Elle s'assit près d'Amélia qui somnolait et respirait irrégulièrement, gênée par sa forte fièvre. Au milieu de la nuit, elle se réveilla, se tourna et vit Antoinette.

– Je vais si mal que ça ?

Antoinette lui fit signe que non. Elle restait au cas où elle aurait besoin de quelque chose. Elle lui proposa un verre d'eau qu'elle accepta. Lui tenant la tête, elle l'aida à boire.

– Vous êtes gentille avec moi.

Elle ne répondit pas.

– Vous savez, Antoinette, c'est à moi que j'en veux, pas à vous.

Elle lui prit la main.

– J'ai trop délaissé André et vous êtes apparue.

Elle parlait doucement, évoqua cette fille qu'ils ne souhaitaient pas parce qu'elle dérangeait les plans de la famille, et qui avait été mal aimée. Elle parla aussi de ce beau-père despote qui voulait tout régenter, la commune comme la famille, de ces élections qui avaient fini par diviser la famille. De cette guerre qui avait ruiné les amitiés et détruit des vies autour d'eux comme Petit-Pierre. Mais il lui avait fallu du temps pour comprendre tout ça et, aujourd'hui, elle réalisait les dégâts.

– Nous avons vécu en permanence dans la colère, la haine de l'autre et je n'ai pas compris qu'André n'était pas comme son père. Je l'ai mal jugé, il s'est éloigné de moi.

Elle souffla un instant, reprit :

– Il m'a jeté au visage que c'est vous, par votre douceur, votre tendresse, qui lui avez ouvert les yeux sur sa fille. Et ce garçon dont il rêvait, il l'a eu avec vous.

Antoinette était bouleversée devant ce qui était une véritable confession.

– Je vous demande pardon pour ce que j'ai fait.

Amélia sourit, n'avait pas à la pardonner, parce qu'elle n'avait rien fait de mal. Elle insista : c'était elle au contraire, à cause de son caractère, de son attitude, qui avait créé cette situation.

– Si André avait été heureux avec moi, il ne se serait rien passé. J'ai beaucoup souffert de ça, mais je ne vous en veux pas. Maintenant, je vais essayer de dormir un peu, j'ai tellement mal à la tête.

Des larmes coulaient sur ses joues. Antoinette les essuya, tandis que les siennes ravageaient son visage.

Le reste de la nuit s'écoula entre des moments calmes ou agités. Un peu avant le petit matin, Amélia se mit à parler, ses mots se bousculaient, incompréhensibles. Inquiète, Antoinette appela sœur Marie-Madeleine. La fièvre, très forte, provoquait ces divagations. On lui administra un calmant, elle continua à délirer. Antoinette lui tint la main en permanence. Si elle sentait que quelqu'un était près d'elle, pensait-elle, peut-être qu'elle aurait moins peur de l'issue qu'elle savait maintenant fatale. Un peu plus tard, Amélia se calma, rouvrit les yeux, se tourna vers Antoinette, réussit à parler faiblement :

– André avait raison, vous êtes une fille bien. Je m'en vais, Antoinette, je l'ai compris. Vous leur direz à tous que je les ai aimés. Vous demanderez à Lucie qu'elle me pardonne.

Antoinette se rebella, non elle n'allait pas mourir, c'était seulement cette maudite fièvre qui provoquait tous ces désordres, ce délire. Elle allait s'en sortir, elle devait s'en sortir !

– Battez-vous, Amélia, s'il vous plaît.

Amélia sourit, lui fit signe de s'approcher encore plus. D'une voix faible, elle lui dit :

– Antoinette, ne laissez pas votre fils sans père. Il doit le connaître, ne le privez pas de ça.

Après avoir repris un peu son souffle, elle ajouta :

– Ne privez pas non plus André de son fils.

Elle ferma les yeux, parut s'endormir.

Au moment où le jour se levait, elle avait le visage radieux, serein. La mort avait effacé les souffrances qui marquaient son trait. « Comme elle est belle », songea Antoinette.

XXV

Les obsèques d'Amélia rassemblèrent le village. Antoinette n'y assista pas. Il aurait été malvenu qu'elle soit auprès d'André. Elle décida de venir chez sa mère un mois plus tard. Malgré les lettres écrites trois ou quatre fois par an pour donner de ses nouvelles, elle n'était jamais revenue au village. Pour le décès de Petit-Pierre, Louise, tellement troublée et ne sachant pas trop bien formuler ses phrases, avait préféré ne rien dire à sa fille et n'avait demandé à personne de lui rendre ce service. Antoinette n'avait donc pas vu sa mère depuis des années et Rémi ne connaissait pas sa grand-mère. Il fallait arrêter ce gâchis.

Ils descendirent au train de midi, juste à la sortie de la messe. Estelle la reconnut sans peine. Par contre, ce jeune garçon avec elle, c'était son fils ? Au visage de l'enfant, Melvina sut qui était le père.

– Bon sang, s'exclama-t-elle, je comprends tout !

Elle se remémora les visites fréquentes du curé et les discours à voix basse avec Arnaud Lambert, au moment du départ mystérieux de la fille du grand Gustave. Elle se doutait, comme tous ici, qu'il y avait anguille sous roche. En voyant le visage de ce garçon, elle n'eut aucun doute, il ressemblait à André Lambert. « Tu sais, lui avait fait remarquer Estelle, on dit toujours que les bâtards ressemblent comme deux gouttes d'eau à leur père. »

Antoinette ouvrit le petit portail de bois, sa mère était occupée à préparer le repas. Elle appela d'une voix timide :

– Maman ?

Louise sortit sur le pas de la porte. Reconnaissant sa fille, elle laissa tomber la casserole qu'elle avait à la main et lui tendit les bras.

– Ma fille chérie, je t'espérais tellement.

Timide, Rémi restait en arrière.

– Rémi, viens voir ta grand-mère.

Il s'approcha timidement. Il avait l'habitude des sœurs de la Miséricorde, toujours bien habillées, et cette femme avec son tablier noir sur une robe fanée, les cheveux en désordre et chaussée de sabots fendus, le rendait craintif. Soudain, une vache meugla, Rémi se réfugia dans les jambes de sa mère, qui rit de bon cœur. Il faut dire qu'en ville les bruits des voitures et de leur Klaxon ne faisaient pas ce bruit curieux.

– Oh toi, dit Louise, tu as besoin d'un peu de campagne pour savoir ce que c'est que la vie. Quand tu me connaîtras mieux, tu viendras passer quelques jours avec moi. Je t'apprendrai la vie au grand air.

Louise les entraîna dans la maison. Antoinette regardait autour d'elle, rien n'avait changé. Les deux lampes à pétrole en cuivre étaient toujours sur la tablette de la cheminée, dont l'intérieur était toujours aussi noir. Elles trônaient sur un liseré brodé qui avait noirci à la fumée. Une agréable odeur de soupe s'échappait d'un pot posé sur un trépied, que des braises chauffaient. Ce fumet lui arrivant aux narines la replongea quelques années en arrière. Elle poussa la porte de la chambre et ne put empêcher une larme de couler sur son enfance qu'elle revoyait dans cette pièce. Sur le buffet de la salle à manger, la photo de son père était toujours posée à la même place et, à côté, celle de Petit-Pierre. Antoinette tomba de nouveau dans les bras de sa mère. Elles pleurèrent longuement. Les cris effrayés de la volaille les ramenèrent à la réalité : Rémi, s'il avait peur des vaches, n'avait pas peur des poules, les effrayait en leur courant après avec un bâton et en criant.

Après avoir rétabli l'ordre dans la basse-cour, Louise essuya la toile cirée, mit trois couverts.

– À la fortune du pot, dit-elle.

Que ce pot allait être bon, pensa Antoinette. De toute façon, l'émotion des retrouvailles serait une nourriture suffisante à les rassasier, si tant est qu'elles allaient l'être. Elles avaient tellement de choses à se raconter !

Pendant le repas, Rémi se familiarisa avec sa grand-mère, il voulait tout savoir sur ce qu'il appelait la campagne de sa maman. Elle lui en avait parlé très souvent et il était curieux de tout. Louise lui proposa de venir passer les vacances de Noël chez elle, il regarda sa mère, cherchant un oui, elle accepta. Il se leva en battant des mains, tout content. Antoinette ne reconnaissait pas sa mère. Elle n'avait pas dû être heureuse ainsi depuis bien longtemps.

– Tu verras, on s'amusera comme des fous, promit-elle à son petit-fils, on fera des crêpes, on cassera du bois. Je t'apprendrai à faire des moulins en carton sur le fossé, on ira aussi à la pêche.

– À la pêche ?

– Oui, dans les lagunes, à quelques pas d'ici.

À ces mots, Antoinette ressentit une vive émotion. Les lagunes.

Lagune Vieille. Ce retour fit ressurgir son passé. N'était-ce pas ce qu'elle cherchait en revenant ici ? Ne voulait-elle pas recommencer quelque chose ? Retrouver quelque chose ? Elle se rappela les recommandations d'Amélia : « Ne laissez pas votre fils sans père. »

Rémi, d'un coup, sembla soucieux. Il se campa devant sa mamie, lui demanda si le Père Noël passait aussi à la campagne de sa maman. Louise éclata de rire.

– Et comment, et encore mieux qu'à Bordeaux, parce que ici il y a de vraies cheminées qui arrivent directement dans les maisons, pas comme en ville où tout est tarabiscoté.

Durant le trajet de retour, Rémi, enchanté de cette journée, ne cessa de demander des détails à sa mère. Puis, après un long silence, il demanda :

– Maman, à la campagne de chez mamie, je trouverai de tout ?

De tout, sans doute que non, mais suffisamment de choses pour vivre heureux.

– Alors j'y trouverai un papa ?

Antoinette ne put retenir toute l'émotion que lui avait causée cette visite chez sa mère, elle cacha son visage dans ses mains et fondit en larmes.

* *
*

Rémi était heureux, le Père Noël allait passer, avait dit mamie Louise ; pour ça, il fallait être sage. Comment être sage ici, au grand air, au milieu de cette forêt qui sentait si bon la résine ? Au milieu de ces pins où les écureuils sautaient de branche en branche ? Eugène l'avait emmené chercher du bois en forêt, sur la charrette tirée par les mules, quelle aventure ! Rue Paul-Louis-Lande, il avait vu des attelages, mais n'était jamais monté dessus. Le soir, il avait décrété que quand il serait grand il vivrait à la campagne de maman. Louise se réjouissait d'entendre ça. Comment ferait-il pour vivre ici ? Elle pourrait arranger un peu la maison avec ce don du ciel apporté par Lucie et Marc. L'ennui serait que sa mère ne trouverait pas de travail et ses maigres revenus ne lui permettraient pas d'élever son petit-fils. Elle avait bien une idée derrière la tête. Comment s'y prendre ? Or, quand Louise avait une idée, la solution finissait toujours par jaillir, donc elle ne désespérait pas.

La solution jaillit le soir de Noël, à la messe de minuit.

Il avait plu presque toute la journée, une pluie humide qui collait à tout. Avant de partir à l'office de la nuit, Louise avait mis une grosse bûche dans la cheminée, au grand étonnement de Rémi.

– Ça brûlera pas, avait-il affirmé, elle est trop grosse.

Elle lui avait expliqué que si. Ils trouveraient ainsi du feu en rentrant, la maison serait chaude et ils boiraient une tasse de chocolat en regardant les flammes danser.

– C'est la tradition de Noël, mon père, mon grand-père faisaient déjà comme ça et toi, plus tard, tu le feras aussi.

C'était bien beau cette tradition, seulement avec ces flammes, le Père Noël allait se brûler ! Il fallut toute la patience de Louise pour expliquer que le Père Noël était tellement rapide qu'il ne laisserait pas le temps aux flammes de lécher ses pieds !

L'église était à un bon kilomètre. Rémi avait insisté pour y aller, il voulait voir le petit Jésus et la crèche. Louise l'installa sur le porte-bagages du vélo et, un quart d'heure après, ils entrèrent dans l'édifice déjà bien garni de fidèles. Certains paroissiens avaient leurs habitudes et les premières chaises, devant, étaient déjà prises. Louise n'avait pas de chaise attitrée. Elle jeta un regard circulaire et sourit en voyant ce qu'elle avait espéré. André Lambert et ses deux filles étaient assis et il restait des sièges à côté. Elle bouscula une personne, passa devant une autre qui s'éternisait devant le bénitier, esquissa elle-même un signe de croix rapide et s'installa en silence sur le même rang, en prenant soin d'asseoir Rémi aux côtés d'André. À la vue du jeune garçon, il frémit. Cet enfant avec Louise ne pouvait être que le fils d'Antoinette. Après le décès de son épouse, il l'avait revue pour la remercier d'avoir assisté

Amélia dans ses derniers instants. Il lui avait demandé si elle avait reçu des confidences, un dernier mot ; Antoinette avait dit que non, la forte fièvre l'avait empêchée d'avoir des raisonnements cohérents.

– Et nous ? avait demandé André.

Elle pensait qu'il fallait laisser du temps. Cette longue séparation avait fait des dégâts. Trop de gens avaient été blessés.

– Et pour notre fils ?

Antoinette y réfléchirait. Sans doute qu'un jour il faudrait lui expliquer, rien ne pressait, Rémi avait trouvé son équilibre rue Paul-Louis-Lande, il y faisait sa scolarité. On verrait plus tard.

André n'avait pas insisté. Pour l'instant, il se consacrait à la commune, cependant, il n'envisageait pas de se représenter aux prochaines élections municipales. Cette occupation, cette guerre dans la famille, ce décès, tout l'avait fait vieillir et il n'aspirait plus qu'au calme. Une chance, il avait le soutien de ses deux filles, il en avait besoin. Et là, ce soir, alors que rien ne l'y avait préparé, son fils, car c'était lui sans aucun doute, le soir de Noël, était assis à côté de lui. À ce moment, le curé, en procession avec les enfants de chœur, porta Jésus dans la crèche, tandis que la chorale, accompagnée par l'harmonium, chantait *Il est né le divin enfant* ! André ne résista pas une seconde. Il prit Rémi dans ses bras et lui proposa :

– Sur mes épaules, tu verras bien mieux le cortège.

Rémi, radieux, se régalait du spectacle. Louise jubilait.

Ce soir, un enfant était né, un autre avait retrouvé son père.

Rémi trouva la messe longue et rester sage tout ce temps lui était pénible. Au milieu de la messe, il donna des signes de sommeil et Louise songea à rentrer. Elle n'eut pas le temps de prendre cette décision, Rémi s'endormit, la tête posée sur les genoux d'André. Elle voulut le faire relever, André lui fit signe de laisser faire. Une joie profonde l'envahissait. Depuis qu'il connaissait l'existence de ce fils, il rêvait de cet instant.

Ses yeux se mouillèrent. Andréa lui demanda s'il connaissait ce petit sans-gêne :

– Oui, c'est mon fils, ton frère.

Elle le regarda avec tendresse. Ce petit bout de chou dont la naissance avait changé plusieurs vies paraissait si fragile.

À la fin de la messe, Rémi, à moitié endormi, se frottait les yeux. André demanda :

– C'est bien le fils d'Antoinette ?

Louise fit oui d'un mouvement de tête, tandis qu'Andréa et Lucie l'entouraient.

– Merci Louise, je vous dois beaucoup.

Rémi commençait à se réveiller complètement et voulait partir, sinon il raterait le Père Noël. De plus, il fallait voir si la grosse bûche brûlait toujours.

– Comme ça tu comprends, dit-il à André, on boira du chocolat devant les flammes.

André éclata de rire.

– Comment tu t'appelles ?

– Rémi. Et toi ?

Il faillit dire papa, n'osa pas.

– Je m'appelle André.

Déjà Rémi partait vers le vélo de sa grand-mère.

– Au revoir André.

André était sur un nuage. Il n'était pas près d'oublier cette nuit de Noël. Quel cadeau du Père Noël ! D'ailleurs, à ce propos, il savait ce qu'il allait faire dans la matinée.

Vers 11 heures, Louise vit arriver André avec un paquet à la main. Il la remercia d'avoir emmené son petit-fils à la messe de minuit. Elle le regarda alors droit dans les yeux.

– C'est bien toi le père, je ne me trompe pas ?

C'était bien lui. Il regrettait le mal qu'il avait pu faire aux Maleyran. Regrettait aussi de ne pas avoir su avant l'état d'Antoinette, il aurait pu éviter cette séparation. Il aurait assumé et ne serait pas passé pour un salaud faisant des enfants à des filles faciles, et s'échappant ensuite.

– Mon père est tellement autoritaire qu'avec son habitude de tout décider il a cru bon de régler ça à ma place et sans que je sois au courant.

Et maintenant, que comptait-il faire ? Parce que Louise connaissait bien sa fille, c'était une discrète, elle ne lui demanderait rien. Il le savait. Les fois où il avait voulu aborder le sujet, elle l'avait éludé rapidement.

À ce moment, Rémi sortit de la maison avec une petite voiture de pompiers.

– André, regarde ce que m'a apporté le Père Noël.

André s'approcha avec le paquet qu'il tenait toujours à la main. Il lui tendit.

– Le Père Noël était tellement pressé dans sa tournée qu'il a laissé un paquet chez moi, avec ton nom écrit dessus. Alors je te le porte.

Rémi le saisit et déclara en se tournant vers sa grand-mère :

– Ça m'étonne pas, avec les flammes qu'il y avait dans la cheminée, il a fait vite pour pas se brûler !

Louise et André éclatèrent de rire. Décidément, le petit avait une sacrée repartie, un peu comme son grand-père, le grand Gustave, dit Louise doucement. Cette constatation ramena de l'émotion chez André. Fichu grand Gustave, ennemi juré de la famille Lambert qui ne manquait jamais de reprendre Arnaud. Et pourquoi ces deux familles en étaient arrivées là ? Plus personne ne le savait vraiment. Divergence de vues politique. Mauvais voisinage. Bêtise dans tous les cas. Depuis trois générations, ces gens-là se détestaient. Ce bout de chou arrivé par hasard au détour d'amours illicites rétablirait-il leurs rapports ? André voulut y croire fermement.

Rémi défit le paquet et s'extasia devant un livre à colorier, des crayons de couleur. Il partit aussitôt à l'intérieur pour commencer son travail de décoration.

La joie se lisait sur le visage d'André. Il se tourna vers Louise, lui demanda de faire passer un message à Antoinette. Si elle voulait, elle était la bienvenue au village. Ses filles, Andréa et Lucie, avaient dit à leur père qu'il devait s'occuper de ce fils, elles-mêmes étant ravies d'avoir un petit frère. Il y avait de la place dans la maison des Lambert. Louise avait rétorqué que sa fille ne voudrait certainement pas vivre avec Arnaud et sa femme. André y avait pensé, la maison était assez grande pour faire deux logements indépendants, elle ne les rencontrerait qu'à sa guise.

Louise passerait le message.

XXVI

Ce dimanche 13 mai 1945 était curieux.

Le jour du 1er mai, il avait neigé et la couche avait atteint à certains endroits dix centimètres.

Le 8 mai, l'Allemagne avait capitulé et, depuis hier, la température était remontée brusquement à plus de trente degrés ! Ce n'était pas tout, dimanche dernier, 6 mai, avaient eu lieu les élections communales. Les premières depuis la guerre. C'était une grande première, les femmes étaient enfin autorisées à voter et aussi à se présenter aux suffrages des électeurs. Le gouvernement avait pensé qu'avec la part qu'elles avaient prise pendant la guerre elles avaient le droit d'être égales aux hommes et de décider par qui elles souhaitaient être gouvernées et même gouverner elles-mêmes.

Dans le village, il n'y avait eu qu'un tour, tous étant encore marqués par cette guerre. Elle s'était terminée, pour certains, les jours suivant le débarquement. Par contre, ici, en Médoc, elle s'était arrêtée seulement le 20 avril dernier. Marc avait été au cœur des combats et s'en était bien tiré, pas comme Régis, blessé à un genou. Il boiterait le reste de sa vie. Fini pour lui le travail en forêt. Andréa l'attendait avec impatience et avait annoncé son intention de se marier avec lui. André ne s'y était pas opposé. Par contre, Régis ne pourrait pas s'occuper de la propriété. Arnaud Lambert rageait en accusant les jeunes générations d'êtres fragiles et que de son temps... !

– Qu'à cela ne tienne, avait dit Andréa, la propriété, je n'en veux pas.

Elle rassura son père, elle avait tout prévu. Prenant de l'âge, Estelle comptait fermer son magasin, Andréa l'avait appris par Melvina et souhaitait reprendre ce commerce. Elle avait même quelques idées d'aménagement et de changement ; Régis lui serait bien utile dans son travail et il pourrait ajouter un rayon quincaillerie, il en manquait dans le village. Ils seraient donc commerçants.

Avec les études qu'elle avait suivies chez maît· Figeroux, Lucie était capable de gérer une propriété d'une façon plus moderne. Des marchés nouveaux allaient s'ouvrir vers l'étranger et ça la passionnait. Sa sœur ne souhaitant pas s'en occuper, elle accepta de prendre en charge les destinées des hectares de forêt, à une condition cependant : le grand-père la laisserait faire ! Il avait bougonné, mais Germaine s'était imposée, chose qu'elle n'avait jamais faite tout au long de leur vie. L'avenir était aux jeunes, avait-elle assené. De surcroît, elle en avait assez de ses manières de faire, qui avaient eu pour seul effet de semer la zizanie dans la famille et de faire le vide autour d'eux. Leur vieillesse approchant, elle espérait la vivre enfin en paix ! Arnaud avait tourné les talons en maugréant.

Marc allait être nommé instituteur, comme son père. Dès qu'il connaîtrait son poste, en espérant qu'il ne soit pas très loin, avec Lucie, ils décideraient de la date de leur mariage.

En mars, les élections avaient été décidées et fixées pour le mois de mai. L'effervescence regagna le village, le souvenir des dernières refaisant surface. André allait-il se représenter ? La perte de sa femme et l'existence de son fils adultérin lui avaient créé d'une part des amitiés, d'autre part des inimitiés. Il était maire depuis 1935 et personne ne se plaignait de la manière dont il avait géré la période de l'Occupation, malgré tout, cette guerre avait changé les choses. Tous avaient envie de renouveau, d'un nouveau souffle avec des idées nouvelles, et une immense soif de changement était née.

Le seul à ne pas avoir compris cela était Arnaud Lambert. Il décida de tirer ses dernières cartouches, dans un baroud d'honneur, comme il disait. Il continuait de prétendre que si dans le village tout s'était bien passé avec les Allemands c'était en partie grâce à lui. Dans son bar favori, il commença à consulter, tandis que dans l'autre Yves Lagarde, sentant son heure venir, avait décidé de marquer un grand coup, afin de renvoyer chez eux, une fois pour toutes, les ayants pins et leurs privilèges. Son ambition était nette, il ne le cachait pas. D'abord la mairie, ensuite, pourquoi pas, le conseil général ? Alors que le vieux Lambert faisait du tapage pour monter sa liste, avec l'accord d'André, Yves Lagarde fit la sienne dans le plus grand secret. Quand ses projets furent connus, ils en surprirent plus d'un : goudronnage de certaines routes jusqu'alors empierrées, achat d'engins militaires pour être aménagés avec citernes d'eau, et création d'un groupe de bénévoles pour lutter contre les incendies de forêt avec ce matériel, réfection des écoles, de la mairie. Nouvelle étonnante, il promettait l'adduction d'eau dans le village, en plusieurs tranches, pour éviter la situation de 1921, où il avait fallu faire une procession. Il préférait les nouvelles technologies aux prières. Que les paysans se rassurent, il n'oubliait pas les fossés ni les chemins vicinaux. La surprise de cette liste était que Lucie Lambert soit candidate ! Une femme ! Si les plus anciens étaient scandalisés, les autres, et surtout les nouvelles électrices, étaient ravis.

Lorsque Arnaud Lambert apprit la nouvelle, il pesta, hurla contre la gent féminine. Elles se croyaient vraiment tout permis, alors qu'eux, les hommes, avaient des capacités qu'elles n'auraient jamais. Leur rôle devait se borner à s'occuper de la maison, c'était tout ! Alors qu'il laissait éclore une de ses colères habituelles, Germaine, une fois encore, lui rétorqua que sans femmes il ne serait rien. Au lieu de se rebeller contre elles, il ferait mieux de les écouter. Leur expérience du budget de la famille, qui n'était autre que le reflet du budget de fonctionnement d'une commune, valait bien celle des hommes.

– Fais ce que tu veux, quant à moi je voterai pour la liste Lagarde et pour ma petite-fille.

Elle avait ajouté en baissant la tête :

– Comme ça, au moins, je t'aurai un peu plus avec moi pour nos vieux jours.

Elle avait conclu :

– Maintenant que nous avons un petit-fils, tu pourras réaliser ton rêve : apprendre à un garçon ce qu'est une forêt.

Quand même, ce garçon était aussi celui du grand Gustave, avait-il rétorqué. Et alors, il ne l'avait pas apprécié ce grand Gustave ? Ne lui avait-il pas fait faire des obsèques respectables ? N'avait-il pas profité de la faiblesse de Louise pour lui acheter des terres à bon prix ? N'était-il pas juste qu'elles lui reviennent ?

Arnaud Lambert avait baissé la tête, surpris par le langage de celle qui, depuis des années, n'avait dit mot au sujet de toutes ses décisions. Il partit se coucher, passa une nuit blanche à réfléchir. À son réveil, sa décision était prise, il ne ferait pas son baroud d'honneur, il retira sa candidature.

La liste Lagarde l'emporta dès le premier tour de scrutin.

* *
*

Depuis qu'il avait renoncé à la mairie, André se sentait libre. Il avait suivi de très loin la campagne électorale, laissant son premier adjoint prendre tout en main. Il n'avait plus qu'une seule passion, Rémi. Dès que le petit était chez sa grand-mère, il passait le prendre pour l'emmener en forêt, elle n'avait plus de secret pour lui. Ce qu'adorait Rémi, c'était lorsque André l'emmenait à la pêche à Lagune Vieille. Des anguilles aux poissons-chats en passant par les calicobats ou les perches, aucun poisson ne lui était désormais étranger. Tout doucement, Rémi devenait un homme de la nature et des bois. Souvent, il disait que la campagne de sa mère était belle et il aurait bien aimé venir habiter chez Louise.

– Tu as demandé à ta maman ? Elle ne veut pas ?

– Elle dit qu'elle ne sait pas si mamie voudrait.

André pensa que c'était peut-être un début de oui. Louise le souhaitait, il le savait.

Ce dimanche 13 mai, l'important était l'investiture du nouveau conseil municipal et la nomination du maire. Yves Lagarde reçut son écharpe des mains d'André et Lucie fut élue première adjointe. Le public quittait la mairie au moment où la micheline entrait en gare. Antoinette, tenant Rémi par la main, arriva au moment où les élus se faisaient prendre en photo devant la mairie. Rémi vit André. Il lâcha la main de sa mère et courut vers lui.

– André, André, maman m'a dit qu'elle voulait bien demander à mamie d'habiter ici. On ira à la pêche ! s'exclama-t-il en sautant de joie.

André regarda Antoinette, tandis que tous se dirigeaient vers le vin d'honneur. Lucie vint vers elle, l'embrassa.

– Antoinette, je suis heureuse que vous soyez là. Vraiment.

L'après-midi, André se rendit à Lagune Vieille. Il s'assit devant la cabane. Si Antoinette décidait de rester au village, elle viendrait lui dire ici. Effectivement, il la vit arriver, Rémi courant devant elle. Il se leva. Une vive émotion le traversa. Il se revit dix ans en arrière et ressentit le même trouble. La même envie de la prendre dans ses bras, la même envie de l'aimer. Il trouva son visage encore plus beau qu'autrefois, ses yeux avaient la même intensité, il lui sembla même qu'une impatience s'y lisait.

En ces lieux, Antoinette se retrouva dans son secret. Son secret d'amour qui avait explosé en mille morceaux à cause de la vie. Elle eut une envie folle de courir après ces morceaux et de les recoller pour que son secret, leur secret, continue sur les rives de Lagune Vieille, l'endroit où elle avait côtoyé le paradis. Ils furent tirés de leurs rêves par les cris de Rémi courant après une grenouille sautillante. Antoinette l'appela. Elle se baissa pour être à sa hauteur.

– Rémi, j'ai un secret à te dire.

– Un grand ? Comme dans les histoires ?

– Oui, comme dans les histoires.

André comprit que le moment de vérité arrivait. Il eut peur et souhaita presque qu'Antoinette recule cet instant, se demandant comment allait réagir Rémi. Il avait compris qu'il l'aimait bien. Cela suffirait-il ? Quel changement pour lui.

Rémi plongeait son regard d'enfant dans celui de sa mère. On aurait dit qu'il mesurait l'importance du secret.

– Rémi, tu as un papa et tu ne le connais pas.

Il ne répondit pas. Antoinette fit signe à André de s'approcher. Elle lui prit la main.

– Rémi, ton papa c'est André.

Il regarda André, regarda sa mère, ses yeux allaient de l'un à l'autre. D'une petite voix, il répondit :

– Moi, je l'aime bien André.

– Lui aussi il t'aime, répondit sa mère.

– Alors… je peux t'appeler papa ?

Soudain, Lagune Vieille prit une allure de conte de fées, la cabane ressembla au château de la Belle au Bois Dormant, la princesse des lieux y était revenue à la vie, à l'amour.

Sur la rive humide de la lagune, un petit garçon courait sur le sable en riant et en criant – « J'ai un papa, j'ai un papa ! » –, devant les lézards ébahis qui se chauffaient au soleil du mois de mai, tandis qu'un papa retrouvé et une maman qui renaissait à la vie s'enlaçaient tendrement.

Sainte-Hélène, juillet 2012.

Chez le même éditeur

Sagas familiales et destins singuliers sont au cœur des romans De Borée. Découvrez-les sans plus attendre.

ANGLADE Jean
Le Chien du seigneur
Les Fables

ARCES (D') Amicie
Les Noces blanches

AUDIDIER Robert
Le Voyage de Pierre Angibaud
Les Sentiers de traverse
Les Trois Frères

AUDOUX Marguerite
Marie-Claire suivi de
L'Atelier de Marie-Claire

AUJOULAT Noël
Le Village perdu

BARDOT Thierry
Le Hameau des Tailles
Les Mauvaises Herbes
Les Méprises
Les Noces chagrines

BARRAL René
L'Enfant secret de la Borie
La Colère des drailles
Ombres et lumières de Costebelle

BÉLARD Paul
La Ferme aux écrevisses
Moissons d'enfance

BÉNÉ Robert
Clémence, une vie ailleurs
La Belle Marguerite
Le Trésor d'Alpaïde

BENOÎT Michel
Le Soleil de la Vallée noire
Les Moissons de sang

BERTHÈS Colette
La Mémoire des chemins
Les Amants de Borde Rouge

BERTHOD Michel
Le Temps des hirondelles

BOBÈCHE Adrien
Au vent des brandes
La Fille de la meunière
Les Confitures du haut de l'armoire

BONTE Pierre
*Bonjour la France**
*Bonjour la France***

BORMANN Christian
Les Coulées douces

BOUCHARDY Christian
La Trace mystérieuse
Le Fugitif de la Saint-Jean

BOUCHET Maurice
L'Inconnu de Roche Rouge
La Fille du pertuis
La Font de l'Ours
Là où disparaît le torrent
Le Chêne foudroyé
Les Souliers ferrés

BOUDOU Josette
La Maison d'école
La Nuit des abeilles
La Ronde des saisons
Les Chemins de toile
Les Craies de couleur
Les Feux de Bois-Colombes
Marie, fille des montagnes

BOURRET Johan
La Diablesse
Quand les loups rôdent

BOUSSUGE Micheline
Le Bois de Bis

BRIAND Charles
Le Foulard de l'aviateur

BUICHE Jean-Pierre
Une petite âme

CANAUD Jacques
Le Temps des maquis

CAPPEAU Marie Nicole
Chantemerle
Désacœur
Un château de famille

CASTELAIN Anne-Marie
La Dentellière de la brume
La Promesse
Le Passant de l'été
Les Raisins du pardon

CAVALIÉ Roger
Le Vieux Cartable

CHALAYER Maurice
La Terre de la discorde
La Tourmente
Le Secret de Jean
Les Promesses du haut pays

CHARMASSON Guy
La Basse Terre de Julia
La Main du maître
Le Sorcier de la combe
Noblesse de paille

COGNÉRAS François
Compagnon du rail
Les Enfants des hautes terres

COLLIN Yvon
Journal d'un instituteur de campagne
L'Écorce amère

CORDOUAN Manuel
Les Amants d'Alger

CORNAILLE Didier
La Photo de classe
Les Indignés de Montservier

COSEM Michel
Justine et les loups
Le Bois des demoiselles

COSMOS Jean
La Dictée

CROIZIER Jean-Pierre
La Bonne Providence

DEBRIFFE Martial
La Fleur de l'ombre
Le Secret de la Villa Marianne
Le Serment de la Saint-Jean
Les Peyrie

DELAGE Alain
Les Secrets de Fontvives

DELOMME Martine
Un été d'ombre et de lumière

DESFORGES Jean-Louis
Pierre des montagnes

DUCLOZ Albert
Julie bon pain
Le Violon d'or
Les Jacinthes sauvages
Une étrange récolte

DUHAMEAU Jacques
Le Vent du Peyradoux

DUPORGE Bernard
La Cabane du berger
Les Amants de la lagune

DUPUY Daniel
Fontcouverte
Le Mystère Fontbrune
Les Quatre Jeudis

ÉCOLE-BOIVIN Catherine
L'Enfant-Loup de Blanche

FABRE Jean-Luc
Le Colporteur des âmes
Les Semeurs d'espérance
Une neige de juillet

FAINDT Roger
Bleuvent

FRONTENAC Yvette
Les Années chantepleure
Les Années châtaignes
Éléonore

GALLOIS Christiane
La Clairière aux genêts
Nanou, les doigts pleins d'encre

GAMARRA Pierre
L'Empreinte de l'ours
Les Coqs de minuit suivi de *Rosalie Brousse*

GAY Marie-Claude
Faustine et le bel amour
Le Secret des Solignac
Le Vallon des sources

GIBERT Sylvie
Derrière les portes
Fleurs Bleues
La Grange au secret

GIMBERT Yveline
L'Ombre des chênes
La Méprise
Le Crépuscule du loup
Le Retour de Rose

GLATT Gérard
Le Destin de Louise
Le Temps de l'oubli

GONZALÈS Daniel
La Demoiselle du port
Le Chemin des amandiers
Le Temps des cigales

GOURÉVITCH Jean-Paul
Villa Maldoror

JAILLER Isabelle
Louise, loin du pays

JEANJEAN Roland
L'Aven de la Dame noire

JUBIEN Aurélie
Un jour d'octobre

JUDENNE Roger
Le Silence des rives
Les Terres brunes
Louison la douce
Une vie de dimanche

LABORIE Christian
L'Appel des Drailles
L'Arbre d'or
Le Brouillard de l'aube
Le Saut-du-Loup
Le Secret des Terres Blanches
Les Bonheurs de Céline
Les Drailles oubliées
Les Hauts de Bellecoste
Les Sarments de la colère
Terres noires

LACOMBE Michel
La Bonne École
La Vagabonde de Saint-Ours
Le Domaine des Rochettes
Les Brûlots de paille

LAFONTAINE Jacques
Les Jours de gloire

LAOUENAN Roger
Le Pain bleu
Le Repaire du papillon

LAVARENNE Michelle
La Belle Vie d'Anna
Le Rossignol des Tuilières

LEBERT Karine
Le Secret d'Emma
Les Mystères de Camille
Les Sortilèges du Tremblay
Loin de Margaux
Nina et ses sœurs

LEDOUX Ivan
La Guerre des marrons

LEMAIRE Philippe
Compagnons de fortune
Gus
La Belle Absente
La Soureillade
Le Chemin de poussière

MALROUX Antonin
Le Soleil de Monédière

MÉRAUX Philippe
Le Chasse-pendule

MERCADIÉ Louis
L'Enfant du buron

MERCIER Louis
Les Contes de Jean-Pierre en pays roannais

MOSCA Lyliane
La Dame de Champbrise
La Fille de la Buissonnière
Les Amants du moulin
Les Gens de Laborde
Un parfum de trahison

MOUCHEL Jean
La Bonne Fortune de Sébastien

NAVARRO Christine
L'Échappée belle
L'Éventail d'ivoire
La Chevelure d'ébène

PALET (DE) Marie
Amandine
Céline, une vie toute simple
Le Village retrouvé
Les Brumes du causse
Les Femmes de Cardabelle
Mademoiselle Fine
Sidonie des Bastides
Un chemin de rocailles

PECOU Raymond
Allée des Alyscamps

PÉRILHON Jean
Les Racines de mai

PICCINO Sylviane
Les Sabots de peine

PINCE Jacques
L'Ombre du chai
La Colline aux framboises
La Vengeance de Bogis
Le Dernier des Bourdignot
Les Blouses grises

PLAIT Annie
Les Longues Saisons

PLUCHARD Mireille
La Tresse d'or
Le Mas de la Sarrasine
Le Petit Bâtard
Les Diamants noirs
Les Sentes buissonnières

PUIJALON Bernadette
Des monts de tempête
L'Heure de l'alouette
Le Loup d'Orcival

RIBES Georges
Les Gens de la vallée

ROCHE Florence
Des monts de Résistance
L'Héritage maudit
L'Honneur des Bories
Le Dernier des Orsini
La Trahison des Combes
Les Hautes Terres

ROSSET Jean
L'Aube de la liberté
La Limousine d'Hautecombe
Les Derniers Porteurs de terre

ROYER Roger
L'Envol du Choucas
L'Or de Justin
La Colline des Maures
La Colombière

La Dame de la Callune
Le Médecin de Maurevers

SABOURIN Pierre
La Terre des Coteaux
Le Boulanger de Saint-Laurent
Les Fiancés de Saint-Laurent

SAND George
François le Champi
Jean de la Roche
La Mare au diable
La Ville noire
Le Compagnon du Tour de France *
Le Compagnon du Tour de France **
Le Marquis de Villemer
Le Péché de monsieur Antoine *
Le Péché de monsieur Antoine **
Les Contes d'une grand-mère *
Les Contes d'une grand-mère **

SOYEZ Jean-Marc
Julia
La Ramandeuse
La Vigne à Saint-Romain
Les Galoches de Julia

TAMAIN Louis
L'Encre violette
L'Énigme de Fontary
Le Miroir aux alouettes
Le Renard
Le Temps de l'école
Médecin de campagne

TEMPÈRE Jean
Les Sirènes du lac

TESSIER Colette
Les Carnets noirs

THOULON-LANGUET Michèle
Maria du bout du monde

TOUATI Claude-Rose
et Lucien-Guy
La Ronde du destin
Le Cahier bleu
Les Ombres de la palombière
Quand le vent s'apaisera...
Une maison dans les herbes

VAISSIÈRE Marie-Louise
Les Carnets
de Marie-Louise Vaissière
Marie, fille de cocagne

VALADE Corine
Le Printemps d'Aurélien

VÉDRINES Jean-Pierre
Marie des vignes
Soleil de femmes
Un jour d'orage

VERRIER Michel
La Ferme des Pitaval
La Maison au bout du chemin

VINCENT Claude
Le Pain de lune
Les Roses de l'hiver

PEFC/10-31-2008

Imprimé en U.E.
Dépôt légal : octobre 2013
ISBN : 978-2-8129-0902-3
ISSN : 1769-1788